ANDREAS ROß

weißkalt

DARMSTADT-KRIMI

EIN NEUER FALL FÜR
KOMMISSAR DOBERMANN

vmn
Verlag M. Naumann

Druck: BBL Druck -und Medienservice UG, Ellhofen

ISBN 978-3-943206-31-9

1. Auflage 2015

Bibliografische Information der Deutschen Nationalbibliothek
Die Deutsche Nationalibliothek verzeichnet diese Publikation in der Deutschen Nationalbibliografie; detaillierte bibliografische Daten sind im Internet über http://dnb.ddb.de abrufbar.

Der Autor

Andreas Roß, Jahrgang 1962, verheiratet, zwei Kinder, arbeitet im richtigen Leben als Sozialarbeiter, war lange Jahre in der Haftentlassenenhilfe tätig und so immer am Puls der Kriminalität. Auch in seinem jetzigen Tätigkeitsfeld als Mieterberater für verschiedene südhessische Wohnungsunternehmen findet er in den langen dunklen Fluren der hohen Häuser immer wieder Ausgangspunkte für skurrile Begebenheiten. Nach einer Sammlung von fünfundfünfzig Darmstädter Kurzkrimis und vier Geschichten des alltäglichen Wahnsinns (›Begegnung mit dem Berserker‹) legt er nun bereits seinen zweiten Dobermann-Krimi im Verlag M. Naumann vor.

Im Gedenken an Rainer Witt

Der Trick mit der Wahrheit

Ein paar katholische Straßenarbeiter waren an einer Baustelle nicht weit weg von einem Bordell beschäftigt, als sie einen Rabbi in dem nicht gerade angesehenen Haus verschwinden sahen.
»Na ja, was kann man schon erwarten?«,
tuschelten sie einander zu.
Nach einer Weile schlüpfte ein Pastor
durch die Tür. Nichts Überraschendes.
»Was kann man schon erwarten?«
Daraufhin kam der katholische Pfarrer,
der sein Gesicht mit dem Mantel bedeckte,
bevor er in dm Haus verschwand.
»Ist das nicht schrecklich? Eines dieser Mädchen
muss ernsthaft erkrankt sein.«

Anthony de Mello – Zeiten des Glücks

Sommer 2011, feucht-kalt

Prolog

Sie hatte eine Grenze überschritten. Was nun folgen würde, wusste sie nicht, sie ahnte lediglich, dass sie nichts Gutes zu erwarten hatte. Saskia Weiß ließ die frisch manikürten Finger durch ihre rot glänzenden glatten Haare gleiten. Dabei saß sie auf dem beigen Sessel, den sie so sehr liebte. In ihrem Schoss lag unbeachtet ein Handy. Das Radio auf dem kleinen Schränkchen spielte leise vor sich hin. Der Dire Straits-Song »Romeo und Juliet« erklang und passte gut zu Saskias Stimmung. Immer wieder strich sie sich durch die Haare und roch danach an ihren Fingern. Das Streicheln und Riechen beruhigte sie üblicherweise. Es war wie eine Meditation, ein Sammeln der Kräfte. Heute half es wenig.

Ihre sonst so kühl wirkenden grünen Augen flatterten hin und her. Es musste etwas passieren. Saskia hielt es nicht mehr aus. Plötzlich schnappte sie nach dem Handy, als wäre dieses an allem Schuld, und schleuderte es auf den Esstisch. Das Gerät knallte gegen eine gläserne Vase. Die Stängel des selbst gepflückten Sommerstraußes schaukelten leicht. Der kurze Wutausbruch verhallte und machte wieder dieser lähmenden Lethargie Platz, die alles überdeckte.

Zeit verging.

Langsam, als wäre sie mit Gummibändern an den Sessel gefesselt, erhob sie sich. Sie schlurfte in das kleine angrenzende Bad, schaltete das Licht ein und schaute in den Spiegel. Für ihr Alter hatte sie nur wenige Fältchen. Die meisten konnte sie gut leiden, da sie sich um ihre Augen gebildet hatten und von ihrem freundlichen Charakter zeugten. Saskia mochte ihr Aussehen und hatte Spaß daran, gepflegt zu erscheinen. Vieles hatte sie schon in ihrem Leben erreicht und darauf war sie stolz.

Heute jedoch war da noch etwas anders, als sie ihr Spiegelbild beäugte. Eine tiefe Furche hatte sich zwischen ihren Augen eingegraben. Ihr Teint war blass, die Haut schlaff und die Ränder unter ihren Augen bedenklich tief und dunkel. Es hatte sich einiges in ihrem Leben verändert. Und alles nur deswegen, weil sie auf ihre innere tickende, biologische Uhr gehört und alle Bedenken in den Wind geschlagen hatte. Sie war ihren Weg gegangen und hatte erreicht, was sie wollte. Die Konsequenz war, dass sie sich von ihrem Mann trennen musste. Sie musste aus dem mitten im Paulusviertel gelegenen und sehr geräumigen Haus ausziehen, hatte sich diese kleine Zweizimmerwohnung am nördlichen Stadtrand Darmstadts angemietet und so günstig wie möglich eingerichtet.

Das Spiegelbild fesselte sie länger, als sie es wollte. Sie fixierte die Furche zwischen ihren Augen, als würde sich dahinter die Lösung all ihrer Probleme verbergen, fand aber genau diese nicht, sondern spürte nur all die Verletzungen und faulen Kompromisse, die sie erlitten hatte und eingegangen war. Ja, sie war ihren Weg gegangen, allein und ohne Rücksichtnahme. Dafür hatte sie jetzt dieses unbeschreiblich weibliche Gefühl. Sie freute sich auf den Moment, wenn sich zum ersten Mal ihr Bauch wölben würde, weil eine kleine Faust oder ein kleiner Fuß von innen dagegen stieß. Sie konnte mit den Verletzungen und den faulen Kompromissen leben, das wusste sie. Sie hatte sich ihren drängenden Wunsch erfüllt, wenn auch mit Mitteln der besonderen Art. Sie hatte ihr Vorgehen geheim gehalten und somit ihr Gesicht vor sich selbst und der Welt da draußen bewahren können.

Nun war alles anders. Dieser Telefonanruf hatte alles verändert. Als sie erneut daran dachte, spürte Saskia ihre Knie weich werden. Sie musste sich am Waschbecken abstützen. Alle Kraft, die sie mühsam versuchte zusammenzuhalten, drohte aus ihr heraus zu fließen. Wankend stolperte sie ins Wohnzimmer. Gerade noch rechtzeitig gelang es ihr, hinüber zum Sessel zu stolpern und sich hineinfallen zu lassen.

Das Leben wird zu deinem größten Feind, wenn du nicht den Anweisungen folgst!

Worte, die an Kraft gewannen, je häufiger sie im Kopf hallten. Worte, die sich gleich einem Angelhaken festsetzten, wenn man genau zu wissen glaubte, was sie bedeuten konnten.

Wenn man die Konsequenzen kannte.

Saskia stierte vor sich hin. Sie fühlte sich gefangen in ihrem Körper, der sich nicht bewegen wollte. Ein Orkan aus Angst tobte in ihr. Da war die Gewissheit, irgendetwas Scharfes rotiere in ihren Eingeweiden, unaufhaltsam und zerstörerisch. Dennoch empfand sie keinen Schmerz. So verging eine Stunde.

Dann veränderte sich etwas. Saskia nahm langsam den Raum wahr, in dem sie sich befand. Auch spürte sie mehr und mehr ihren Körper. Die Mischung aus innerer Unruhe, Lähmung und Panikattacken war plötzlich präsent.

Jetzt lief sie entweder rastlos in ihrer kleinen Wohnung hin und her oder Migräneanfälle banden sie an dem Sessel fest oder sie verbrachte Zeit auf der Toilettenschüssel, die sie regelmäßig verspritzt zurückließ. So verging die nächste Stunde.

Alles hatte mit diesem Telefonanruf begonnen. Die Worte, die ihr aus dem Hörer entgegengeschleudert worden waren, waren fest in ihrem Hirn verankert.

Der ganze Tag bestand aus Warten, Herumlaufen, Hinsetzen und auf die Uhr schauen. Die Zähigkeit des Augenblicks passte nicht zur inneren Rastlosigkeit. Die äußere und die innere Uhr tickten so unterschiedlich, dass es Saskia zu zerreißen schien. Und dennoch, sie musste eine Entscheidung treffen und aktiv werden.

Endlich schaffte sie es, sich wach zu rütteln. Saskia zog sich langsam und umständlich an, schnappte die Handtasche und verließ die Wohnung. Draußen traf sie das nasskalte Wetter, als würde sie mit einem feuchten Handtuch eingewickelt. Es ekelte sie, erfrischte aber auch kurzzeitig ihren Geist. Mit zittrigen Fingern öffnete sie die Fahrertür ihres schwarzen Mercedes und fuhr zu ihrer Hausbank, um den geforderten Geldbetrag vom Konto ihres Noch-Ehemannes abzuheben. In den Räumen der Bank funktionierte sie gut, niemand bemerkte etwas von dieser Zerrissenheit.

An den Weg zurück konnte sie sich nicht mehr erinnern, als sie sich plötzlich auf dem beigen Sessel in ihrer Wohnung wiederfand und die vielen Geldscheine in Händen hielt. Niemand konnte ihr helfen. Sie war auf sich allein gestellt. Das war ihr gesagt worden und sie glaubte es mit solch einer devoten Kraft, die man nur in der Kindheit erlernen konnte. Die Stunden mussten ausgehalten werden, wie eine schleichende Krankheit.

Irgendwann brach tatsächlich die Nacht herein. Das Warten war beendet. Saskia zog sich die dicke Jacke über, vergaß aber, die Straßenschuhe anzuziehen. In Hausschuhen verließ sie ihre Wohnung und machte sich auf den Weg zum Herrngarten.

*

Ein regnerischer, kühler Sommertag war zu Ende gegangen. Der Park, den die Darmstädter unter dem Namen Herrngarten kennen, war heute nicht von sonnenhungrigen, Frisbee spielenden und in Grüppchen herumsitzenden jungen Menschen bevölkert, sondern nahezu menschenleer. Lediglich einige Jogger, die sich auf den diesjährigen Stadtlauf vorbereiten wollten, zogen ihre Kreise.

Endlich war die Nacht hereingebrochen und legte

schützend ihre Schwingen über die Gestalt, die schon seit über einer Stunde in einem Gebüsch Schutz fand. Für den im Geäst kauernden Menschen war dieser nasskalte Sommertag ein Geschenk. Das Wetter hätte nicht besser sein können. Die zeitintensive Planung und die Zuverlässigkeit des Offenbacher Wetterdienstes hatten sich ausgezahlt. Nun blieb nur noch das Warten. Geduld und das Auskosten der Vorfreude hat im Leben mancher Menschen einen hohen Stellenwert. Insbesondere dann, wenn Rache der Antriebsmotor ist. Rachegedanken, die sich langsam aufbauen und immer klarer werden.

Die Person im Gebüsch erinnerte an einen Ninja-Krieger, schwarz gekleidet von Kopf bis Fuß. Auch die robusten Lederhandschuhe waren schwarz. Lediglich die modische und deswegen viel zu große Kapuze passte nicht ins Bild. Sie erinnerte mehr an den Imperator aus den Star-Wars-Filmen. Tief unter der Kapuze versteckt blitzten wache Augen, die jede kleine Bewegung registrierten. Sie bewegten sich lebhaft hin und her, während der Rest des Körpers wie aus Stein gemeißelt schien.

Links des Versteckes schlängelte sich ein schmaler Betonpfad durch das Grün und kreuzte sich mit einem anderen. Die Notrufsäule, die an dieser Weggabelung für Hilfesuchende bereit stand, war zerstört worden und wartete seit ein paar Tagen auf die Reparatur. Rechts ein weiterer Weg und dahinter der kleine Teich, dessen Uferböschung am Tag von unzähligen Enten bevölkert wurde. Nun war sie wie leer gefegt. Nur ab und zu huschte eine Ratte durch das feuchte Gras.

Wenige Meter von dem Versteck entfernt stand die alte und hohle Linde. Sie würde in wenigen Minuten mit einem in Packpapier eingeschlagenem Bündel voller Geldscheine gefüllt sein. Ein tödlicher Strick war ausgelegt und wartete nur darauf, sich zuziehen zu können.

Das Kontaktgift war vorsichtig und nach allen Regeln

der Kunst in die einzige Öffnung im Stamm eingebracht worden. Die kauernde Person grinste, als sie daran dachte, was passieren würde, wenn jemand mit bloßen Händen mit dem Gift in Berührung käme. Nochmals ließ sie alle Bemühungen Revue passieren, die notwendig gewesen waren, um die gewünschte Menge des Giftes mit dem mystisch klingenden Namen »Sarin« zu beschaffen. Nervenkampfstoffe sind schon in sehr kleinen Mengen tödlich und gerade deswegen war es sehr aufwändig und teuer, eine geeignete Menge zu beschaffen. Viele Kontakte sind nötig, um Kontaktgift zu besorgen, welch eine Analogie der Dinge, ging es ihr durch den Kopf.

Nun war das Gift an der geeigneten Stelle und es konnte über die Haut und die Atmung des Opfers aufgenommen werden, da Sarin als flüchtiger Kampfstoff bekannt ist. Und genau deswegen war das Innere eines hohlen Baumes der richtige Ort. Zumal die Person, für die die Vorbereitungen getroffen worden waren, nicht nur in die Öffnung greifen würde, sondern auch mit dem Gesicht ganz nah herankommen musste. Es war ihre einzige Chance, um an die Dinge heranzukommen, die ihr ein ganzes Bündel voller Geldscheine wert waren.

Das Gift würde in ihren Körper dringen und schließlich die Acetylcholinesterase in den Synapsen des parasympathischen vegetativen Nervensystems blockieren. Letztendlich würde dies tödlich enden.

Die Gestalt im Gebüsch ließ sich von ihren eigenen Gedanken berauschen. Der Plan war perfekt. Jetzt musste Saskia Weiß, die junge und gut aussehende Frau, die so klug und begehrenswert war, nur noch in die Falle tappen.

Mein Freund, der Baum, ist tot. Er fiel im frühen Morgenrot.

Ein leises Kichern drang aus dem Versteck.

Die Kapuzengestalt war von Gefühlen übermannt worden, bereute dies aber im nächsten Augenblick und fiel erneut in ihre Starre zurück. Zäh flossen die Minuten dahin. Endlich geschah etwas. Aus der Dunkelheit schälte sich langsam ein schlanker Körper, der sich zielstrebig über die Wiese bewegte. Immer näher kam er an den hohlen Lindenbaum heran. Dreißig Meter trennten ihn noch und Schritt für Schritt verringerte sich die Entfernung. Die Gestalt im Gebüsch zitterte voller Vorfreude. Ihre Augen fixierten die Szene und saugten sie auf.

In der Ferne erklang leise das Martinshorn einer Polizeistreife und verflog dann wieder.

Saskia Weiß bewegte sich unsicher in der Dunkelheit. Ein Polizeiwagen, der sich entfernte, konnte ihr nicht gefährlich werden. Deswegen ging sie weiter, Schritt für Schritt. Aus der Dunkelheit schälte sich der beschriebene Baum. Bald war sie am Ziel angelangt, bald war es geschafft und sie konnte wieder ihr Leben genießen. Sie nahm das Geldbündel aus der Innentasche ihres Mantels und umklammerte es fest mit ihrer rechten Hand. Sie war gut vorbereitet. Alles sollte schnell gehen. Geld in den hohlen Baum legen, die lebenswichtigen Unterlagen herausholen und dann weg von diesem Ort. Ein klein wenig Hoffnung keimte auf. Dann unterbrach plötzlich das Grölen einer Horde Jugendlicher jäh die Stille.

Saskia blieb stehen und lauschte. Das Grölen klang entfernt, wahrscheinlich Pubertierende, die erste Erfahrungen mit dem Alkohol machten. Wieder nichts Gefährliches, nichts, was sie von ihrem Ziel abhalten konnte. Dennoch lief ihr der Schweiß über die Stirn. Sie musste ihn abwischen. Er brannte schon in den Augen. Sie nahm sich die Zeit und trocknete ihr Gesicht mit dem Ärmel der Jacke. Dann ging sie weiter. Es trennten sie noch wenige Meter, als plötzlich ein lauter Schlag und ein Klirren alles überlagerte. Eine halb volle Bierflasche hatte knapp einhundert Meter entfernt die Fensterfront des Herrngartencafés durchschlagen. Ein Jubelschrei war zu hören, dann flogen weitere Bierflaschen und Glassplitter verteilten sich großräumig auf den Asphalt.

Saskia blieb erneut stehen, drehte den Kopf und versuchte, die Dunkelheit zu durchdringen. In ihrem Kopf arbeitete es, Gedanken verdichteten sich zu einer Erkenntnis und eine Entscheidung reifte heran, als der Klang eines Martinshorns anschwoll und in der Ferne zwei Lichtkegel in den Herrngarten eindrangen. Die Anwesenheit von Polizei konnte sie in diesem Moment auf keinen Fall gebrauchen. Ihr Fluchtreflex war geweckt und erlaubte keinen Widerspruch. Saskia steckte das Geldbündel in die Innentasche ihrer Jacke zurück und lief erst langsam, dann immer schneller über das nasse Gras.

Die Gestalt im Gebüsch verharrte so lange, bis die Polizeistreife ihre Arbeit verrichtet hatte. Dann drang ein lauter Schmerzensschrei aus ihrer Kehle und ihre Fäuste bearbeiteten den matschigen Boden.

Kapitel I

»Das Elend dieser Welt abzubilden ist nicht genug.
Man muss sich auch bemühen,
einen Ausweg zu finden.« *Friedrich Gulda*

1.

Zwei Tage Altweibersommer hatten die Stadt verändert. Die Fußgängerzone und die offenen Cafés wirkten wie ein Magnet. Sonnenhungrige saßen in kleinen oder großen Grüppchen zusammen, tranken, aßen und unterhielten sich prächtig. Alle Stühle der *Wunder-Bar* waren schon seit dem frühen Morgen besetzt und auch die Bedienungen des *Extra-Blatt* und des *Café Bormuth* konnten nicht über zu wenig Arbeit klagen.

Das Hoch Frauke sei stabil, hatte der Mann vor der Wetterkarte gestern Abend im Fernseher gesagt. Die Sonne schien und hatte nicht mehr so viel Kraft, dass ihre Strahlen unangenehm werden konnten, und zauberte ein Lächeln auf die Gesichter der Besucher des Darmstädter Marktplatzes. Die Stimmung war gelöst und lud immer mehr Passanten zum Verweilen ein.

Nicht nur der Marktplatz war bevölkert. Es zogen sich weitere kleine Inseln durch die Fußgängerzone hin bis zum Ludwigsplatz, wo *Da Carlo* den Saisonendspurt nutzte und so viele Eisbällchen verkaufte, wie schon seit Wochen nicht mehr. Die Menschen genossen diesen Samstagmorgen.

Dies alles beobachtete Georg, der sich köstlich darüber amüsierte, wie sich Menschen in eine endlos erscheinende Schlange einreihen konnten, nur um dann einen eiskalten Klumpen mit irgendwelchem Geschmack ablecken zu dürfen.

Er mochte kein Eis. Er hasste Süßigkeiten. Für ihn war

das Weiberkram. Solange er denken konnte, bevorzugte er lieber das Herbe, Bittere und Herzhafte. Und so würde es auch bleiben. Mittlerweile war er fünfundfünfzig Jahre alt. Mit seinem dicken grauen Bart und der runzeligen Haut wirkte er allerdings wie ein alter gebrechlicher Mann, und diesen Eindruck kannte und nutzte er. Er, der häufig Outdoor-Georg genannt wurde, saß an seinem Platz schräg gegenüber dem Bismarck-Denkmal mit dem Rücken an die Wand einer Apotheke gelehnt und dem Schild neben dem Hut, den er immer wieder leerte.

Georg war froh, dass er in den vergangenen Wochen und Monaten nicht von diesem, seinem Platz vertrieben worden war. Hier fühlte er sich tagsüber Zuhause und es war ein rentabler Ort. Immer wieder blieben Passanten stehen und nahmen das handgeschriebene Schild mit der Aufschrift *Hungriger Arbeitsloser ohne Wohnung* nicht gar zu wörtlich. Sie warfen ein paar Münzen in den Hut und gingen weiter. Die meisten wussten, dass der Bettler mehr Durst als Hunger hatte und einen sicheren Schlafplatz im Diakonischen Werk haben konnte.

Georg lächelte jedes Mal freundlich, wenn eine Münze in seinem Hut landete, und bedankte sich. Es gab Zeiten, in denen er seine Art zu leben genoss. Er fühlte seine Freiheit und Unabhängigkeit und es gab niemanden, der ihn zu etwas zwingen konnte.

Georg beobachtete die Menschen und freute sich auf seinen nächtlichen Schlafplatz. Er schlief draußen. Irgendwie konnte er sich gar nicht mehr vorstellen, in einem Raum zu sein, die niedrige Decke zu spüren und keine Sterne oder Wolken über sich zu sehen. Seine Schlafstätte lag in der Nähe des kleinen Teichs in der Rudolf-Mueller-Anlage. Dort kuschelte er sich meist ab Mitternacht in seinem Schlafsack ein. Die angenehm dicke Isomatte schützte ihn. Ihn störten weder die mittlerweile recht kühlen Nächte noch der viele Regen in den vergangenen Wochen. Meist lag er auf der Seite, den Schlafsack über den Kopf gezogen, so dass nur seine Nase herauslugte. Bei Regen schützte ihn ein in die Erde gesteckter Schirm. Hier genoss er den Blick in den schwarzen manchmal mit funkelnden Sternen verzierten Nachthimmel.

Aber der Winter würde kommen, und es würde Nächte geben, in denen er nicht an seinem geliebten Platz bleiben konnte. Dann würde er wohl oder übel in einer der Darmstädter Notherbergen Zuflucht suchen, auch wenn er die Nacht gemeinsam mit drei oder mehr sturzbetrunkenen Männern in einem kleinen Zimmer verbringen musste. Und wenn er zu spät in die Herberge kam, war da lediglich ein Schlafplatz in einem der unteren Stockbetten, und er musste es ertragen, wenn es nachts plötzlich von oben herabtropfte.

Aber der Winter war weit, und heute war ein besonderer Tag. Die Passanten, die an seinem Hut vorbeischlenderten, waren spendabler als sonst. Der eine oder andere hatte sich sogar zu ihm heruntergebeugt und ein paar Worte mit ihm gewechselt. Diese kurzen Ansprachen genoss er heute ebenso wie die wärmenden Sonnenstrahlen. Es war ein schöner Tag. Schon seit dem frühen Morgen hatte er hier gesessen, das Treiben beobachtet, immer wieder die größeren Münzen aus seinem Hut gefischt und in den großen Taschen seines abgewetzten grauen Mantels verstaut. Die Stunden vergingen. Irgendwann verschwand langsam die Sonne hinter den Gebäuden und die kühle Luft empfand der Bärtige als sehr unangenehm.

Alles geht vorbei, dachte er bei sich und erhob sich langsam. Jetzt erst bemerkte er die Verspannungen in seinem Körper und auch die Kälte des Bodens, die sich in ihm festgesetzt hatte. Das lange Sitzen und Betteln war anstrengend. Er grapschte nach den letzten Münzen, setzte den Hut auf, nahm sein Schild und machte sich auf den Weg. Der Fußmarsch zu seinem Schlafplatz würde ihm gut tun. Unterwegs wollte er in einem Supermarkt einkehren und zur Feier des Tages eine Flasche Wodka kaufen. Dies war etwas Besonderes, denn in den vergangenen Wochen hatte er sich lediglich den billigen Rotwein in Tüten leisten können, um diesen ständigen Durst zu stillen, der ihn befallen hatte, nachdem sein Sohn bei einem Verkehrsunfall gestorben war, und ihn seine Frau verlassen hatte, weil sie ihn, den Fahrer des Unfallwagens, als Schuldigen ansah.

Er dachte nicht darüber nach, als er auf der Wiese vor dem kleinen Teich in der Rudolf-Mueller-Anlage die Isomatte und den Schlafsack ausrollte und sich von dem Wodka innerlich wärmen ließ. Bald war die Flasche zur Hälfte geleert und sicher in seinem Schlafsack verstaut. Den Rest wollte er sich für das morgige Frühstück verwahren.

Georg hatte es sich gemütlich gemacht und bestieg mollig eingemummelt die Brücke zum Traumland, als er hörte, wie sich Schritte näherten. Er kannte das. Es machte ihm keine Angst. Ab und zu kam es vor, dass ein Neugieriger ganz nah an seine Schlafstätte herantrat, um zu sehen, ob sich wirklich ein Mensch in dem alten Schlafsack befand. Da half nur, bewegungslos liegen zu bleiben und demonstrativ zu schnarchen.

Georg schloss die Augen und schnarchte lautstark. Erst geschah lange Zeit nichts, und Georg dachte, der aufdringliche Spaziergänger sei verschwunden, als er plötzlich an der Schulter gepackt und auf den Rücken gedreht wurde. Fast zeitgleich setzte sich jemand auf seine Brust und zog den Schlafsack von seinem Kopf. Erschrocken riss der Obdachlose die Augen auf. Er konnte kaum etwas erkennen, weil sich gleich darauf eine starke Hand über seine Augen und auf seine Stirn legte und seinen Kopf nach hinten zwang. Georg riss den Mund auf und wollte schreien, als er ein zischendes Geräusch hörte und spürte, wie sich in seinem Mund eine Kälte ausbreitete, die immer stärker wurde. Wild strampelnd versuchte er, den schweren Körper von seiner Brust zu werfen, aber gefangen in dem engen Schlafsack war er zu schwach.

Er bekam keine Luft. Seinen Mund und seinen Rachen fühlte er nicht mehr.

Panik, dass er sterben würde, übermannte ihn kurz und wich wieder zurück, als ihm plötzlich bewusst wurde, dass er auf das, was nun eintreten würde, schon seit Jahren gewartet hatte. Er kämpfte nicht mehr und ließ sich hinüber gleiten.

»Manche Männer bemühen sich lebenslang, das Wesen einer Frau zu verstehen. Andere befassen sich mit weniger schwierigen Dingen zum Beispiel der Relativitätstheorie.« *Albert Einstein*

2.

Die Nacht war seine Freundin. Sie war es schon immer gewesen. Er liebte sie. Schon in seiner Kindheit hatte die Dunkelheit das Gefühl der Müdigkeit vertrieben, wenn sich sein Vater zu ihm ans Bett setzte und spannende Geschichten erzählte. Er hatte diese Momente der innigen Verbundenheit immer gemocht, aber sie waren selten gewesen und in seiner Wahrnehmung von kurzer Dauer. Dennoch, sie waren ausreichend, um ihn mit der Nacht zu verbinden. Wenn es dunkel war, lebte er auf. Er musste dann nicht Ermittler sein, sondern er konnte so sein, wie er es wollte. Er konnte in sich selbst forschen und ermitteln, was ihn bewegte.

Gestern Nacht verspürte er Lust auf Tanzen und besuchte spontan in die *Centralstation*: Mellow Weekend wurde geboten. Er genoss die schwüle Stimmung. Die eine oder andere Frau fiel ihm auf, und er blieb irgendwann weit nach Mitternacht an einer hängen.

Aber der Kommissar hatte seine Prinzipien, und eines davon bestand aus dem einfachen Satz: *Versaue eine schöne Nacht niemals durch ein gemeinsames Frühstück*. So hatte er sich gegen fünf Uhr leise aus dem warmen Bett geschält, angezogen und hinter sich die Wohnungstür zugezogen. Zuhause fiel er dann in sein Bett und schlief bis kurz vor zwölf Uhr.

Die Dusche war angenehm kalt. Er hatte mit warmem, fast heißem Wasser begonnen, um den unangenehmen Geruch der vergangenen Nacht von allen Körperstellen zu waschen, dann kam der kalte, erfrischende Wasserstrahl, der immer dazu diente, hellwach zu werden. Das kräftige Abreiben mit dem Handtuch verstärkte dieses Gefühl noch. Gut gelaunt pfiff er ein Liedchen, als der Wunsch nach einem guten doppelten Espresso in ihm heranreifte. Zuvor putzte er sich die Zähne und rubbelte die kurzen glatten Haare trocken. Dabei blickte er in den großen Spiegel. Sein durchtrainierter Körper gefiel ihm. Die Muskeln befanden sich an den richtigen Stellen und waren nicht so aufgeblasen, dass es aussah, als wolle er damit angeben. Sein Gesicht war kantig und wirkte etwas streng. Allerdings leuchteten seine Augen, als er sich im Spiegel anlächelte, und er empfand sich selbst als sehr sympathisch. Die schwarzen Stoppelhaare passten zu seinem Beruf. Mit seinen 28 Jahren hatte er sich als Kriminaloberkommissar schon zwei Sterne und eine angemessene Besoldungsgruppe verdient. Er war zufrieden mit sich selbst.

Als er seine Haare genug bearbeitet hatte, wickelte er das Handtuch um die Hüften, verließ das warme Bad und tropfte den Parkettfußboden des Wohnzimmers voll.

»Mist«, fluchte er kurz, ließ das Handtuch auf den Boden gleiten und wischte damit die Wassertropfen weg. Das Wohnzimmer war spartanisch eingerichtet und wirkte genau aus diesem Grund groß. Die Rollläden der fußbodentiefen Fenster waren noch heruntergelassen. Benjamin Dobermann vergaß das Handtuch auf dem Boden und betätigte splitternackt die Schalter neben der Tür. Mit einem gleichförmigen Rauschen glitten die Lamellen vor den Fenstern nach oben und gaben den Blick auf einen wunderschönen Altweibersommersonntag frei. Warmes Licht floss über den Holzfußboden und erhellte auch die angrenzende Küche. Die Zweizimmerwohnung lag im Herzen des Darmstädter Martinsviertels mit Aussicht auf das Grün einer öffentlichen Fläche mit Kinderspielplatz und dem denkmalgeschützten Achteckhaus, das als Haus der

Kultur genutzt wurde und einen Jazzclub beheimatete.

Benjamin seufzte zufrieden, als er nach draußen schaute. Er liebte die Aussicht und war froh, diese Wohnung vor ein paar Jahren gekauft zu haben. Ein großes Wohnzimmer, ein gemütliches Schlafzimmer und eine kleine Küche, eine typische Single-Wohnung. Hier war sein Rückzugsort.

Immer noch pfeifend ging er in die Küche und schaltete den Kaffeeautomaten ein. Freudig spritzte dieser los, um sich kurz zu reinigen. Dobermann bewaffnete sich mit seiner roten Tasse und wartete geduldig, bis ihn das Display aufforderte, seine Wahl zu treffen. Er schaltete auf Espresso, da klingelte es an der Eingangstür. Rasch blickte der Kommissar auf die Küchenuhr, es war mittlerweile viertel vor eins. Wer konnte das sein? Da Dobermann niemand erwartete, tippte er auf die Zeugen Jehovas. In der letzten Zeit hatte er sie ein paar Mal im Martinsviertel auf Missionsgang gesehen. Der Gedanke, die beiden schwarz gekleideten und ordentlich gekämmten Prediger des einzigen Wegs zum Paradies nackt zu empfangen, belustigte ihn, und so machte er sich auf den Weg zur Tür, als sich die Klingel zum zweiten Mal meldete. Komisch, dachte er, die haben es aber eilig, oder steht womöglich mein Vater vor der Tür?

Dobermann entschied sich nun doch, das Handtuch vom Boden aufzuklauben und mit einer schwungvollen Bewegung um die Hüfte zu binden. Dann öffnete er die Tür und das *Hallo*, das er sagen wollte, blieb ihm im Hals stecken.

»Welch ein netter Anblick«, zwitscherte eine kecke Frauenstimme. »Ich habe mir ja einiges erträumt, aber dass du mich so offenherzig empfängst, überrascht mich schon. Hast du mich etwa erwartet?«

Dobermann schüttelte mechanisch den Kopf und lächelte dümmlich. Starr blickte er auf das, was er sah. Im Treppenhaus stand, den Kopf leicht zu Seite geneigt und verschmitzt lächelnd, Julia Braune, ebenso schön und begehrenswert, wie er sie in Erinnerung hatte. Ihre rot glänzenden Haare flossen über die nackten Schultern. Ihre grünen Augen bildeten einen wunderbaren Kontrast dazu. Das Top in passendem Grün war tief ausgeschnitten, und eigentlich war die Frau vor seiner Tür für die Jahreszeit viel zu leicht bekleidet. Er konnte seinen Blick nicht von ihr lösen.

Im Sommer war er ein paar Monate mit Julia zusammen gewesen, intensiv und leidenschaftlich. Benjamin genoss körperliche Nähe, er vermied es allerdings, jemanden wirklich an sich heran zu lassen. Auch Julia konnte er schnell für sich begeistern, aber mit ihr war alles anders. Es war so vertraut und nah. Ganz andere Gefühle machten sich in ihm breit, eine Gewissheit, irgendwo angekommen zu sein. Plötzlich gab es einen Ort, der sich anfühlte wie ein Zuhause. Ein schönes ruhiges Gefühl, aber da war auch gleichzeitig die Angst, wieder fallen gelassen, verstoßen zu werden. Dennoch war die Neugierde, das Bedürfnis, sich endlich einmal einzulassen, größer. Er fühlte sich wie bei seinem ersten Sprung vom Zehnmeterbrett. Anspannung, Angst vor dem Aufprall, aber auch das kühlende erfrischende Nass in greifbarer Nähe. Damals sprang er und ...

Ein leises Klirren holte Benjamin Dobermann zurück. Julia hatte eine Flasche von dem guten italienischen Rotwein, den er am liebsten mochte, und zwei großbauchige Gläser in der Hand. Die Gläser stießen leicht gegen einander, als Julia den Arm langsam hin- und herschwingen ließ. Noch immer hatte sie den Kopf zur Seite geneigt und lächelte ihn mit großen Augen an.

»Willst du mich nicht reinlassen? Ich will mit dir reden und vielleicht nicht nur das«, sagte sie und kam einen Schritt näher. Benjamin schwieg noch immer. Er konnte nicht klar denken. Er fühlte lediglich, und das, was er empfand, gefiel ihm. Der Kommissar machte einen Schritt zur Seite und damit den Weg frei. Julia betrat die Wohnung ohne den Blickkontakt zu unterbrechen. Benjamin roch ihr dezent aufgetragenes Parfüm und vermutete ihren Körpergeruch darunter, den er um einiges mehr mochte. Linkisch drehte er sich um die eigene Achse, versuchte dabei die Wohnungstür zu schließen und bemerkte zu spät, dass ihm das Handtuch von der Hüfte gerutscht war. Julia blickte an seinem Körper herunter, lächelte, kam ihm ganz nah, berührte ihn aber nicht. Sie durchschritt das Wohnzimmer und betrat die Küche. Als der Kommissar verwirrt sein Handtuch aufhob und wieder umband, hörte er, wie sich die Rothaarige an dem überfüllten Schubkasten seiner Küche zu schaffen machte und den Korkenzieher heraus kramte.

»Hallo, Julia«, rief Dobermann. «Komm doch rein. Schön, dass du da bist.«

Ein glucksendes Lachen und das Geräusch eines sich lösenden Korkens waren die Antwort.

»Komm zu mir, und lass uns anstoßen. Oder brauchst du zuerst einmal den Espresso, der hier rum steht?«, fragte Julia und lugte durch die Schiebetür, die Küche und Wohnzimmer trennte.

Langsam versuchte Benjamin wieder die Kontrolle zu erlangen. Er trottete in die Küche, bemüht, sich cool zu bewegen und nirgends anzustoßen.

»Ich glaub, ich trink erst mal den Espresso. Hab ich mir grade gekocht.«

»Ja, tu das.«

»Wäre ja schade drum, wenn er kalt werden würde.«

Dobermann umschiffte seinen Besuch so gut es ging und versuchte der Kraft zu widerstehen, die ihn magisch zu Julia zog. Vorsichtig hob er die kleine Espressotasse. Er merkte, wie seine Hand leicht zitterte.

»Magst du auch einen Espresso?«, fragte er.

»Nein, ich habe mehr Lust auf einen guten Schluck von dem Roten, den ich mitgebracht habe. Diesen Chianti magst du doch, oder? Ich hab da ein paar nette Abende vor Augen, als wir auf deiner Dachterrasse saßen. Kannst du dich erinnern?«

Der Kommissar konnte sich gut daran erinnern und auch daran, was geschah, als die Flasche geleert war.

Julia reichte ihm ein gut gefülltes Glas. Dobermann stellte die leere Espressotasse zur Seite und nahm lächelnd den Wein entgegen. Er hatte seine Sicherheit wiedergefunden. Dann stieß er mit ihrem Glas an und trank einen kräftigen Schluck. Die Temperatur des Weins war perfekt. Weich floss er durch seine Kehle und wärmte sofort.

Dobermann erwiderte Julias Blick und näherte sich ihr. Dann stand der junge Kommissar direkt vor den leuchtend grünen Augen und hatte das Gefühl, er falle kopfüber in sie hinein. Julia drehte sanft ihren Kopf und der Kommissar nutzte die Aufforderung und berührte ihre Lippen zart mit den seinen. Er hatte den ersten Schritt gemacht und hoffte, Julia würde den nächsten tun. Sie tat es und erwiderte den Kuss, lang und leidenschaftlich, wie er empfand.

In einer kleinen Pause stellte er sein Weinglas behutsam auf die Arbeitsplatte und befreite dann auch Julias Hand von ihrem. Er benötigte jetzt keinen Rotwein. Lieber trank er gierig an ihr und wurde immer drängender. Wortlos nahm er sie am Handgelenk und führte sie ins Wohnzimmer. Dort schälte er die Kleider von ihrem makellosen Körper, immer darauf bedacht, trotz seiner Gier kein Kleidungsstück zu zerreißen.

Das Wohnzimmer war wohl der rechte Platz dazu, bis ins Schlafzimmer hätte er es nicht mehr geschafft. Dobermann presste sich an Julias Körper und sie ließ es geschehen, gab nicht nach, sondern rieb sogar ihren Unterleib an seinem. Heiße Wogen durchströmten seinen Körper. Er spürte sie, roch sie, schmeckte sie, hörte ihre kleinen Laute, die ihm zeigten, dass sie es ebenfalls genoss und streichelte ihren Körper immer weiter, suchte die weichen warmen Stellen, fand hier ein Grübchen und da eine Haarlocke und genoss die Feuchtigkeit auf seiner Haut. Mit jeder Berührung entglitt er mehr der Realität und verlor jegliches Zeitgefühl. Er blickte in ihre grünen Augen, und als er die Energie, die ihn übermannte nicht mehr ertragen konnte, schloss er seine Augen und bemerkte, dass sie den Atem anhielt, als er langsam in sie eindrang. Ohne Eile bewegte er sich, bis er einen gemeinsamen Rhythmus spürte. Diesen behielt er bei. Ihr Mund lag nahe seinem Ohr. Sie flüsterte etwas.

»Was?«

»Beweg dich nicht!«

»Warum?«

»Einfach so.«

So lagen sie, verschlungen auf der weichen Couch. Ewig. Regungslos. Ihre Pulsschläge vermischten sich. Langsam bewegte er sich wieder, aber nur kurz. Er war so in seiner Lust verstrickt, dass er früher zum Ende kam, als er es von sich gewohnt war, aber das war ihm egal. Ihm war in diesem Augenblick alles egal. Hauptsache, er hatte diese Frau in seiner Nähe, konnte sie berühren und riechen. Er hätte noch stundenlang so daliegen können. Julia aber wurde bald munter und drehte sich von ihm weg. Sie schnappte nach einer Decke und kuschelte sich darin ein.

»Hol uns die Gläser. Ich habe Durst bekommen und möchte nochmal mit dir anstoßen«, neckte die junge Frau.

Dobermann gehorchte, zwar widerwillig, aber er gehorchte.

Als er mit den beiden Weingläsern aus der Küche zurückkam, fröstelte es ihn. Der Kommissar hatte keine Worte, um die unangenehme Stille zu brechen. Er reichte Julia ein Glas, nahm seines und setzte sich auf die Couch. Bevor er mit ihr anstieß schnappte er sich ein großes Kissen und drückte es an seinen Bauch.

»Na, wie geht es dir?«, wollte Julia wissen. »Ich hab lange nichts von dir gehört.«

Dobermann war verwundert. Eigentlich wollte er nicht sprechen. Er wollte Wärme, sich an sie schmiegen und vor sich hin träumen. Und nun wurde er mit dem Vorwurf konfrontiert, er habe lange Zeit nichts von sich hören lassen, als wäre er es gewesen, der den Kontakt abgebrochen hätte. »Du bist damals nach dem Streit einfach gegangen«, sagte er und spürte gleichzeitig, dass ab jetzt alles was er sagte gegen ihn verwendet werden würde. Ein eigenartiges Gefühl stieg in ihm hoch. Am liebsten wäre er gegangen, aber da keimte auch eine Hoffnung in ihm. Er wollte gern mit Julia befreundet sein, er wollte sie lieben und in ihrer Nähe sein dürfen.

»Und du hast dich bei mir nicht mehr gemeldet«, erwiderte die junge Frau und nippte am Rotwein.

Dobermann spielte kurz mit dem Weinglas in seinen Händen, trank dann den Rest in einem Zug aus und sagte leise: »Ich hätte mich bei dir melden sollen. Ja, das hätte ich tun sollen. Ich habe mit dem Gedanken gespielt, mich aber nicht getraut. Du hattest mir gemeine Worte an den Kopf geknallt und mich angeschrieen, ich soll dich in Ruhe lassen.«

»Ja, klar. Weil ich stinkig war. Stinkig darüber, dass du mich nicht an dich heran gelassen hast. Hast du mich überhaupt geliebt? Hast du um mich gekämpft, mich vermisst? Ich hab nichts davon gespürt.«

Julias Stimme klang scharf und provozierend.

Dobermann wusste nicht, was er sagen sollte. Er wusste lediglich, dass er in die Falle getappt war. Ein unangenehmes Gefühl breitete sich in ihm aus. Er hörte ihre Worte, die immer bissiger klangen.

»Und du? Du hast bestimmt weitergemacht wie vorher auch. Wahrscheinlich warst du gestern Abend auch wieder auf Tour und hast eine Frau abgeschleppt.«

Der Kommissar schaute zu Boden und schwieg.

Julia legte eine Pause ein.

»Na, sicher doch!«, zischte sie. »Dein Schweigen bestätigt mich. Und wie war sie? Besser als ich, leidenschaftlicher? Williger?«

»Lass das«, versuchte Benjamin kraftlos, den Redeschwall zu unterbrechen. Langsam streckte er seine Hand aus und berührte sanft Julias Knie. Die Rothaarige wischte seine Hand mit solcher Kraft zur Seite, dass Dobermann verwundert war. Dann sprang sie auf, klaubte ihre Kleider zusammen und zog sich eilig an. Dem Kommissar blieb nur das Zuschauen und der Versuch, leise »Warte, ich …« zu sagen.

»Auf was soll ich warten?«, platzte es aus Julia heraus. In ihrem Zorn fiel es ihr schwer, sich koordiniert die Kleider anzuziehen. Ihre Augen funkelten. Immer wieder hieb sie auf einen imaginären Gegner ein. Gleichzeitig pumpte sie sich mehr und mehr auf, wie ein Maikäfer kurz vor dem Abflug. Endlich schrie es aus ihr heraus: »Ach, ja. Du! Du willst mich aufhalten. Du beziehungsunfähiger Wicht. Lass mich ja in Ruhe. Das war das letzte Mal, dass ich mich auf dich eingelassen habe. Du kannst mich mal!«

Noch mehr schrie sie, doch Dobermann konnte die Worte nicht in sich aufnehmen. Sie überströmten ihn und er wartete ab, was als nächstes geschehen würde, unfähig irgendwie eingreifen zu können. Bald hatte sich Julia zu Ende angezogen. Sie wollte aus der Wohnung stürmen, hielt aber kurz inne und lief ein paar Schritte zum Wohnzimmertisch. Sie schnappte die beiden Gläser, eilte in die Küche, griff nach der halbvollen Weinflasche und verließ die Wohnung, ohne den Kommissar eines weiteren Blickes zu würdigen.

Die Tür fiel krachend ins Schloss. Wieder einmal blieb für Benjamin Dobermann die Zeit stehen. Er saß auf dem Sofa und fror. Starr blickte er auf die Wohnungstür. Vor seinem inneren Auge sah er sich selbst auf dem Zehnmeterturm stehen. Er sprang und schaffte es nicht, die Beine zusammen zu halten. Sein Oberkörper kippte nach hinten, und er klatschte mit einem furchtbaren Geräusch auf die harte Wasseroberfläche. Damals, bei seinem ersten Sprung aus dieser Höhe, spürte er den Schmerz des Aufpralls und die gerötete Haut erst, nachdem der Schreck verflogen war. Dann kam er aber umso heftiger.

Er war seit diesem Erlebnis nicht mehr vom Zehner gesprungen. Jetzt wusste er, warum er es auch nie wieder versuchen würde.

»Gefährlich ist´s, den Leu zu wecken,
verderblich ist des Tigers Zahn,
jedoch der schrecklichste aller Schrecken,
das ist der Mensch in seinem Wahn.«
Friedrich Schiller

Ain't no sunshine when she's gone
it's not warm when she's away
ain't no sunshine when she's gone
and she's always gone too long
any time she goes away
»Ain't no sunshine«, Bill Withers

3.

Dunkelheit umschlich das kleine Häuschen. Weit und breit keine Straßenlaterne, nur vereinzelt matt glänzende Sterne, die durch die dünne Wolkendecke lugten. Die kleine Wohnung, verwinkelt im Erdgeschoss eines Zweifamilienhauses, lag verlassen am Rand des Bürgerparks, etwas abseits von der Zufahrtsstraße zum bekannten Bayrischen Biergarten, der im Sommer jeden Abend etliche Menschen anzog. Jetzt war der Herbst hereingebrochen, und der Biergarten hatte seine Pforten geschlossen. Dunkel und einsam war es hier draußen geworden. Nur aus einem Erdgeschossfenster des kleinen Hauses plätscherte Licht auf die Terrasse und versickerte bald.

Hinter der gläsernen Terrassentür kauerte ein Mann namens Alexander Weiß auf einem Stuhl. Weiß hätte seinen Namen vermutlich mit der Farbe seiner Haare in Verbindung gebracht, obwohl diese erst von achtundvierzig Frühlingswinden zerzaust waren. Das frühe Ergrauen lag in seinen Genen und er hatte es mehr genossen als darunter gelitten. Schon als sich seine Schläfenbehaarung aufhellte, hatte er die Erfahrung machen können, dass diese Veränderung Eindruck bei seinen Studentinnen hinterließ. Er nutzte diese Tatsache nicht. Hätte man ihn gefragt warum, hätte er kaum die Attraktivität der jungen Frauen in Frage gestellt, noch seine Männlichkeit. Er hätte geantwortet, es hinge mit der wenigen Zeit zusammen, über die er neben seinen Forschungsarbeiten noch verfügte.

Ein außen stehender Beobachter hätte allerdings seine Angst vor Beziehungen zu Menschen, insbesondere zu Frauen, als Grund erkannt. Allerdings nahm Weiß die bewundernden Blicke einiger junger Frauen durchaus wahr. Er führte diese nicht auf sein Äußeres zurück, obwohl er mit seinem schlanken Körper und dem markanten Gesicht der Vorstellung von mitteleuropäischer Attraktivität entsprach. In Momenten ungebremster Eitelkeit hätte er sich wohl nicht als attraktiv sondern als weise bezeichnet. Den Doktortitel und den Ruf zum Professor konnte er als Beweise anführen.

Hätte man ihn weiter über sich selbst nachdenken lassen, hätte er seinen Namen vielleicht mit den vielen Eisbergen in Verbindung gebracht, die er als Klimaforscher in der Antarktis gesehen und vermessen hatte.

Der Professor saß auf dem schwarzen Armlehnstuhl mit dem geflochtenen Sitz und einem Gestell aus schwarz lackiertem Metall. Das dünne Sitzkissen aus Bauwolle schützte ihn kaum vor der Härte des Stuhles. Er starrte in das düstere Zimmer.

Wie hieß der Stuhl, auf dem er sich befand? Bernhard oder Elijas?

Weiß beschäftigte sein Gehirn mit dieser Frage, alles andere war nicht mehr von Interesse. Im Herausfinden von Namen hatte er Übung. In seiner Studentenzeit und in den verschiedenen Wohngemeinschaften war es zu einem Sport unter den Kommilitonen geworden, Möbelstücke mit deren Namen anzusprechen. Beim Besuch einer fremden Studentenbude machte man sich einen Spaß daraus, so schnell wie möglich alle Möbelstücke mit den Namen im *IKEA*-Katalog in Verbindung zu bringen. Jeder richtig erkannte Name brachte zehn Inventarpunkte, die später dann in der eigenen Bude nach einer einfachen Umrechnungsformel in Bier umgetauscht wurden. Außerdem schulte das Spiel die Merkfähigkeit. Selbst bei »Wetten dass …« hatte er sich beworben, doch Alexander Weiß war damals nicht in die Sendung eingeladen worden. All dies war nun schon nahezu zwanzig Jahre Vergangenheit. Eine Menge Namen waren mittlerweile aus seinem Gedächtnis gefallen, und deswegen war er sich heute nicht mehr sicher, ob der Stuhl Bernhard oder Elijas hieß. Manchmal dachte er noch an Nils, verwarf diesen Einfall aber schnell, da Nils einen waschbaren Bezug hatte und in Weiß geliefert wurde. Er aber saß auf einem schwarzen Stuhl. Dieser Gedanke tat ihm gut, er mochte schwarz. Und er lenkte ihn von dem Eigentlichen ab.

Zeit schlich an ihm vorbei und er konnte nicht einschätzen, wie lange er schon auf diesem harten Stuhl gesessen hatte, dessen Namen er nicht mehr mit Sicherheit sagen konnte, noch wusste er in diesem Moment, ob es draußen hell oder dunkel war, und es war ihm auch egal.

Erst als die Stimme wieder in seinem Kopf hallte, erschrak er. *Du musst es tun. Es gibt keine andere Wahl. Denk an Hartmut.*

Der Name klang in ihm wie schrilles Weckergeläut.

Plötzlich fühlte er sich hellwach. Sein Herz pochte wild, und längst vergessen geglaubte Bilder drängten sich ihm auf. Bilder aus seiner Jugend. Bilder, die mit seinem Großvater zu tun hatten. Einem Mann, der seine Kriegserlebnisse und die Entbehrungen, die er erlitten hatte, damit verarbeitete, dass er Härte und Strenge an seinen Enkel weitergab. Das eiskalte Abwaschen jeden Morgen und die langen Märsche durch die Winterlandschaft im Odenwald, lediglich bekleidet mit kurzer Hose und dünnem Hemd, gehörten ebenso dazu, wie die körperlichen Züchtigungen, wenn seinen Befehlen nicht gehorcht wurde. Der kleine Alexander hatte diese Art der Erziehung ab seinem sechsten Lebensjahr ertragen müssen, nachdem seine Eltern bei einem Verkehrsunfall ums Leben gekommen waren und seine Großeltern die Sorgepflicht über ihn erhielten. Sein Großvater führte ihn mit harter Hand, wie er es nannte, und erklärte ihm, während er ihn prügelte, immer wieder, wie notwendig die Bestrafungen seien, damit er, der kleine Alexander, ein guter Mensch würde.

Seine Großmutter verblasste in seinen Erinnerungen. Sie versorgte ihn zwar mit Essen und ein wenig Wärme, blieb aber meist im Hintergrund, verstummte und senkte den Blick zu Boden, wenn der Großvater den Raum betrat. Ob der Großvater auch sie schlug, wusste Alexander nicht. Er hatte es niemals gesehen, er konnte es lediglich erahnen, wenn seine Großmutter wieder einmal tagelang das Schlafzimmer nicht verließ oder einen Verband trug und mit gebrochener Stimme erzählte, dass sie die Kellertreppe hinunter gestürzt sei. Diese Erinnerungen ließen ihn diese unbeschreibliche Kälte erleben, die ihn als Kind das erste Mal heimgesucht und seit dieser Zeit nie mehr losgelassen hatten.

Fest umklammerte Alexander Weiß die Armlehne, und das wöchentliche Krafttraining, das er seit Jahren ausgiebig praktizierte, entlockte dem geflochtenen Material der Lehne ein lautes Knacksen. Angestrengt versuchte der fein gekleidete Mann, nicht an den Großvater zu denken. Allein der Wunsch, den Namen des Möbelstücks herauszufinden, half nicht mehr. Er ließ seinen Blick durch das Zimmer schweifen, ein Zimmer, welches ihm fremd vorkam, obwohl er es hätte kennen müssen.

Es musste ein Wohnzimmer sein, nach dem Sessel im Eck und dem kleinen Fernseher zu urteilen, oder doch ein Esszimmer? Der Stuhl, auf dem er saß, und der Tisch direkt vor ihm ließen auf ein Esszimmer schließen. Dann gab es noch eine Einbauküche rechts hinten, alles klein und überschaubar. Weiß hätte es als ärmlich und heruntergekommen bezeichnet, wenn er es nicht gemocht hätte. Da er sich aber irgendwie in diesem Zimmer wohlfühlte, nannte er es in Gedanken funktional. Es war nicht mit seiner Wohnung vergleichbar, zumal er Luxus liebte und sich ihn auch leisten konnte. Aber er fühlte sich hier drinnen aufgehoben, obwohl da etwas war, was ihn störte. Er zwang sich, nicht durch die geöffnete Schlafzimmertür zu linsen, um nicht das Gefühl der Geborgenheit zu verlieren. Er schaffte es, die Kälte fernzuhalten, bis die Bilder der vergangenen Stunden wieder vor ihm auftauchten. Er hatte lange Zeit in dem Schlafzimmer verbracht und den Blick nicht von der Person, die geschunden und gequält auf dem Bett lag, lösen können. Ein tiefer Abgrund hatte sich vor ihm aufgetan, und er hatte dagegen angekämpft, um nicht hinein zu fallen. Es war misslungen und wenig später stürzte er in das aufgerissene Maul der Finsternis und der nicht enden wollender Leere. Und dann war da eine kurze Zeit des Friedens und einer wohltuenden Lethargie. Als er aber wieder zur Besinnung kam, war da lediglich der Drang, sich selbst körperliche Schmerzen zuzufügen. Er hatte widerstanden und fühlte sich hin und her gerissen zwischen der Gewissheit, auch er würde in diesem Raum sterben müssen, und der Realität, die ihn veranlasste, sich selbst einen letzten Wunsch zu erfüllen. Niemand sollte seine geliebte Frau, den ersten und einzigen Menschen mit dem ihn ein festes Band verband und mit dem er sogar körperliche Nähe genießen konnte, in diesem Zustand zu Gesicht bekommen. Er hatte sich neben sie gesetzt, hatte die Situation analysiert und sich dann jeden Schritt überlegt. Erst dann hatte er konzentriert seine Arbeit erledigt und alles so gerichtet, wie er es sich ausgemalt hatte. Dies war für ihn die einzige Möglichkeit gewesen. Er musste sich zuvor sehr sicher sein, wie er seine Frau herrichten wollte, denn während er sie berührte, mussten seine Gedanken frei sein.

Er hatte überlegt, was er heute Mittag gegessen hatte, was er gestern Abend getrunken hatte und wo er sich vorgestern Abend abgelenkt hatte. Er hatte an die *Centralstation* gedacht, denn es dämmert ihm, dass er sich dort eine Zeitlang aufgehalten hatte. Eigentlich hatte er einen Vortrag zu Ende schreiben müssen, aber er hatte sein Vorhaben auf die Nacht verschoben. In der großen Halle, gemeinsam mit einigen Hundert Menschen, hatte er auf dem Boden gesessen, unter sich ein Sitzkissen gespürt, welches die Kälte des Bodens von ihm fern gehalten hatte.

Auf der Bühne standen lediglich zwei Mikrofonständer, sonst nichts. Und alle sieben Minuten wurde ein anderer Wortkünstler angesagt, der dann die Zeit nutzte, um das Publikum in seinen Bann zu ziehen. Wenn es gelang, gab es Beifall, und es gab oft Beifall an diesem Abend. Aber damit nicht genug. Die Künstler kämpften gegeneinander, natürlich nur mit der Kraft ihrer eigenen Texte, die sie dem Publikum zuflüsterten oder zuschrieen, je nachdem, was sie ausdrücken wollten.

Es gab viele gute Texte. An einen erinnerte sich Weiß besonders. Es war wohl nicht der Beste, aber er wurde von einem zwanzigjährigen Slammer vorgetragen, dessen Rastalocken von einer riesigen Mütze zusammengehalten wurden. Er stand alleine auf der Bühne vor den 900 Zuschauern und sprach so, als stünde er vor seinem intimsten Freund.

»Ich verändere mein Leben und bin ein Anderer – mein ganz persönlicher Katastrophenfilm.«

Langsam begann er mit seiner Erzählung über einen merkwürdigen Morgen kurz vor Weihnachten, als die Luft sommerlich warm und klar erschien. Bald schon überschlugen sich die Ereignisse, Geysire brachen aus dem Kantplatz hervor, muhende Kühe wurden in die Luft geschleudert, und in ein paar Metern Entfernung stand ein alter Peugeot. Die Tür war offen und der Motor lief. Er flüchtete sich in das Fahrzeug und erfuhr über eine Ansprache im Radio, dass die Welt von wild gewordenen Aliens mit Tachionenstrahlen zerstört werden sollte. Entschlossen machte er sich auf den Weg zum Frankfurter Flughafen, kaperte ein Airbus A 380, wurde beinahe von einem Vulkan verschluckt, der sich im Weiterstädter Industriegebiet gebildet hatte, und rettete dann kurzerhand die Welt, indem er nach Australien flog und die dort stationierten Aliens überzeugte, friedlich mit der Menschheit zusammen zu leben.

Weiß grinste, als er an die skurrile Geschichte dachte. Er hatte die Stimme und das Zimmer, in dem er saß, für ein paar Minuten vergessen. Er fand die Idee mit den Außerirdischen tröstlich, aber sie half ihm nicht weiter. Seine innere Stimme machte sich wieder bemerkbar. *Du musst es tun! Du hast keine andere Wahl!*

Wieder durchschnitt diese Stimme die Stille. Irgendwie erinnert sie ihn an eine chinesische Foltermethode, über die er einmal in einem Buch gelesen hatte. Wie kreativ Menschen doch sein konnten, wenn es um Grausamkeiten ging, hatte er damals gedacht, fasziniert und abgestoßen gleichermaßen.

Weiß saß regungslos auf diesem schwarzen Stuhl und dachte dann unvermittelt, dass Ingo, dieser Esstisch aus unbehandeltem Kiefernholz, ganz und gar nicht zu den restlichen Einrichtungsgegenständen passte. Nein, irgendetwas stimmte hier nicht. Alles war am falschen Platz, und er saß mittendrin und wusste plötzlich, dass auch er nicht hierher gehörte.

Draußen schien es dunkel zu sein. Die Nacht war wohl hereingebrochen und dieser Stuhl hielt ihn noch immer fest. Was würde er tun?

Plötzlich war ihm alles klar, und er hatte Angst vor den Konsequenzen, vor den vielen Fragen und den Antworten, die er dann geben musste, aber nicht geben konnte.

Wie wohl gestern Nachmittag die Lilien gespielt hatten? Ob sie ihre unerwartete Erfolgsserie fortsetzen konnten? Er hatte keine Ahnung und normalerweise hätte es ihn auch nicht interessiert. Heute aber zog ihn die Überschrift des Sonntag-Morgen-Magazins magisch an. Die Zeitung lag aufgeschlagen auf dem Esstisch und in fetten Lettern geschrieben stand dort: *Lilien im Erfolgsrausch - 4:1 gegen SV Wehen Wiesbaden.*

Na also, dachte Weiß, aber kurze Zeit später zerbrach die Fußballbegeisterung in tausend Stücke, löste sich auf und zurück blieb dieser karg eingerichtete Raum und dieser schwarze Stuhl, auf dem er saß.

Er hatte keine weiteren Gedanken mehr und so ließ er die Stimme zu, die auf ihn eindrang. *Du musst es tun!*

Also erhob er sich schwerfällig und ging schlurfend auf die Terrasse. Dort grub er mit bloßen Händen den großen Verbundstein, der sich am Rand des angrenzenden Beetes befand, aus und hob ihn hoch in die Luft. Der Morgen dämmerte rot. Weiß achtete nicht darauf. Dann warf er den Stein von außen mit solcher Wucht auf die Glasscheibe der Tür, dass diese zersprang. Kurz betrachtete er die Zerstörung, dann betrat er die Wohnküche, schmiss ein paar Möbel um und leerte die wenigen Schubladen des kleinen Wohnzimmerschranks auf dem Teppich aus. Anschließend zog er die dünnen Einmalhandschuhe aus, die er getragen hatte, öffnete seine Hose und stopfte die Handschuhe in seine Unterhose. Ordentlich bekleidete er sich, zog den Gürtel eng um die Taille, holte dann sein Handy aus der Jackentasche und wählte langsam die 110.

Jeden Morgen, wenn in Afrika die Sonne aufgeht, erwacht eine Gazelle.
Sie weiß, dass sie schneller laufen muss, als der schnellste Löwe, wenn sie am Leben bleiben will.
Jeden Morgen, wenn in Afrika die Sonne aufgeht, erwacht ein Löwe.
Er weiß, dass er schneller laufen muss, als die langsamste Gazelle, wenn er nicht verhungern will.
Egal, ob man ein Löwe ist oder eine Gazelle:
Sobald die Sonne aufgeht, muss man laufen!
Aus Afrika

Laufen ist wie eine Waschmaschine
für Körper und Geist.« *Annette Fröhlich*

4.

Benjamin Dobermann war glücklich, seine Bewegungen waren geschmeidig und er konnte seine Gedanken frei fließen lassen. Er hatte vor zehn Jahren mit dem Ausdauersport begonnen und genoss jede Minute, die er laufend in der freien Natur verbrachte. Schon nach kurzer Zeit waren da nicht nur Schweiß und wohlige Wärme, sondern auch das gute Gefühl, wieder einmal den inneren Schweinehund bezwungen zu haben. Mittlerweile war er gut im Training. Er hatte sich sogar zum diesjährigen Marathonlauf in Darmstadt angemeldet, aber dann am Tag des Laufes aus Angst vor einer Blamage entschieden, nur die Halbdistanz zu laufen. Diese absolvierte er mühelos und in einer sehr passablen Zeit, sodass er sich entschieden hatte, im nächsten Jahr auf alle Fälle die Distanz über zweiundvierzig Kilometer in Angriff zu nehmen.

»Was hältst du vom dem?« fragte er seinen Begleiter. »Ich rief gestern bei den *Weight-Watcher* an. Es hat aber niemand abgenommen.«

»Den kenne ich schon«, erwiderte Jens lachend. Der Waldweg war zwar steinig, aber das war allemal besser als Betonbelag. Und es ging bergab. So machte das Laufen Spaß.

»Aber er gefällt mir«, fügte Jens gutgelaunt hinzu.

»Ich teste ihn immer mal wieder bei neuen Kollegen. So eine Art Intelligenztest. Du verstehst?«, witzelte Dobermann.

»Klar«, antwortete Jens, »und wie steht's mit deinen Kollegen? Bestehen sie den Test?«

»Die meisten schon.«

»Na dann, einen Glückwunsch an deine kompetenten Mitarbeiter«, erwiderte Jens und ließ seinen Blick durch den Wald und über die näher kommende Lichtung streifen.

Dobermann liebte seinen Beruf. Vor einem Jahr war er in den Dienstgrad eines Kriminaloberkommissars aufgestiegen und dies, obwohl er gerade erst achtundzwanzig Jahre alt geworden war. Allerdings konnte er nicht auf viel mehr hoffen. Im K10, dem Kommissariat für Gewaltverbrechen, war es nicht üblich, dass man zum Kriminalhauptkommissar aufstieg, sehr zum Leidwesen der Kollegen, zumal bekannt war, dass beim Landeskriminalamt schneller befördert wurde.

Der Dienstgrad des HaKa, wie es die Kollegen nannten, war dem Dienststellenleiter vorbehalten und ob es Dobermann dahin schaffen würde, wusste er nicht. Er würde es aber versuchen. Er wäre gern in die Fußstapfen seines Vaters getreten, der es vor vielen Jahren bis zum Hauptkommissar gebracht hatte und auch mit den drei Sternen auf der Uniform in den Ruhestand gegangen war.

Dobermann war ehrgeizig, und er sah seinen Körper als Werkzeug, das er gut behandeln musste. Er trainierte ihn intensiv und regelmäßig. Sein athletisches Aussehen war der Dank dafür. Er wirkte mit seiner Körpergröße von fast zwei Metern und den kurz geschorenen schwarzen Haaren sehr selbstbewusst und durchsetzungsfähig.

»Welch ein herrlicher Morgen, und wir beide haben Zeit gefunden durch den Spätsommer zu laufen. Kühle klare Luft, kräftige Farben und dieser Duft von frisch gemähtem Gras«, schwärmte Dobermann und lief einen Tick schneller.

»Nun sprich nicht so gestelzt«, bemerkte Jens grinsend.

Neben dem Kommissar sah er mit seinen Einmetersiebzig viel kleiner aus, als er tatsächlich war. Außerdem wehte ihm im Gegensatz zu Dobermanns eng ansitzenden Laufklamotten eine Jogginghose um die schlaksigen Beine, und seine schulterlangen braunen Haare flatterten im Wind.

»Ich möchte dich an letzten Donnerstag erinnern, als es nicht nur kühl war wie heute, sondern der Regen unsere Laufsachen durchweicht hat. Dein Geschimpfe klingt noch immer in meinen Ohren.«

»Okay, okay, ich bin eben ein Schönwetterläufer, und heute ist der Altweibersommer tatsächlich in seiner vollen Pracht zurückgekehrt. Schau die Nebelschwaden, wie sie im Sonnenlicht über den Teich wabern, schöner als es das schönste Gemälde zeigen könnte. Die Natur ist eben einmalig.«

»Mann, Benjamin, mach mal halblang, oder bist du wieder verliebt? Du klingst so romantisiert.«

»Nee, nee, eher das Gegenteil. Ich bin frisch entliebt. Sie hat mir wieder einmal den Laufpass gegeben. Wer versteht schon die Frauen? Ich wohl eher nicht. Ich habe mich anscheinend nicht genug um sie gekümmert«, antwortete Dobermann leise.

»Das versteh ich nicht. Was willst du damit sagen?«

»Ach, lass mal«, antwortete Benjamin nun wieder mit mehr Stimme, »ich merke gerade, dass mich das warme

Wetter inspiriert. Kennst du den? Wie kannst du ein Stück Schweinefleisch auch im Sommer ohne Kühlschrank lange frisch halten?«

Jens überlegte und ließ seinen Blick über die Blätter der Buche gleiten, an der sie gerade vorbeijoggten. Sie fingen schon an, gelb und rot zu werden.

»Keine Ahnung«, sagte er endlich und schaute Dobermann fragend von der Seite an. Der ließ noch ein paar Sekunden verstreichen, bevor er die Antwort fast herausschrie: »Du darfst das Schwein nicht schlachten!«

Beschwingt liefen die beiden am Oberwaldhaus vorbei und querten die Landstraße, die nach Dieburg führt. An der nächsten Weggablung unterbrach Jens die Stille. »Wo soll´s an diesem Altweibersommermontagmorgen langgehen?«

Dobermann verzog seine Mundwinkel zu einem Grinsen. »Danke für den Beweis, dass auch du heute nicht einsilbig bist. Lass uns rechts und dann um den Backhausteich laufen. Vielleicht sitzen ja wieder die Graugänse vor dem Kranichsteiner Schloss, oder die grauen Herren vom Sicherheitsdienst patrouillieren, weil Joschka Fischer seine nächste Frau ehelicht.«

»Okay, lass uns nachschauen, was uns da erwartet«, stimmte Jens zu, und beide bogen ab, um ein paar hundert Meter später die Spiegelung des Herbstwaldes auf dem Teich genießen zu können. Die Graugänse saßen auf dem Weg und wichen keinen Zentimeter. Ihnen schienen Menschen nichts auszumachen.

»Unsere Gesellschaft scheint noch in Ordnung zu sein«, sagte Dobermann unvermittelt.

»Wie das?« fragte Jens.

»Ich habe eine Studie gelesen. Darin stand, dass die Deutschen auch im letzten Jahr mehr Kaffee als Bier getrunken haben. Zwar war der Unterschied nicht mehr so groß, aber immerhin: Mehr Kaffee als Bier!«

»Na, dann ist ja alles in Ordnung«, bemerkte Jens.

»Wenn das geklärt ist, können wir uns wieder Wichtigerem zuwenden.«

»Und was wäre das?«, wollte Dobermann wissen.

»Natürlich, dass früher alles besser war als heute.«

»Ach ja, dein Lieblingsthema.« Dobermann machte ein paar lange Schritte, da der Boden des schmalen Weges matschig war.

»Überleg doch mal«, sagte Jens, der ebenfalls die Knie wie ein Storch hochzog: »Wenn früher – vor ein paar Jahren noch – ein Berufsschüler ein Schweizermesser mit in den Unterricht genommen hatte, dann packte der Lehrer sein eigenes aus und beide verglichen die verschiedenen Funktionen. Wenn heute ein Berufsschüler sein Schweizermesser mit in den Unterricht bringt, dann werden Feuerwehr und Polizei alarmiert und die Schule geräumt. Du wirst gerufen und dein Tagwerk beginnt, Benjamin.«

»Ach, gestern, heute, morgen. Allein darüber nachzudenken ist Zeitverschwendung, wo doch heute schon morgen gestern ist«, antwortet Benjamin. »Und außerdem, wenn die Schule geräumt wird, werde nicht ich gerufen. Das ist Aufgabe des Sondereinsatzkommandos, kurz SEK genannt. Du weißt ja, bei uns wird alles abgekürzt. Das Leben ist halt kurz.«

»Richtig«, bemerkt Jens. »Das erwähnst du immer mal wieder. Am besten gefällt mir nach wie vor eure Abkürzung für eine hilflose Person. Dann redet ihr über die HiLoPo.«

»Stimmt«, lachte Dobermann. »Das hast du dir gut gemerkt. Bei der Polizei gibt es die eine oder andere Eigenart.

»Genau«, erwiderte Jens. »Eine davon ist wohl auch, dass du als Kriminaloberkommissar erst dann in Aktion trittst, wenn das Kind schon in den Brunnen gefallen ist, also das Schweizermesser blutverschmiert am Tatort liegt.«

»Mann, du kennst dich mit der Polizeiarbeit und den Dienstgraden gut aus. Das hätte ich dir gar nicht zugetraut. Ich dachte immer, du wärst so tief in deiner Musikproduktion versunken, dass du die Zusammenhänge des Lebens gar nicht mehr wahrnimmst.«

Jens ließ die Mundwinkel hängen und bemerkte wehmütig: »Musik machen? Wenn das meine einzige Aufgabe wäre, dann vielleicht. Aber momentan bin ich zu tief in dem Verwaltungsdschungel meiner Steuererklärung gefangen, um mir Gedanken über die harmonischen Seiten meiner Schaffenskraft machen zu können.«

»Ach wirklich«, bemerkte Benjamin trocken. »Dann lass uns hier vor dem Holzgatter rechts abbiegen und zurücklaufen. Heute muss uns eine Stunde Flucht vor der Realität ausreichen. Anscheinend hast du noch einen Termin mit deinen Steuerformularen, und ich habe Verwaltungsaufgaben zu erledigen. Momentan gibt es keine Leichensache, die meinen Polizeialltag versüßen könnte.«

»Na, wenn bei dir der Dienst ruft, dann muss es wohl so sein. Ich bin jetzt warm und könnte noch ewig weiterlaufen, aber ich begleite dich zurück zum Löwentor. Man weiß ja nie, wer es heutzutage alles auf einen Kriminaloberkommissar abgesehen hat.«

»Das ist aber sehr aufmerksam von dir«, bemerkte Dobermann und erhöhte das Tempo.

»Vielleicht kann ich tatsächlich deine Hilfe gebrauchen, wenn hinter einem der Bäume der Schwarze Mann lauert und mir Böses will. Ich bin nämlich momentan wirklich etwas eingestaubt.«

»Wie soll ich das verstehen?«, wollte Jens wissen, der es schaffte Schritt zu halten, obwohl der Weg anstieg.

»Momentan ist weit und breit kein spannendes Gewaltverbrechen in Sicht, das nur annähernd meine analytischen Fähigkeiten fordern könnte. Alles nur

Kleinigkeiten und natürlich der leidige Verwaltungskram. Dazu kommen die Nachwehen des Umzugs vom 1. Polizeirevier aus dem altehrwürdigen Schloss in den Neubau in der Bismarckstraße. Auch dabei soll ich helfen, obwohl ich normalerweise in der Klappacherstraße Dienst schiebe. Man hat ja als Staatsdiener ansonsten keine Aufgaben. Tja, so ist das, mein beruflicher Alltag ist momentan nicht sehr befriedigend und nur halb so aufregend, wie bei den vielen Fernsehkriminalisten, die im Eineinhalbstundentakt die tollsten Fälle lösen.«

»Ich habe in der Zeitung gelesen, dass ihr euch alle über den Umzug freut und alles bestens ist, inklusive der nicht funktionierenden Telefonanlage und der Probleme mit den Computern. Warum quengelst du eigentlich rum?«

»Richtig, und so ist es auch geblieben. Die Kollegen freuen sich, dass sie nun mehr Platz haben, um sich umzuziehen. Und sie haben auch mehr Zeit dazu, denn wir können momentan kaum etwas Sachdienliches in Erfahrung bringen. Das gesamte Computersystem macht Probleme.«

»Warum mehr Platz zum Umziehen? Ich dachte, eure Aufgabe wäre es, das Gesetz zu hüten und Menschen zu verfolgen, die sich nicht daran halten.«

Dobermann grinste, überquerte die Landstraße und sagte dann: »Im alten Polizeirevier im Schloss gab es lange Zeit nur einen Umkleideraum. Damals mussten sich die Frauen neben ihren Kollegen aus- und anziehen. Jetzt gibt es sowohl für Männer als auch für Frauen Umkleide- und Duschbereiche. Das ist doch was, oder?«

»Na, ja wahrscheinlich sehr zum Leidwesen der jüngeren Kollegen. Ich sage ja immer: Früher war alles besser! Was macht ihr dann den lieben langen Tag, außer die verstaubten Akten zu sortieren und in den gelösten Fälle deines ehrwürdigen Vaters Lothar Ludwig Dobermann zu schwelgen, den man, soweit ich weiß, wegen seiner Körpergröße auch den Langen Lui genannt hat.«

»Ach, lass meinen Vater aus dem Spiel, der nervt mich schon genug, wenn ich ihn in seiner Schrebergartenkolonie im Bürgerpark besuche und jedes Mal halb verkohlte Grillwürste essen muss.«

»Ja, es ist schon schwer, in den großen Fußstapfen seines Vorgängers herumstolpern zu müssen«, bemerkte Jens sarkastisch.

»Sei froh, dass ich ein gutmütiger Mensch bin und keine Dienstwaffe dabei habe, sonst müsste ich dich jetzt aus Notwehr erschießen«, antwortete Dobermann und versuchte, Jens im vollen Lauf ein Bein zu stellen. Der sprang geschickt in die Höhe und raste los. Dobermann verfolgte ihn lachend und beide sprinteten so lange den nächsten Anstieg empor, bis ihr Atem flog und die Kraft nachließ. Dann fielen sie zurück in ein gemächliches Tempo und machten sich abwechselnd über die Musikindustrie und die moderne Verbrechensbekämpfung lustig. Als sie den Wald verlassen hatten und auf das Oberfeld zuliefen, konnte die Stimmung der beiden Jogger nicht besser sein. Nichts passte weniger, als der anschwellende Klingelton eines Handys.

»Allzeit bereit«, brummte Dobermann und griff in die Handytasche, die an seiner Hose befestigt war. Er blieb stehen und nahm den Anruf entgegen. Kurz darauf sagte er zu seinem Laufpartner: »Ich muss los. Ich habe einen Einsatzbefehl.«

»When I was an alien, cultures weren't opinions
Never met a wise man, if so it's a woman
Gotta find a way, to find a way, when I'm here
Gotta find a way - a better way - I'd better wait
Just because you're paranoid, don't mean they're not after you.«
»Territorial Pissings«, Nirvana

»Es ist anmaßend, zu glauben, dass das, was wir sehen, alles ist, was es gibt.« *Lisa Randall*

5.

Vor Stunden schon war die Sonne über den Horizont gekrochen. Alexander Weiß stand regungslos, wie der Schattenwerfer einer Sonnenuhr, am höchsten Punkt des Drachenbergs am nördlichen Rand des Bürgerparks. Neben ihm befand sich der heruntergekommene Pavillon aus zum Teil zersplittertem Holz mit dem obligatorischen Müllhaufen rund um den verbeulten Müllbehälter. In der Nacht zuvor hatten ein paar Jugendliche einige Dosen Bier geleert und dann aus Langeweile ausprobiert, ob das Papier in dem Drahtgeflecht des Mülleimers genügend hohe Flammen werfen würde, um an dem Holzpfeiler des Unterstandes zu zündeln. Sie hatten es nicht ausgiebig genug versucht, sodass auf dem Holz lediglich Schatten aus Ruß zurückgeblieben waren.

Weiß erging es ähnlich. Die Erinnerungen an den Tag zuvor und vor allem die vergangene Nacht waren Schatten, die ihn zwar bedeckten, aber nicht in ihn eindrangen. Er empfand nichts als Leere und einzelne fragmentierte Bilder, die immer mal wieder in seinem Geist aufblitzten. Bilder, die keine Gefühle nach sich zogen. Bilder, die ihn vergessen ließen, wie er auf diesen Berg gekommen war und wie lange er schon hier oben stand. Doch irgendetwas hatten die Sonnenstrahlen bewirkt. Langsam löste sich das Gebilde auf, das er um seinen Kopf spürte. Weiß kannte das Gefühl. In der letzten Zeit empfand er es wieder öfter. Er selbst beschrieb es als Taucherglocke, gefüllt mit Watte. Schon in seiner Kindheit hatte es ihn begleitet. Damals war es ihm allerdings nicht bewusst gewesen. Wenn sich die Glocke auflöste und er wieder die Außenwelt wahrnehmen konnte, ahnte er lediglich, dass irgendetwas mit ihm passiert sein musste.

Nun war es wieder soweit. Er spürte mehr und mehr die Realität, die sich um ihn herum abzeichnete. Plötzlich war er sich bewusst, wo er sich befand. Rechts fast nur Wald, dann die Eissporthalle, der Messplatz, die golden glänzende Kuppel des Hundertwasserhauses und schließlich links davon den Schornstein der Müllverbrennungsanlage.

Ich kann wieder denken, dachte Weiß kurz, freute sich einen Moment darüber bis die nächsten Gedanken aufblitzten. Der Professor ließ weitere Gedankenblasen vorbeiziehen, ohne sich zu bewegen, ohne die Kälte wahrzunehmen, die sich immer weiter seinem Herz näherte. Er wollte die Wut nicht wahrnehmen, die in ihm war, und auch nicht die maßlose Trauer, die dahinter lauerte. Und dann zog sich ein Film vor seine Augen und er sah Saskia. Die wunderschöne Saskia mit den rotbraun glänzenden Haaren und den grünen Augen, die ihn schon beim ersten Ansehen verzaubert hatten. Es war vor einigen Jahren, als er sie bei dem Kongress im *Darmstadtium* gesehen hatte. Sie hinter dem Tisch mit den vielen Kaffeetassen und den kleinen Leckereien für den Pausensnack und er davor in seinem neuen Anzug und dem Namensschildchen an der Brust, welches ihn als Prof. Dr. Alexander Weiß zu erkennen gab. Die ersten Worte fielen ihm leicht: »Ich hätte gerne einen Kaffee schwarz«, obwohl seine Stimme in dem Moment zu zittern begann, als er in ihre grünen Augen sah. Ihr Lächeln machte ihn mutig, und so kam er zurück zu dem Tisch, als schon zum nächsten Vortrag gerufen worden war. Sein Hunger nach einem Brötchen war sehr gering, eher hungerte es ihn nach der Nähe zu dieser Frau, die hinter dem Tisch stand und ihn offen ansah. Als er sich aber dessen bewusst wurde, verflog seine Coolness, die er ansonsten im persönlichen Kontakt mit anderen Menschen an den Tag legte.

»Ich hätte ge.. gern ein Brö... Brötchen«, stotterte er und bemerkte, dass ihm heiß wurde. Die Röte in seinem Gesicht konnte er erahnen. Ihm war es peinlich, doch die attraktive Frau hinter dem Tisch schien sein Gestotter sympathisch zu finden, denn ihr Blick verfing sich lange in seinem. Dann erst reichte sie ihm das Salamibrötchen, lächelte und begann eine lockere Unterhaltung. Langsam gewann Weiß den Boden unter seinen Füßen zurück und er verabschiedete sich mit einer Verabredung zum gemeinsamen Essen für den nächsten Tag. Danach schwebte er zum Vortrag, und die vielen Fakten über die drohende Klimaveränderung, die darin enthalten waren, waren für ihn weit entfernt und interessierten ihn nur wenig. Das Essen am nächsten Abend endete in seiner Wohnung, und seit dieser Zeit fühlte er sich angenehm leicht, wenn Saskia in seiner Nähe war. Beide nutzten das nächste halbe Jahr, um sich kennenzulernen, danach bezogen sie ein schönes Haus im Paulusviertel, und der Alltag breitete sich aus. Irgendwann waren alle Geschichten aus der Vergangenheit erzählt. Natürlich nährten sie zuerst das gegenseitige Kennenlernen und bauten Vertrauen auf. Dann aber wurde kaum merkbar deutlich, dass sie zwar als Brücke in ein gemeinsames Leben dienten, aber eine lebendige Beziehung nicht für immer garantieren konnten. Etwas Neues, Gemeinsames war notwendig. Saskias grüne Augen blieben, aber Weiß schwamm immer seltener darin.

Ein kleines Tierchen hatte den Weg über die Schuhe und Strümpfe des Mannes gefunden und krabbelte jetzt auf nackter Haut im Slalom um die schwarze Beinbehaarung immer höher. Weiß nahm das Kribbeln wahr, war aber unfähig, das Tier zu vertreiben. Jede Bewegung bedeutet Leben.

Also stand er regungslos in der aufgehenden Sonne und war gefangen in sich selbst. Regen und Wind wären passender gewesen, nicht diese Sonne, die den Versuch unternahm, alles zu erwärmen und allem Leben einzuhauchen.

Das Anschwellen des Martinshorns glaubte er zwar wahrzunehmen, es berührte ihn aber nicht. Selbst als er das Gefühl hatte, das Einsatzfahrzeug hätte nur einige Meter entfernt auf dem Feldweg angehalten, blieb er unberührt stehen und starrte weiter in die Ferne. Beide Hände hatte er auf dem Rücken miteinander verknotet. So glaubte er nur ein leises Klicken zu hören, als sich die Handschellen an seinen Handgelenken festhakten. Er dachte, er würde zu dem Polizeiauto geführt werden. Sein Kopf wurde beim Einsteigen nach unten gedrückt, so wie er es aus den Fernsehkrimis kannte. Die beiden Polizeibeamten schwiegen. Das Auto bewegte sich und Alexander Weiß fühlte sich mitgenommen. Je näher er der Wohnung kam, aus der er vor wenigen Stunden die Polizei gerufen hatte, desto stärker wurde dieser eigenartige Fluchtreflex. In seinem Kopf bildeten sich Gedanken, immer schneller und schneller. Aber es gab keine Verbindung zwischen seinem Geist und seinem Körper. Der Körper war vorbereitet, Adrenalin stand ausreichend zur Verfügung, das Herz arbeitete auf Hochtouren, aber es gab keine Möglichkeit der Bewegung.

»So, wir sind da. Steigen Sie bitte aus.«

Weiß spürte, wie die Polizeibeamten ihn unter den Armen packten. Sie begleiteten ihn mit solchem Körpereinsatz, dass seine Füße beinahe über den Boden schleiften, bis zu dem Haus, in dem sich das Wohnzimmer mit den vielen *IKEA*-Möbeln befand. Dann führten sie ihn weiter. Ein anderer Beamter öffnete mit einem Ruck die Schlafzimmertür. Die letzte Kraft schwand aus Weiß' Beinen. Die Polizisten mussten ihn nun tragen.

»Kennen Sie diese Frau?«, fragte ein Mann, dessen Gesicht Weiß nicht scharf stellen konnte.

Wieder schossen Gedankenfragmente durch seinen Kopf: Manchmal muss man etwas verlieren, um dessen Wert zu erkennen. Einen Ring zum Beispiel. Man vermisst ihn erst in dem Moment, wenn man die weiße Linie am Finger sieht, hat aber immer die Möglichkeit, ihn zu suchen, sei es auch noch so anstrengend und zeitaufwändig. Und wenn man ihn wieder gefunden hat, dann ist die Freude groß und der weiße Streifen am Finger verschwunden. Bei dem Verlust eines Menschenlebens ist es anders. Das Leben kann nicht wieder gefunden werden, es kann nicht zurückgebracht werden. Diese Wunde, die der Verlust tief ins Fleisch geschnitten hat, kann nicht heilen, der Schmerz wird nicht abklingen. Er verstärkt sich täglich, mit jedem neuen Gedanken an den verlorenen Menschen.

»Herr Weiß, ich hatte Ihnen eine Frage gestellt. Kennen Sie diese Frau?«

Alexander Weiß hatte das Gefühl, das Gleichgewicht zu verlieren. Er wankte. Sein Körper spürte nichts, dennoch wollte er sich konzentrieren, er wollte sich den Fragen stellen, er wollte antworten. Warum hatte er sonst die Polizei gerufen?

»Sie sind kreidebleich. Soll ich Ihnen einen Stuhl holen?«

Waren die Worte in seinem Kopf oder gab es sie wirklich? Die Stimme klang besorgt. Galt die Sorge ihm? Alexander Weiß wusste es nicht. Irgendwie interessierte es ihn auch nicht. Langsam nahm er wahr, dass seine Augen geschlossen waren. Er musste sie öffnen und den

Polizisten ansehen, der ihn angesprochen hatte. »Danke, nein. Es geht gleich wieder.«

Der Schleier vor seinen Augen verflüchtigte sich. Erst verschwommen, dann klarer sah er die junge Frau, die auf dem schmalen Bett lag. Sie schien zu schlafen. Ihre Gesichtszüge wirkten entspannt. Ein Lächeln lag auf ihren Lippen. Störend war nur, dass sie ihre Hände auf dem Bauch verschränkt hatte, als würde sie beten. Ein schlafender Mensch betete nicht. Und ein schlafender Mensch hatte keinen eingeschlagenen Schädel.

Liebe konnte etwas Gemeinsames sein, Trennung nie. Trennung ging immer von einer Seite aus. Da war kein Band mehr zwischen seinem Herzen und dem toten Organ, welches in der Brust seiner Frau ruhte. Es gab keine Verbindung zu diesem Körper, der da mitten im Raum auf diesem schmalen Bett lag, mit der klaffenden Wunde am Kopf. Das Rot passte nicht zu den roten Haaren, die früher einmal glänzend und seidig gewesen waren. Was hatten die verdammten Polizisten getan? Sie hatten sein Kunstwerk zerstört. Einfach so, ohne darüber nachzudenken. Das hätten sie nicht tun dürfen. Niemand hätte das tun dürfen.

»Warum haben sie das Tuch vom Kopf meiner Frau entfernt?«

Die Worte klangen wütend. Die Trauer, die sich dahinter verbarg, nährte diese unbändige Wut. Da wusste Weiß, dass er einen groben Fehler begangen hatte.

»Woher wissen Sie, dass die Tote ein Tuch um ihren Kopf getragen hatte«, kam prompt die Frage.

Weiß versteinerte. Er wollte und konnte keine Antwort geben. Das Schlafzimmer löste sich mehr und mehr auf. Er spürte plötzlich wieder die unsägliche Kälte, die sich in ihm breit machte. Sein Herz klopfte. Weiß öffnete die Augen und blickte auf die goldene Kuppel des Hundertwasserhauses. Er war aus den Bildern, die ihm sein inneres Auge vorgegaukelt hatten, erwacht. Plötzlich war die Starre, in die sich der Klimaforscher geflüchtet hatte, so fehl am Platz wie das Glaubensbekenntnis: Alles wird gut! Weiß spürte, wie sich seine Füße bewegten. Nun konnte sein Körper nicht mehr reglos auf dem Drachenberg stehen bleiben. Ohne einen weiteren Gedanken begannen seine Füße mit der Bewegung. Dann rannten sie los und trugen den Professor den lang gezogenen Weg hinunter, immer schneller. In der Ferne erklang noch immer das Martinshorn, wurde aber mit jedem Schritt leiser, bis es nicht mehr zu hören war.

»Was Macht hat, mich zu verletzen,
ist nicht halb so stark wie mein Gefühl,
verletzt werden zu können.«
William Shakespeare

Bilder von dir überdauern, bis in alle Zeit
Bis in alle Zeit, bis in alle Zeit
Bilder von dir überdauern, bis in die Ewigkeit
In die Ewigkeit, in die Ewigkeit.
»Bilder von dir«, Laith Al-Deen

6.

»Oh, Mist! Was soll das denn?«, flüsterte Karl Leuthner ungläubig. Als Chef der Spurensicherung hatte er das Schlafzimmer als erster betreten. Gebannt war sein Blick auf das schmale Bett gerichtet. Sein Mund fühlte sich trocken an. Schwer lag ein Gefühl von Entsetzen aber auch Faszination in seiner Magengegend.

Leuthner stand so ruhig, dass keine Falte seines dünnen Einweg-Overalls raschelte. Starr stand er da und sog das Bild in sich auf, welches er später immer wieder als Tatort bezeichnen würde. Er drehte sich auch dann nicht um, als er rief: »Kollegen, schaut euch das hier an. So etwas habe ich in meinen zweiunddreißig Berufsjahren noch nicht gesehen. Und ich habe schon einiges zu Gesicht bekommen in diesem gottverdammten Job.« Dann schwieg er ein paar Sekunden lang und fügte flüsternd hinzu: »Mit Blut kann ich umgehen, aber so etwas hier ist `ne ganz andere Nummer.«

Franz Jungherz, der nun neben ihm stand, musste ihm recht geben. Er war im ersten Moment genauso verblüfft wie sein Chef. Er fasste sich allerdings schnell und reagierte professionell.

»Hans, bau die Spheron-Kamera auf und mach uns ein 360-Grad-Bild von diesem wunderschönen Anblick.

Und du, Henry, denk an die Verdunkelungsgefahr, leuchte das Zimmer gut aus, damit jedes noch so kleine Detail später zu einem eindeutigen Puzzlesteinchen in diesem Fall werden kann.«

Als Karl und Franz nebeneinander standen, sahen sie aus wie Vater und Sohn. Beide waren schlank, Brillenträger, beide trugen kurze Haare und hatten ein markantes Gesicht. Selbst die Stirnfalten ähnelten sich, obwohl die von Karl um einiges tiefer und ausgeprägter waren.

Schnell wurde die Kamera herbeigeschafft. Die Kollegen des Einsatzteams markierten die verschiedenen Auffälligkeiten im Raum mit Nummerntafeln und machten mit einer speziellen Digitalkamera etliche Fotos. Durch die hohe Auflösung der Bilder ließen sich später am Bildschirm selbst kleinste Informationen, wie das Datum auf einer Zeitung oder die Aufschrift auf einer Streichholzschachtel erkennen. Das Team rund um Karl Leuthner arbeitete schnell und effektiv. So konnten sich Karl und Franz eingehend der Leiche auf dem Bett zuwenden.

»An was erinnert dich das?«, wollte Karl wissen.

»Irgendwie an Schneewittchen, nur der Glassarg fehlt«, antwortete Franz.

»Als hätten sich die sieben Zwerge rührend um ihr totes Liebchen gekümmert. Sie haben ihre Hände gefaltet und ihr ein entzückendes Lächeln ins Gesicht gezaubert. Nur die Wunde am Hinterkopf der Schönen stört ein wenig.«

Karl Leuthner kratzte sich am Kinn, was er gerne tat, wenn er nachdachte.

»Ja, der Täter hat sich viel Zeit gelassen und ihr wohl auch den Kiefer vor dem Eintreten der Totenstarre nach oben gebunden, damit nichts erkennen lässt, dass das Prinzesschen mit brachialer Gewalt aus ihrem jungen Leben gerissen wurde. Dann hat er ihr mit diesem eleganten grünen Tuch den Kopf verschönert. Da hat sich unser Kümmerer viel Mühe gegeben und bestimmt die eine oder andere Spur hinterlassen, es sei denn, er ist ein kaltblütiger Profi. Also Franz, ran an den Speck.«

»Was für einen Speck? Auf den ersten Blick erscheint mir die Tote recht jung und drahtig«, ertönte eine bekannte Stimme. Karl und Franz drehten sich um und lächelten, als sie die Person sahen, die sich mit verschränkten Armen im Türrahmen abstützte.

Karl fand als erster Worte: »Na, Doc, wenn's um den Speck geht, dann hat diese Leiche keinerlei Ähnlichkeiten mit dir.«

Der dienstälteste Pathologe der Frankfurter Gerichtsmedizin grinste verschmitzt. Die Einmetersechzig, die er maß, wirkten nicht, da sein Körper rund wie eine Kugel war. Rainer Calmund als Zwerg. Die Glatze, die er schon seit seiner frühen Jugend hatte, passte ins Bild. Eigentlich hätte sich Wilhelm Muffinski schon vor einigen Jahren in die wohlverdiente Pensionszeit verabschieden können, aber er hielt an seinem Beruf fest wie an seinen Pfunden. Die neunundsechzig Jahre, die sein Herz schon ertragen musste, sah man ihm nicht an. Er wirkte weder alt noch ungelenk, eher wie ein Gummiball. Geschmeidig löste er sich aus dem Türrahmen und bewegte sich auf die beiden Kollegen der Spurensicherung zu. Dabei kramte er in den Taschen seiner grauen Jacke, die über seinen Schultern hing wie eine Zeltplane auf der Wäscheleine, und zog ein Paar Gummihandschuhe hervor.

»Na Jungs, ich stelle immer wieder fest, dass euch die Ganzkörperanzüge gut stehen. Ganz in weiß und so etwas von elegant, ich muss schon sagen.«

Mit einem Schnalzen zog er sich die Handschuhe über, hüpfte mit wippenden Schritten an Karl und Franz vorbei und widmete sich der rothaarigen Frau auf dem schmalen Bett.

»Komm, Kollege, lass Doc Pät, den ältesten Leichenleser der Frankfurter Gerichtsmedizin, seine Arbeit tun. Ich bin gespannt, was er diesmal so alles herausfindet«, sagte Karl Leuthner und drehte sich um. »Wir müssen das Zimmer inspizieren.«

»Ja, Chef«, erwiderte Franz lächelnd und folgte Karl laut raschelnd. »Diese blöden Anzüge. Kein Wunder, dass wir deswegen immer wieder verspottet werden.«

Nach einiger Zeit war das Schlafzimmer vollständig durchforstet und die Mitarbeiter der Spusi, wie sich die Spurensicherung selbst nannte, betraten nochmals die angrenzende Wohnküche. Hier waren zwar schon erste Spuren gesichert, allerdings suchten Karl und Franz den Tatort gern mehrmals ab, um nichts zu übersehen. Mitten in der Arbeit klingelte es an der Wohnungstür. Schlurfend und noch in Gedanken versunken ging Karl zur Tür und öffnete. Draußen stand Kommissar Dobermann in Jeans und einer schwarzen Lederjacke.

»Hallo Benny, spät kommst du zwar, aber immerhin beehrst du uns mit deiner Anwesenheit und bist auch noch frisch geduscht. Wir sind schon einige Zeit hier und recherchieren. Du kennst ja den Spruch: *Der frühe Vogel fängt den Wurm.*«

»Das ehrt euch, ihr *men in white*. Ich musste mich noch um meine körperliche Fitness kümmern. Jeder wie er kann. Ihr kennt ja meinen Leitspruch, oder?«

»Komm, lass hören, du Kriminaler«, forderte Karl ihn auf und schüttelte dem Kommissar ausgiebig die Hand.

Dobermann schaute seinem Kollegen tief in die Augen. »Mein Leitspruch ist nach wie vor: *Die ersten Pflaumen sind madig.* Und außerdem lass ich euch immer gerne den Vortritt, dann habt ihr euch schon ein Bild gemacht und könnt mir über das berichten, was ich dann nicht mehr suchen muss.«

Der Kommissar ließ die Hand seines Gegenübers los und wirkte von einem Moment auf den anderen sehr geschäftig. Das Lächeln in seinem Gesicht war verschwunden und machte Neugier Platz. Karl bemerkte dies wohlwollend und begann mit der ersten Auffälligkeit, die er herausgefunden hatte.

»Jemand hat die Scheibe der Balkontür eingeschlagen. Der Täter muss einen großen Stein dagegen geschleudert haben. Hat wohl einen Mordskrach verursacht. Es wird deine Aufgabe sein, herauszufinden, ob es jemand gehört hat. Spannend ist in diesem Zusammenhang, dass die Temperatur, die wir hier in diesem Zimmer gemessen haben, nicht zu der Leiche im Nebenzimmer passt.«

»Wie meinst'n das«, fragte Dobermann überrascht.

»Also, angenommen, ein böser Mensch zerdeppert die Glasscheibe, dringt in die Wohnung ein, um eine junge Frau zu meucheln und geht wieder. Die Frau ist tot und die Balkontür kaputt. Richtig?«

»Richtig, und weiter?«

»Bei der Toten war die Leichenstarre schon eingetreten, also muss sie schon ein paar Stunden dort gelegen haben. Außerdem hat sich der Täter noch eine Zeit lang um das Opfer gekümmert. Aber das wirst du gleich sehen, und Doc Pät kann dir vielleicht auch schon Genaueres über den Todeszeitpunkt sagen.«

»Ach, Doc Pät ist auch schon da«, sagte Dobermann, »dann bin ich tatsächlich der letzte meiner Art hier und heute bei dieser Tat.«

»Sag ich doch, aber jetzt pass auf«, erwiderte Karl, holte aus der Tasche seines Anzugs einen kleinen Zettel und tippte immer wieder auf die Zahlen, die darauf standen. »Als wir gekommen sind, habe ich gleich die Zimmertemperatur hier in der Wohnküche gemessen. Es waren immerhin noch fünfzehn Grad Celsius. Draußen hatten wir aber heute Morgen laut Wetterdienst lediglich vier Grad. Hätte also der Täter zuerst die Glasscheibe eingeschlagen und dann gemordet, hätte der Raum hier um einiges kühler sein müssen. Also gehe ich momentan davon aus, dass erst Frau tot und dann Scheibe kaputt.«

»Tja, diese Fakten sind interessant«, bemerkte der Kommissar nachdenklich. »Vielleicht ist der Einbrecher gar nicht eingebrochen, sondern ausgebrochen?«

»Glaub ich nicht«, mischte sich Franz ein. Er hielt einen Verbundstein in seiner Hand. »Diesen Teil des Balkonbodens fanden wir hier im Raum. Er lag an der Markierung da vorne, direkt neben dem kleinen Beistelltisch. Die Flugbahn von draußen nach drinnen ist eindeutig. Ansonsten erzählt uns der Stein leider keine weitere Geschichte. Er ist frei von jeglichen Fingerabdrücken, also muss der Täter gewusst haben, wie wichtig das Tragen von Handschuhen ist.«

Dobermann nickte. »Ist ja mal ein ganz anderer Verlauf eines Einbruchs. Gibt es hier sonst noch Hinweise? Irgendetwas, das auf einen Raub hindeutet?«

»Nee, anscheinend nicht. Es ist hier zwar ein wenig herumgewütet worden, aber es sieht alles sehr konstruiert aus, als habe jemand absichtlich Unordnung gemacht, um uns an der Nase herum zu führen«, verschaffte sich Karl Leuthner wieder Gehör. »Momentan können wir Nichts anderes sagen, zumindest aus den Erkenntnissen, die wir in diesem Raum hier gesammelt haben. Aber, es gibt ja zum Glück ein zweites Zimmer und darin warten nicht nur eine wunderschöne Leiche, sondern noch eine spannende Überraschung auf dich.«

»Überraschung?«, fragte Dobermann.

»Ja, Überraschung«, sagte Karl. »Unser Fall birgt die eine oder andere Ungereimtheit, was die Sache spannender macht.«

»Na prima, dann hast du mein Neugierigkeitsgen endgültig geweckt.«

»Neugierigkeitsgen, was ist denn das schon wieder?«,

wollte Karl wissen. »Du verblüffst mich immer wieder, zwar nicht so oft, wie dein Vater, aber immerhin.«

»Ach, lass meinen Vater außen vor«, erwiderte Dobermann genervt. »Ich weiß ja, dass seine Fußstapfen, in die ich nun getreten bin, manchmal zu groß für mich sind.«

»Oha, der klassische Vater-Sohn-Konflikt. Welche Lawine habe ich jetzt schon wieder losgetreten?«

Benjamin Dobermann musste lachen. Er bewegte sich einen Schritt auf seinen Kollegen von der Spurensicherung zu, klopfte ihm auf die Schulter und sagte: »Lass uns ins Zimmer der Überraschungen gehen und unsere Arbeit machen. Deine Aufgabe ist es, die Puzzleteile zu finden, und dann solltest du sie mir vorlegen. Ich muss dann die einzelnen Teile zu einem Bild zusammenfügen.«

»Ja, so ist das«, erwiderte Karl Leuthner trocken. »Wie im richtigen Leben halt. Ich muss die Arbeit machen und Teilchen für Teilchen freilegen. Du darfst dann ein wenig puzzeln, verdienst also spielend Geld.«

»Na prima, wenn du das so siehst, dann an die Arbeit. Und wenn du deine Arbeit gut gemacht hast, dann lobe ich dich vielleicht ein wenig. Also, was hast du rausgefunden? Ich möchte nämlich bald ein wenig puzzeln.«

Karl grinste und sagte an Franz gerichtet: »Franz, kümmere dich noch mal um diesen alten Teppich hier im Wohnzimmer. Vielleicht hat sich darin doch etwas verfangen, was auf den Täter hinweisen könnte. Ein neues Puzzlestückchen also. Ich werde derweil mit unserem geliebten Kriminaloberkommissar ins Nachbarzimmer gehen.«

»Na, dann nach dir, du alter Weißkittel«, sagte Dobermann und deutete mit einer Handbewegung an, dass sein Kollege voran gehen sollte.

In dem kleinen Schlafzimmer angekommen ließ der Kommissar seinen Blick durch den Raum gleiten. Irgendwie erinnerten seine Augen an einen Scanner. Dobermann hatte die Fähigkeit, einen Ort mit einem kurzen Blick zu verinnerlichen, er nannte es »die eigene Festplatte im Kopf füllen.«

Der Kommissar konnte selbst nach Wochen Einzelheiten vom Tatort abrufen, die ansonsten nur auf den Fotografien zu sehen waren, die erst an dem Pinbrett im Präsidium hingen und dann in den Akten verschwanden. Dobermann speicherte alle Details des Schlafzimmers. Das einzige, was ihm verborgen blieb, war die Leiche. Muffinski hing über ihr und inspizierte die Wunde am Kopf der jungen Frau.

»Na, Doc Pät«, grüßte Dobermann. Dieser hob nur kurz die rechte Hand, ließ sich ansonsten aber nicht von seiner Arbeit abhalten. Der Kommissar akzeptierte dieses kurz angebundene Verhalten und ließ sich von Leuthner zu einem massiven Kleiderschrank aus Eiche führen.

»Hier steht ein Möbelstück, das so gar nicht zu der übrigen Einrichtung passen will«, sagte Karl.

Dobermann runzelte die Stirn: »Jeder kann sich einrichten, wie er will. Vielleicht ist das hier ein altes Erbstück, und es hängen so intensive Erinnerungen daran, dass eine harmonische Raumgestaltung in den Hintergrund getreten ist.«

»Benny, Kompliment, du bist auf dem richtigen Weg. Apropos hängen. An dem Kleiderschrank hängt wirklich etwas, und zwar definitiv das nächste Puzzlestück. Fällt dir etwas auf?«

»Mann, Karl, ich bin doch nicht von Blindheit geschlagen. Eure riesigen Beweissicherungstafeln stechen mir ins Auge wie der Blitz einer Radaranlage, wenn ich wieder einmal ganz gemütlich mit Blaulicht und 120 Sachen durch die Innenstadt heize.«

»Na, dann erklär mir, was du siehst und welche Schlüsse du daraus ziehst«, sagte Karl spitzbübisch. Dobermann begutachtete den Schrank ausgiebig, zog sich dann auch ein paar Gummihandschuhe über und berührte ganz sachte die eine oder andere Stelle, dann zog er die Augenbrauen hoch und bemerkte mit nachdenklicher Stimme: »Blut und ein paar Haare. Habt ihr eine Probe genommen, um sicherzustellen, dass diese vom Opfer stammen?«

»Was denkst du denn?«

»Also, ich denke, da ist ein Kopf gegen die Schrankkante gebumst. Entweder unser Opfer ist gestolpert oder es wurde nachgeholfen. Wenn allerdings nachgeholfen wurde, dann müsste ein Kampf vorausgegangen sein. Gibt es sonst noch Spuren?«

»Negativ«, sagte Karl. »Wie dir sicher nicht entgangen ist, ist das Zimmer fein säuberlich aufgeräumt und klinisch rein. Entweder gab es keinen Kampf, oder der Täter hat danach reine gemacht. Das werden wir noch rausfinden. Allerdings spricht einiges dafür, dass der Täter für Ordnung gesorgt hat.«

»Warum sprichst du eigentlich von einem Täter? Könnte es auch eine Täterin gewesen sein?«

»Das herauszufinden wird deine Aufgabe sein, Benjamin. Vorher will ich dir aber noch eine Besonderheit zeigen, dann solltest du dich intensiver um das hübsche Opfer kümmern.«

Karl umschiffte den massiven Eichenschrank und deutete auf den schmalen Spalt zwischen Schrank und Zimmerwand. Auf dem Boden stand eine weitere Beweissicherungstafel. Sie trug die Ziffer vier. Dahinter lag eine Dose. Karl deutete darauf und Dobermann ging in die Hocke. Er beäugte die Dose und sah dabei aus wie ein hungriger Geier, der seinen Kopf beim Anblick seiner Beute ruckartig hin und her bewegte. Es dauerte einen Moment bis er sich wieder erhob und sagte: »Kältespray. Was soll das denn?«

»Puzzlesteinchen Nummer vier. Wir kamen noch

nicht dazu, die Spraydose auf Fingerabdrücke zu untersuchen.«

»Na, dann aber zack, zack«, sagte der Kommissar. »Jetzt werde ich mir mal unser Opfer genauer ansehen.«

Der Pathologe kümmerte sich gerade um die Hände der Frau und untersuchte sie auf verwertbare Spuren. Der Kommissar spürte das Kribbeln in seinen Beinen. Es fühlte sich an, als gehörten sie nicht mehr zu seinem Körper. Er konnte sie nicht bewegen, er fühlte sich fixiert. Auch sein Blick hing fest. Seine Augen starrten auf das schmale Bett, das in der Mitte des kleinen Zimmers stand. Darauf lag das Opfer. Die wunderschönen rotbraunen Haare umspielten das puppenhafte Gesicht. Die gelbliche Farbe der zarten Haut störte ein wenig, gab der Gestalt aber ein vornehmes Aussehen. Sie sah aus wie in Wachs gegossen. Ihr Mund lächelte, während die Augen geschlossen waren. Alles wirkte perfekt und doch passten die Einzelteile des Bildes nicht zusammen.

Der Kommissar stand regungslos und starrte. Den Mund hielt er leicht geöffnet, was seinem Gesicht einen dümmlichen Ausdruck verlieh. Die Sekunden zogen vorbei wie dickflüssige Lava. Dann hatte für einen kurzen Moment das Gefühl, als würde sich die Erde auftun und er falle in ein schwarzes Loch. Die Zeit lief rückwärts, immer schneller, bis zu den Samstagabend vor einigen Monaten, als er Gast in der *Centralstation* war. Laute 80iger Jahre Musik und wohlige Enge, Mellow Weekend Party. Er tanzte allein und fühlte sich wohl. Der Alltagsstress war schon seit einiger Zeit von ihm abgefallen, als er den angenehmen Duft wahrnahm. Langsam drehte er sich in Richtung der Geruchsspur und blickte in freundlich lächelnde grüne Augen. Als sich die gutaussehende Frau um ihre eigene Achse drehte und die rot glänzenden Haare ihm entgegen flogen, wusste er, woher der Duft stammte. Er tanzte lange und nur mit dieser Frau. Danach stand er mit ihr an der Bar. Ein Getränk später wusste er ihren Namen und wo sich ihre Wohnung befand. So hatte seine gemeinsame Zeit mit Julia begonnen und auch diese Nähe und Vertrautheit, die für Benjamin so neu und ungewohnt waren. In vielen Gesprächen erfuhr Julia einiges über die Arbeit eines Kommissars, da Benjamin dieses zuvor nie gekannte Gefühl der Harmonie mit Offenheit nähren wollte. Nach einigen Wochen war es zu dem unsinnigen Streit gekommen. Julia hatte sein Leben verlassen. Bis zu ihrer unerwarteten Rückkehr am gestrigen Sonntag. Er war ihr zwar noch einmal sehr nahe gekommen, aber die erneute Begegnung hatte wieder in einem Streit geendet und die Erinnerung daran war für ihn noch ganz frisch.

»Julia!«

Als wäre er gerade aus einem tiefen Schlaf erwacht, hörte der Kommissar seinen eigenen Schrei.

»Julia.«

Er wollte loslaufen, konnte aber nicht. Im nächsten Moment wurde ihm bewusst, dass er ausgestreckt auf dem Boden lag. Unter seinem Kopf befand sich etwas Weiches und zwei Gesichter blickten auf ihn herab.

»Er kommt wieder zu sich. Wurde auch Zeit.«

Dem Kommissar gelang es langsam, die Bilder, die er sah, schärfer zu stellen und er erkannte Karl und Muffinski.

»Benjamin, kannst du uns hören?«

»Was ist passiert?«, wollte der Kommissar mit zittriger Stimme wissen.

Der Pathologe hielt seinen Arm und fühlte den Puls.

»Du bist plötzlich zusammengeklappt. Karl hat mich gerufen. Ich habe es erst gar nicht bemerkt. Dein Kreislauf war weggesackt. Aber langsam wirst du wieder.«

»Julia«, schrie Dobermann erneut und wollte sich aufrichten, wurde aber von Karl fest gehalten.

»Ganz ruhig. Bleib liegen!«, sagte der Mann von der Spurensicherung bestimmt.

Der Kommissar hörte nicht auf seinen Kollegen. »Julia, Julia«, schrie er wie von Sinnen und schlug wild um sich. Tränen liefen über seine Wangen.

Karl hatte alle Hände voll zu tun. Mittlerweile kniete er hinter dem Kopf des Kommissars, hatte dessen Arme gepackt und nach hinten gezogen. Nun presste er die Ellenbogen auf den Boden. Muffinski kämpfte mit seiner Körpermasse gegen das Strampeln der Beine. Er war die Anstrengung nicht gewohnt und merkte, wie ihm heiß wurde und Schweiß seinem Rücken hinunter rann. Auch spürte er, nicht ohne eine Portion Neid, die gut ausgebildete Bauchmuskulatur des Kriminalisten. Franz war mittlerweile herbeigeeilt und beobachtete überrascht die Szene.

»Franz, komm schon, scheuer ihm eine, damit er wieder zur Besinnung kommt«, presste Karl angestrengt hervor. Sein Kollege reagierte nicht. Er stand verblüfft da.

Karl presste die Ellenbogen des Kommissars auf den Boden und schrie ungeduldig: »Scheuer ihm eine! Komm, mach schon! Wir können ihn nicht länger halten.«

Wie an unsichtbaren Fäden gezogen, kniete sich Franz nieder, holte weit aus und schlug fest mit der flachen rechten Hand gegen die Wange des auf dem Boden Liegenden. Das Klatschen übertönte Dobermanns Schrei, sein Kopf wurde herum gerissen und dann trat plötzlich Stille ein.

Die Gesichtsmuskulatur des Kommissars entspannte sich, und auch die Anspannung seines Körpers ließ langsam nach. Der Pathologe atmete tief durch. Karl ebenso. Beide lockerten erst vorsichtig ihren Griff, und als Dobermann nicht wieder um sich schlug, ließ Karl die Arme des Kommissars frei, der Pathologe richtete sich umständlich auf und lockerte die Umklammerung um Bauch und Beine.

Beide waren von der Anstrengung gezeichnet. Karl kniete auf dem Teppichboden und atmete schwer. Muffinski griff in die riesige Tasche seiner grauen Jacke und kramte mit zittrigen Fingern ein Taschentuch hervor. Energisch rieb er sich damit sein Gesicht und seine Glatze trocken. Auch er kniete noch immer neben dem Körper des Kommissars, der nun ausgestreckt dalag und die Decke anstarrte.

Franz war aufgesprungen und einen Schritt zurückgewichen, als würde er sich schämen. Die Szene wirkte wie eingefroren. Jeder war mit sich selbst beschäftigt. Selbst die beiden anderen Kollegen der Spusi, Hans und Henry, bewegten sich nicht, sondern standen nur starr und verblüfft herum und beobachteten mit heruntergeklappter Kinnlade, was in diesem kleinen Schlafzimmer vor sich ging.

Dobermann war der erste, der die Starrheit durchbrach. Langsam richtete er seinen Oberkörper auf und setzte sich. Tränen liefen über seine Wangen, und er streckte immer wieder seine Arme aus, als wolle er die Tote berühren.

Karl legte den Arm um seine Schulter und tätschelte ihn unbeholfen.

»Was ist los mit dir?«, fragte er besorgt.

Der Kommissar drehte sich um und schaute Karl an. Schluchzend sagte er: »Julia, da liegt Julia, ich kenne die tote Frau.«

In diesem Moment war ihm nichts peinlich. Er gab sich seinen Gefühlen hin ohne zu überlegen, wie sein Verhalten auf andere wirkte.

Karl tätschelte weiter und dachte nach. Kurz kreuzte sich sein Blick mit dem des alten Pathologen.

»Ganz ruhig, Benjamin, ganz ruhig«, sagte Karl. »Das ist nicht Julia. Die Tote heißt Saskia Weiß. Wir haben in ihrer Tasche den Personalausweis gefunden. Wie kommst du darauf, dass sie Julia heißt?«

»Das ist nicht Julia?«, stotterte der Kommissar. »Seid ihr sicher?«

»Sicher sind wir sicher.«

»Das kann nicht sein, ich kenne doch Julia. Ich kenne sie doch. Ich war mit ihr zusammen. Ich kenne sie«, wiederholte sich Dobermann immer wieder.

Karl schnippte mit den Fingern: »Doc Pät, komm, zeig ihm den Ausweis, dann glaubt er uns vielleicht.«

Schwerfällig erhob sich der Pathologe und ging hinüber zum Bett. Daneben stand ein kleines Nachttischchen, auf dem schon einige Utensilien herumlagen. Der Doktor nahm den Personalausweis, der in einem kleinen Plastiksäckchen steckte, und wollte sich gerade umdrehen, um dem Kommissar das Dokument zu zeigen, da stand Dobermann schon hinter ihm. Ungeduldig wartete er, bis sich der Pathologe umgedreht hatte, dann nahm er ihm das Plastiksäckchen aus der Hand und inspizierte es genau.

»Tatsächlich, Saskia Weiß, Am Erlenberg 32 im schönen Paulusviertel; geboren am 5.8.1975; Größe: 1.75; Haarfarbe: rotbraun; Augenfarbe grün. Stimmt alles.«

Der Kommissar blickte dem Pathologen kurz in die Augen und überlegte. Er schien wieder ganz der Alte zu sein. Seine Stimme fest, die Augen klar und seine Körperhaltung signalisierte Selbstbewusstsein und analytische Distanz. Das einzige, was nicht dazu passte, waren seine zittrigen Knie, die er nur schwer unter Kontrolle bekam. »Sag mal, Doc Pät, hat diese Saskia Weiß eine Blindarmnarbe?«

Der Pathologe war verblüfft. Erst konnte er die Frage nicht einordnen, dann begriff er. Eilig bewegte er sich auf die Tote zu und schob die grüne Bluse sachte nach oben. Nach einem prüfenden Blick sagte er: »Nein, keine Blinddarmnarbe weit und breit.«

Dobermann atmete tief durch. Die Aussage des Mediziners zauberte ein entspanntes Lächeln auf seine Lippen.

»Wenn die Tote keine Blinddarmnarbe hat, dann kann es nicht Julia sein.« Wie zu sich selbst sagte er: »Vielleicht hat diese Saskia Weiß eine Zwillingsschwester. Ich werde das später nachprüfen lassen.«

An den Pathologen gerichtet fragte er: »Gibt es sonst noch etwas, das du mir jetzt schon sagen kannst?«

Der Pathologe schaute erst Karl Leuthner und dann Dobermann lange an, um dann endlich zu antworten: »Wenn sich das bestätigt, was ich vermute, dann werdet ihr noch ein paar Überraschungen erleben. Ob meine Erkenntnisse zur Lösung des Falls beitragen, überlasse ich dir, Benjamin.«

»Doc Pät, jetzt hast du mich neugierig gemacht. Nun sag schon, was vermutest du?«, wollte der Kommissar wissen. Er machte einen Schritt auf den Pathologen zu und hielt ihm als leichte Andeutung sein rechtes Ohr entgegen.

Muffinski wich zurück, dann drehte er sich um. Mit federnden Schritten entfernte er sich ein paar Meter von der Toten und kramte aus der Jackentasche sein Handy hervor. »Ich werde die Leiche abholen lassen und sie nach Frankfurt in die Gerichtsmedizin begleiten. Wenn ich sie dann auf meinen Tisch gehabt habe, schreibe ich dir einen Bericht.«

Der Kommissar wusste, dass er warten musste. Der alte Doktor war bekannt dafür, dass er sich niemals in Vermutungen verstrickte. Er gab nur dann Untersuchungsergebnisse preis, wenn er sich absolut sicher war. Dennoch versuchte es Dobermann: »Ich rufe dich morgen an. Vielleicht kannst du mir schon etwas Genaueres am Telefon sagen. Du weißt, wenn ich einmal neugierig bin, dann ...«

»Vielleicht«, bemerkte der Pathologe leise, wählte eine Nummer und hielt sich sein Handy ans Ohr.

»Die Geschichte lehrt die Menschen,
dass die Geschichte die Menschen nichts lehrt.« *Mahatma Gandhi*

Komm großer schwarzer Vogel
komm zu mir!
Spann' deine weiten
sanften Flügel aus
und leg' s' auf meine Fieberaugen!
Bitte hol' mich weg von da!

Und dann fliegen wir rauf
mitten in Himmel rein
in a neue Zeit
in a neue Welt

und ich werd' singen
ich werd' lachen
ich werd' "das gibt's net" schrei `n
weil ich werd' auf einmal kapieren
worum sich alles dreht.
»Komm großer schwarzer Vogel«, Ludwig Hirsch

7.

Alexander Weiß rannte, und es schien ihm, als renne er schon den ganzen Morgen, dabei hatten seine Beine erst wenige hundert Meter zurückgelegt. Das Zeitgefühl des Professors war seit dem gestrigen Abend ein anderes. Seit diesem Augenblick, der alles verändert hatte, spielte Zeit keine Rolle mehr. Nun war da nur noch eine zähe Masse um ihn herum.

Hätte er in diesem Moment die Fähigkeit gehabt, eine Metapher für seine Situation zu benennen, so hätte er sich als eine Maus beschrieben, die einen Ausgang aus einem großen Labyrinth finden will und wieder und wieder neue Wege ausprobiert, ohne auch nur die geringste Chance des Erfolgs zu haben. Gedanken kamen und gingen. Hoffnung keimte auf und wurde im nächsten Moment zerstört.

Nichts passte zusammen, sowohl seine ehemals glänzend schwarzen Lederschuhe als auch der graue Anzug und der zwar dünne aber lange Mantel waren keine praktische Laufbegleitung. Die Kleidungsstücke spürte er feucht auf seiner Haut, und sie behinderten mehr, als dass sie wärmten, und obendrein war der Stoff der Hose verschmiert von nasser Erde, da der Professor kurz zuvor gestolpert und in eine Pfütze gefallen war. Er achtete weder auf den Weg, noch auf die Richtung, in die er lief. Alexander Weiß rannte nicht, um ein bestimmtes Ziel zu erreichen, sondern er rannte, um seinen Gedanken zu entfliehen. Ihn durchzuckten Bilder und bereiteten ihm körperliche Schmerzen. Schmerzen, die er abschütteln wollte. Wenn die Gedanken kamen, rannte er noch schneller. Er hasste sich und die Welt, konnte aber nicht stehen bleiben und sich diesem Gefühl stellen. So rannte er, als wenn es um sein Leben ginge, und plötzlich erschien das Gesicht seiner Frau vor seinem geistigen Auge. Es strahlte Zuversicht aus.

Weiß verlangsamte seinen Lauf und atmete tief durch. Solange er atmete, konnte er jede Herausforderung annehmen, konnte sich immer wieder neu erfinden. Alles verändert sich.

Er blieb stehen, schloss die Augen und atmete tief ein und aus, einmal, zweimal, dann traf ihn unvermittelt die Erkenntnis, die in ihm schlummerte aber für einen kurzen befreienden Moment so tief vergraben war, dass sich für ihn die Realität anders darstellte. Seine Frau war tot. Er konnte ihr nicht mehr in die wunderschönen grünen Augen schauen. Es gab nichts mehr, was genossen werden konnte. Alles hatte nur ein Ziel. Die Menschheit arbeitet unaufhaltsam darauf hin. Das Ziel hieß Endlichkeit, Zerstörung und definitiv die Verhinderung einer Zukunft.

Der Professor dachte plötzlich klar: Alles von Menschenhand Erschaffene bringt früher oder später den Tod.

Dann brachte ihn der plötzliche Schmerz in seiner Brust dazu, wieder loszuspurten, als stände er unter Strom. Sein Körper konnte diesem Impuls allerdings nur kurz folgen. Er war ausgelaugt. Alle Kraft schien ihn verlassen zu haben. Sein Puls stieg in Bereiche, die der Wissenschaftler weder kannte noch ertragen konnte. Plötzlich flog sein Atem und überschlug sich, er hyperventilierte, die Muskeln verkrampften und zwangen den Professor, stehen zu bleiben. Nach Luft ringend kauerte er vornüber gebeugt, die Hände stützte er auf seinen Oberschenkeln ab und keuchte. Alles tat weh.

Kurzzeitig wurde ihm schwarz vor Augen. Wieder und wieder presste er die frische Luft tief in seine Lungen. Wie gut, dachte er, dass mich Saskia schon vor Jahren dazu gezwungen hat, mit dem Rauchen aufzuhören. Die kalte Atemluft erfrischte ihn und brachte wieder etwas Klarheit in seinen Geist. Weiß richtete sich auf. Er stand vor einem großen Betonklotz: die Eissporthalle.

Es gibt keine Zufälle, dachte er. Mit Eis kenne ich mich aus. Oft schon führten mich Expeditionen hin zu den entlegenen Orten dieser schönen Erde, wo es noch das ewige Eis zu geben scheint. Ach ja, ewig. Welch ein großes Wort. Der Mensch als Krone der Schöpfung kann sogar die Ewigkeit einschränken, denn das ewige Eis wird bald nicht mehr existieren. Ich habe schon vor Jahren mit ansehen müssen, wie es sich immer weiter zurück entwickelt und sich dann in der nächsten Kälteperiode nicht wieder in der üblichen Form aufbaut. Ich habe das Phänomen wissenschaftlich beschrieben und auf die vom Menschen ausgelöste Klimaänderung zurück geführt, obwohl die Klimakritiker immer wieder betonten, es gebe natürliche Zyklen und alles würde sich schon wieder normalisieren. Ha! Dabei gibt es eindeutige Fakten, Zahlen und Modelle und man kann die Augen nicht vor der Realität verschließen. Meine Forschungsarbeiten wurden beachtet und von vielen Wissenschaftlern ernst genommen, weiter entwickelt und auch bestätigt. Selbst die Politik rief mich an und nahm mich öffentlichkeitswirksam zur Kenntnis. Aber als es dann um notwendige Konsequenzen und Veränderungen ging, da waren plötzlich andere Interessengruppen wichtiger. Die Lobbyarbeit der Klimagegner in Berlin und den anderen Zentren der Industrienationen hatte Erfolg. Obwohl ich im Auftrag der Politik die UN-Klimakonferenz in Durban offiziell mit vorbereiten durfte, wurde ich kurzfristig ausgeladen. Wäre ich doch an die Ostküste Südafrikas geflogen, dann hätte ich das hier alles nicht erleben müssen.

Tja, wäre ...

»So eine verdammte Scheiße!« Der Professor erschrak, als ihm bewusst wurde, dass er die letzten Worte herausgeschrieen hatte. Verschämt blickte er sich um. Da war aber Niemand, der ihn gehört haben könnte. Er war allein und seine Worte würden keinen Menschen berühren. Mit aller Kraft trat er gegen einen Stein, blickte ihm nach, wie er davon schnellte und war plötzlich tief davon ergriffen, als der Stein zur Ruhe kam und liegen blieb, so als wäre nichts geschehen.

Weiß wandte den Blick ab von der Eissporthalle und drehte seinen Körper so lange, bis er mit dem Rücken zu dem Betonklotz stand. Dann lief er langsam los und ihm kamen erneut die grünen Augen seiner geliebten Frau in den Sinn. Ja, er verstand oft nicht die Gedanken, die sich hinter diesen wunderschönen Augäpfeln versteckten. Anscheinend ein normaler Vorgang, wie er einmal gelesen hatte. Männer und Frauen denken grundsätzlich verschieden, dies sei einfach so, im Spiel der Geschlechter. Und dann ihre Idee, ein Kind vom ihm haben zu wollen. Ein Kind. In dieser Welt. Wie konnte sie nur diese aberwitzige Idee verfolgen?

Sie kannte die Welt und wusste, wie sie funktionierte. Er hatte oft mit ihr darüber gesprochen. Sie kannte seine Forschungsergebnisse. Sie wusste, es wird keine Zukunft geben. Warum dann also ein Kind zeugen, gebären und erziehen? Warum?

Saskia gab ihm keine Antwort. Ihr Entschluss stand fest, auch wenn er sich verweigerte. Irgendwie hatte sie es geschafft. Und dann gestand sie ihm mit Tränen in den Augen, dass sie schwanger war. Waren es Freudentränen? Eher wohl Tränen der Trauer, da sie dachte, er würde sich von ihr trennen.

Ich wollte mich nicht von ihr trennen, schrie die Erkenntnis in ihm auf. Ich wollte diskutieren, wie es meiner Art entspricht, und ich tat mir und Saskia damit keinen Gefallen. Ich schmetterte ihr Argumente für eine Abtreibung um die Ohren, bis Saskia tränenverschmiert nur noch einen Ausweg sah. Sie flüchtete aus unserer Wohnung, Hals über Kopf ohne irgendein Gepäckstück und verschwand für mehrere Tage.

Der Körper des Professors schüttelte sich. Die Kälte war zurückgekehrt. Diese innere Kälte, die er so gut kannte und die er durch das Zusammensein mit Saskia hatte verbannen können. Jetzt war sie wieder da, so machtvoll, als könnte sie ihn in tausend Teile zerreißen. Seine Muskeln zitterten und zwangen ihn erneut, loszulaufen. Er verfiel in einen leichten Trab und die Gedanken kehrten zurück.

Der Professor spürte, wie egoistisch er gewesen war. Er empfand das überwältigende Gefühl der Liebe zu seiner Frau, welches schon nach wenigen Jahren der Gemeinsamkeit so stark war, dass ein Kind viel mehr Verbindendes als Trennendes gehabt hätte, auch wenn es für den Wissenschaftler keinen rationalen Grund gab, ein Kind in diese Welt zu setzen. Ich hätte sie nur in den Arm nehmen müssen, als sie mir sagte, sie erwarte ein Kind von mir, dachte er, und der Schmerz stieg wieder in ihm auf. Einfach in den Arm nehmen müssen, dann wäre alles anders verlaufen. Ich könnte mich jetzt in ihre Augen fallen lassen und wäre nicht der Schatten meines Selbst.

Der Schmerz umklammerte sein Herz und es gab nicht einmal mehr die Möglichkeit zu entfliehen, indem er schneller lief, denn sein Körper war dazu nicht mehr in der Lage.

Für was brauche ich ihn noch, dachte Weiß, als er durchnässt, mit Matsch verschmiert und ziellos über den großen Parkplatz irrte. Für was benötige ich meinen Körper, der mir nur noch Schmerzen bringt. Einen letzten großen Schmerz kann ich noch ertragen, um dann endlich aus diesem irdischen Dasein fliehen zu können. Es macht keinen Sinn mehr. Nichts hat Bedeutung.

Der Professor erkannte die Brücke, die hinüber zum Messplatz führte und dabei die beiden Straßen überspannte. Sie wurde sein nächstes Ziel. Schritt für Schritt erklomm er sie, um endlich, oben angelangt, das hüfthohe Geländer zu überwinden. Am höchsten Punkt der Brücke befand sich auf der anderen Seite des Geländers ein schmales Betonpodest.

Darauf stand er nun und versuchte, zu Atem zu kommen. Die Umgebung verschwamm vor seinen Augen, und dennoch war ihm klar, dass die Höhe der Brücke für den sicheren Tod nicht ausreichend war. Er wollte sicher gehen. Also musste er auf ein Auto warten, besser noch auf einen Lastwagen.

Im richtigen Moment gesprungen, gäbe es nicht nur den Aufschlag, sondern auch noch den LKW, der würde es schon richten.

Richten, dachte der Professor, das ist der richtige Ausdruck. Letztendlich trage ich die Schuld an dem Tod meiner Frau, obwohl ich nicht selbst Hand angelegt habe. Ich hätte alles verhindern können, hätte ich nur zum richtigen Zeitpunkt zu meiner Frau gestanden und hätte ich mich nicht in unsinnigen Überlegungen und Argumenten verloren. Ich allein habe nicht nur ihre Liebe, sondern auch ihr Leben und das Leben meines ungeborenen Kindes verspielt.

»Alles kommt ins Reine, durch ein wenig Selbstbetrug.« Gerade jetzt kramte sein Hirn diese Textzeile aus einem alten »Element of Crime«-Titel hervor. Vielleicht war dies wirklich eine Möglichkeit, weiterzuleben? Weiß griff nach dem Geländer und zog seinen Körper weg von dem Abgrund.

Vielleicht kann ich noch etwas bewirken, etwas, das anderen hilft. Vielleicht habe ich noch eine Chance, mich zu rehabilitieren, dachte der Professor und ging in die Knie. Nein! Die innere Stimme war plötzlich laut und schmerzvoll. Im nächsten Moment stand er kerzengerade auf dem Betonpodest und drängte weg von dem schützenden Geländer.

Alexander Weiß lachte ein letztes Mal kurz auf, als er die Augen schloss, das Geländer losließ und den Gedanken zu Ende dachte.

Ach, würden doch mehr Menschen denselben Entschluss fassen, dann könnte vielleicht noch die Erderwärmung in den in Kyoto beschlossenen Grenzen gehalten werden.

Der Galgenhumor gab dem Professor den Mut, die Augen wieder zu öffnen. Er nahm seine Umgebung deutlicher als je zuvor wahr. Die Luft war klar und kalt. Er konnte von seinem erhöhten Stand alles überblicken. Er war in der Lage, eine Entscheidung zu fällen. Im nächsten Moment sah er den Müllwagen. Er fuhr auf der Straße, die unter der Brücke hindurch führte. Weiß wartete, dann breitete er beide Arme aus und ließ sich nach vorne fallen. An dem Punkt, an dem er den Sturz nicht mehr verhindern konnte, schloss er die Augen und dachte an seine letzte wissenschaftliche Veröffentlichung über die Unmöglichkeit der Einhaltung der globalen Erwärmung unter zwei Grad Celsius bis 2030.

Der Fall schien endlos. Der Aufprall war ein kurzer Schreck. Noch bevor der Schmerz kam, versank Alexander Weiß in einem schwarzen Loch mit der Hoffnung, niemals wieder herausgespuckt zu werden.

»Mit unserem Urteil ist es,
wie mit unseren Uhren. Nicht zwei gehen gleich,
und doch glaubt jeder an die Seinige.«
Alexander Pope

»Morgen werde ich mich ändern, gestern wollte ich
es heute schon.« *Christin Busta*

8.

»Na, Benjamin, geht es wieder?« Karl war besorgt, wollte es sich aber auf keinen Fall anmerken lassen. Er saß am Steuer des Dienstwagens und vermied es, den Kriminaloberkommissar anzuschauen. Irgendwie war es ihm unangenehm, in welchem Zustand er seinen Kollegen am Tatort gesehen hatte.

»Du hättest mich fahren lassen können. Mir geht es gut«, antwortete Dobermann kurz angebunden.

Beide schwiegen. Der Wagen bog in die Kranichsteiner Straße ein und bewegte sich langsam stadteinwärts, immer bedacht, nicht schneller als 50 km/h zu fahren. Die Zeit dehnte sich, wie die Nachspielminuten bei einem wichtigen Fußballspiel.

Karl blickte geradeaus. Die Fußgängerampel am Bürgerpark zeigte Rot. Der Wagen hielt.

»Sag mal«, brach es aus Karl heraus, »diese Juliane, wie war gleich der Nachname?«

»Julia Braune«, nuschelte Dobermann, wobei er den Vornamen betonte.

»Ja, diese Julia Braune, wie lange hast du sie nicht mehr gesehen?«

»Fahr endlich los! Es ist grün. Die hinter uns denken bestimmt, dass die Polizei immer verpennter wird«, bemerkte der Kommissar und war noch immer nicht bereit, irgendjemanden in seine Privatsphäre eindringen zu lassen.

»Julia Braune!«, beharrte der Kollege.

Der Wagen rollte wieder. Dobermann starrte aus dem Fenster. In ihm arbeitete es. Warum sollte er schweigen? Plötzlich fand der Kommissar keine Gründe mehr. Vielleicht war es wirklich gut, Sorgen und Gedanken mit jemand zu teilen. Vielleicht gab es die Chance, einen Freund zu finden, sich wirklich auf jemanden einlassen zu können. Benjamin Dobermann gab sich einen Ruck. »Weißt du«, begann er langsam und leise, »diese Julia ...«

Er blickte nach draußen. Der Wagen hatte gestoppt. Schon wieder rot. Diesmal an der Ecke Kranichsteiner/Spessartring. Jetzt war die Möglichkeit gekommen. Er musste reden. Mit schwacher Stimme sagte er: »Julia Braune bedeutet mir ...«

Das Telefon klingelte.

So ein Mist, dachte der Kommissar drückte aber reflexartig den Knopf. Krächzend erklang eine Stimme durch den Äther: »Zentrale an Wagen 14/5 hörst du mich?«

»Hier Kriminaloberkommissar Dobermann. Was gibt es?«, fragte er, irgendwie erleichtert.

»Hey, Benjamin, Alf hier. Mann, bist du förmlich heute. Wo bist'n grad?«

Der Kommissar musste grinsen, als er daran dachte, wie Alf in der Zentrale an dem großen Tisch saß und die unzähligen Knöpfchen und Tasten zu bedienen hatte. Alfred hasste diesen Platz, er hasste den Innendienst, aber genau dorthin war er vor einigen Wochen versetzt worden, nachdem er eine Drogenrazzia verpatzt hatte. Alf war ein Ziviler beim Drogendezernat und genau so sah er auch aus: schlaksig, langhaarig, unangepasst, und jetzt saß er in eine Uniform gepresst in der Zentrale und hätte womöglich sein letztes Hemd hergegeben, wenn er wieder auf die Straße gedurft hätte.

»Ich bin in der Kranichsteiner Straße auf dem Weg zurück in mein schönes Büro. Ich hab Sehnsucht nach meinem antiquierten PC, der spannenden Verwaltungsarbeit und den Aktenbergen, die ich noch produzieren muss. Du hast Glück, du bist schon am Ort meiner Träume!«

»Mach dich nur lustig über mich. Ich werde mich bei Gelegenheit revanchieren. Aber jetzt gibt es Wichtigeres. Halt mal an, ich muss ein paar Dinge besprechen.«

Dobermann blickte zu Karl und gab ihm mit Handzeichen zu verstehen, er möge vor dem Bäcker an der nächsten Kreuzung parken. An Alf gerichtet sagte er: »Ich stelle dich laut, damit Karl mithören kann.«

Alfred konnte seine Verwunderung nicht verbergen, als er fragte: »Du fährst nicht selbst? Hast du etwa deinen Dienstwagen an einen anderen verliehen? Das hab ich ja von dir noch nie gehört. Was ist das denn?«

»Karl von der Spusi fährt. Das ist ′ne längere Geschichte. Erklär' ich dir mal bei einer Himbeerbrause in der Kantine.«

»Du und Himbeerbrause, das gibt nie was. Dieses Geheimnis wirst du wohl mit ins Grab nehmen. Aber jetzt pass mal auf. Es hat sich in den letzten Minuten einiges ereignet. In der Rudolf-Mueller-Anlage wurde ein toter Obdachloser gefunden. Identität noch unbekannt. Er liegt dort eingepackt in seinem Schlafsack, und keiner hat etwas bemerkt. Nach ersten Erkenntnissen muss er wohl schon längere Zeit dort tot herumliegen. Vor einer halben Stunde meldete sich ein Passant. Die Streife ist vor Ort. Etwa zeitgleich kam dann noch eine andere Meldung rein. Ein Mann hat sich von der Brücke am Messplatz gestürzt, mit oder ohne Fremdeinwirkung wissen wir nicht. Das Opfer ist auf den begrünten Mittelstreifen aufgeschlagen und hat überlebt. Es handelt sich bei ihm anscheinend um einen Klimaforscher mit dem Namen Professor Dr. Alexander Weiß.«

»Weiß!!??«

Karl und Benjamin schrieen diesen Namen fast gleichzeitig aus, viel lauter als es notwendig gewesen wäre. Dabei schauten sie sich in die Augen, ohne den anderen wahrzunehmen. Karl war froh, dass er den Dienstwagen schon geparkt hatte. Dobermann hatte jeglichen Groll darüber verloren, dass Karl ihn nicht ans Steuer gelassen hatte.

»Was ist los, warum seid ihr erschrocken?«, wollte Alfred wissen.

Der Kommissar fasste sich als erster. »Alf, was ist genau passiert? Sag es mir! Dann erzähle ich dir auch, welche Verbindung wir zu diesem Weiß haben.«

»Okay, okay, ihr seid die Cheffes in diesem Fall. Anscheinend ist dieser Weiß von der Brücke gefallen. Ob er sich wirklich umbringen wollte, wissen die Kollegen vor Ort nicht. Er stürzte – wie gesagt - auf die Grünfläche zwischen den beiden Fahrbahnen. Die Brücke ist nicht so hoch, als dass ein Sturz tödlich wäre. Das hätte er eigentlich sehen müssen. Das Interessante an diesem Fall ist, dass zur gleichen Zeit ein Müllwagen angefahren kam. Der Fahrer hat direkt einen Notruf abgesetzt, als er den Mann fallen sah. Er sagte am Telefon aus, er habe das Gefühl gehabt, der Mann hätte auf ein Fahrzeug gewartet und sei auch im richtigen Moment gesprungen oder geschubst worden, das konnte er nicht so genau erkennen. Wäre der Mann auf die Fahrbahn gesprungen, hätte er, der Fahrer des Müllwagens, keine Chance gehabt zu bremsen. Er hätte ihn wohl überrollt. Der Professor sprang aber daneben und landete auf dem Grünstreifen und nicht vor dem Lastwagen. Jetzt hat er einige Knochenbrüche und `ne dicke Lippe und der Fahrer des Müllwagens hat einen tierischen Schreck bekommen. Erklärt mir mal einer, was das hier alles soll?«

»Das ist in der Tat interessant«, sagte der Kommissar nachdenklich und hakte dann ungeduldig nach: »In welches Krankenhaus wurde Weiß gebracht?«

»Ins städtische Klinikum.«

»Ist er vernehmungsfähig?«

»Anscheinend nicht. Die Kollegen haben mir mitgeteilt, dass unser Ikarus operiert werden muss. Die Hüfte ist wohl stark lädiert. Also, vor heute Abend wird er nicht bei Bewusstsein sein.«

»Okay, Alf, veranlasse bitte eine Bewachung für den Weiß. Ich will nicht, dass er auf dumme Gedanken kommt. Alles klar, ansonsten?«

»Häh, wie meinst du denn das jetzt?«

Der Kommissar merkte, dass er sich nur schwer konzentrieren konnte. Irgendetwas zog immer wieder an seinen Gedanken. Es fühlte sich an, als wäre er kurz vor dem Einschlafen und die Bilder in seinem Kopf würden ihn fortschleppen, in eine andere Welt hinein. Dabei wollte er wach sein. Er wollte sich an diesem Fall abarbeiten, herausfinden, was geschehen war. Er schüttelte sich und gab sich selbst eine schallende Backpfeife, sehr zum Erstaunen von Karl, der ihn nur mit heruntergeklapptem Kiefer anstarrte. Der Kommissar achtete nicht auf seinen Kollegen. Wie aus einem Sekundenschlaf erwacht, sagte er: »Ach ja, Alf, informiere bitte Franz über den Brückensturz. Er soll mit seinen Kollegen hinfahren. Vielleicht findet er ja irgendwelche Spuren, die uns zeigen, ob dieser Weiß freiwillig gesprungen ist oder ob nachgeholfen wurde. Prima, dann mach´s mal gut.«

Gerade als Dobermann die Verbindung zur Zentrale unterbrechen wollte, schrien Alfred und Karl zeitgleich: »Halt, was ist denn mit der Leiche in der Rudolf-Mueller-Anlage?«

»Die Leiche am Rande des kleinen Teiches?«, wiederholte der Kommissar.

»Sag mal, hast du Drogen genommen?«, wollte Karl wissen und Alfreds besorgte Stimme erklang durch den Äther: »Was ist denn bei euch los? Braucht ihr Hilfe? Ihr müsst heute Morgen bei dem Einsatz am Bürgerpark was Verrücktes erlebt haben, so wie ihr drauf seid. Außerdem seid ihr mir noch immer eine Erklärung schuldig. Woher kennt ihr diesen Klimaforscher? Also! Butter bei die Fische. Ich habe nicht den ganzen Tag Zeit.«

»Alles im grünen Bereich«, ereiferte sich der Kommissar, bevor Karl etwas sagen konnte. »Bei unserem Einsatz heute Morgen am Elfeicher Weg fanden wir die Leiche einer jungen Frau, die anscheinend die Ehefrau von Alexander Weiß ist. Ist doch spannend, dass wir heute früh einen anonymen Anruf erhalten haben mit dem Hinweis, dass am Elfeicher Weg etwas Schreckliches passiert sei, und sich dann ein paar Stunden später der Ehemann der Leiche unweit vom Tatort von `ner Brücke stürzt oder gestürzt wird.«

»Schon klar«, sagte Alfred und fügte hinzu: »das ist aber noch lange kein Grund, Drogen zu nehmen.«

»Lass gut sein«, antwortete Dobermann.

»Ich bin momentan ein bisschen durch den Wind. Hat andere Gründe. Jetzt sag uns noch ein paar Takte zu dem Obdachlosen, damit wir dort mal nach dem Rechten sehen können.«

»Also, irgendwie ist unser Gespräch etwas konfus, aber nichts anderes bin ich von dir gewöhnt, lieber Benjamin. Gut, nun zu dem Obdachlosen. Ein Passant hat uns, wie schon gesagt, vor `ner halben Stunde informiert. Ihm war die komische Kopfhaltung des Mannes aufgefallen, der schon seit Wochen in der Rudolf-Mueller-Anlage campierte. Seine Augen waren weit aufgerissen und der Mund stand offen. Ich habe die Streife vor Ort geschickt und auch schon mit Doc Pät telefoniert. Auch dieser ist unterwegs. Also, was ist mit euch?«

Dobermann und Karl wechselten kurz einen Blick und nickten sich unmerklich zu. »Okay«, sagte der Kommissar. »Wir sind auf dem Weg, müssen uns nur noch kurz ein paar Brötchen besorgen.«

»Na dann«, sagte Alfred kurz angebunden und legte auf.

»Willst du auch ′nen Kaffee?«, fragte Karl und war schon im Begriff, die Fahrertür zu öffnen.

»Ich komm mit. Lass uns den Kaffee am Stehtisch in der Bäckerei trinken. Soviel Zeit muss sein. Es wird uns schon keiner fortlaufen. Der Obdachlose ist bei Doc Pät in guten Händen und Weiß liegt wahrscheinlich gerade unter Vollnarkose in der Klinik.«

Beide stiegen aus und wurden von einem angenehm warmen Windstoß umweht. Die herbstliche Sonne hatte es tatsächlich noch einmal geschafft, die Luft zum Flirren zu bringen und ein sommerliches Gefühl entstehen zu lassen. Kurze Zeit später betraten sie eine Bäckerei, die an einen Tante-Emma-Laden erinnerte, heimeliges Glockengeläut ertönte in einem verstimmten Dreiklang, als die beiden Kommissare das Geschäft betraten. In Karl wurden Erinnerungen an seine Kindheit wach. Er sah sich für einen kurzen Moment als kleiner Junge, der nach dem Einkauf ein winziges Stück Schokolade in seinen Mund geschoben bekam und damals schwor, immer wieder in diesem Laden einzukaufen und die Verkäuferin zu heiraten, wenn er endlich erwachsen wäre. Karl war vorausgelaufen in Richtung des Tresens. Als er die Verkäuferin sah, konnte er es sich nicht verkneifen. Er musste einfach sagen: »Liebste Bäckersfrau, bitte zwei Kaffee, schwarz, und ein flammendes Herz für meinen Kollegen.«

Dobermann quittierte die verbale Spitze mit einem mürrischen Lächeln. Irgendwie fühlte er sich zu schwach, um sich ernsthaft wehren zu können.

Die Verkäuferin war ebenso überrumpelt. Sie schüttelte den Kopf und presste ihre Lippen zusammen. Sie konnte sich nicht erinnern, ob sie schon einmal in ihrem langen Berufsleben mit Liebste Bäckersfrau angeredet worden war. Aber irgendwie strahlten die beiden Kunden eine Autorität aus, dass sie es nicht wagte, ihren Unmut zu äußern.

»Bitte sehr«, sagte sie kühl und stellte zwei moderne To-go Styroporgefäße mit heißem Kaffee gefüllt auf den Tresen.

»Soll ich das flammende Herz einpacken oder verzehren sie es sofort?«, wollte sie noch wissen.

»Einpacken.«

Nach diesem kurzen Befehl schnappte Dobermann den Kaffee, drehte sich um und ging. Kurz bevor seine Hand die Türklinge berührte, sagte er bestimmt: »Karl, du zahlst!«

Die altertümliche Glocke verstummte abrupt, als die Tür krachend ins Schloss fiel. Dobermann lehnte sich an den verdreckten Rauputz der Außenwand und versuchte, die Spätsommerluft zu genießen. Es gelang ihm nur schwer.

Wieder Glockengeläut, und Karl stand neben ihm.

»Na, willst du doch den Kaffee im engen Dienstwagen zu dir nehmen? Da drinnen im Geschäft hätten wir gern noch ein wenig mit der Verkäuferin flirten können, aber du musstest ja ...«

Er wollte Dobermann die Papiertüte mit dem Kaffeestückchen in die Hand drücken, als er es sah.

»Das gibt es doch nicht!«, schrie er und lief los.

Im nächsten Moment stand er an der Windschutzscheibe des Dienstwagens. Ungläubig starrte er auf das blaue Papier, das unter dem Scheibenwischer klemmte. Karl bebte. Die Schlagader an seinem Hals war geschwollen. Der Kopf färbte sich Rot. Mit einer schnellen Bewegung riss er den Strafzettel an sich und knüllte ihn zusammen. Er verkniff sich aber, das Papierknäuel auf die Straße zu werfen.

»So ein Mist, diese Jungs von der Kommunalpolizei haben wohl nichts zu tun! Wohl ’ne neue Masche der Stadt. Das nennt man Schuldensanierung.«

Dobermann konnte sich ein Grinsen nicht verkneifen. »Komm mal wieder runter, Karl, die von der Stadtverwaltung haben recht. Hast du mal einen Blick auf das Verkehrsschild geworfen? Absolutes Halteverbot, und dann steht der Wagen auch noch direkt an der Kreuzung. Das kann als massive Verkehrsbehinderung ausgelegt werden. Mann, Mann, Mann, das gibt eine hohe Geldstrafe, vielleicht sogar ein paar Punkte. Auf alle Fälle übersteigt die Strafe den Betrag, den die Stadt behalten darf. Du wirst wohl Post aus Kassel bekommen.«

»Du bist ja ein toller Kollege«, erwiderte Karl beleidigt und fügte hinzu: »Warum eigentlich ich? Ist doch dein Dienstwagen.«

»Klar doch«, antwortete Dobermann, ohne die Stimme übermäßig triumphierend klingen zu lassen. »Aber du bist gefahren. Alf ist Zeuge, und er ist Staatsbeamter und deswegen unbestechlich.«

»Das wollen wir erst mal sehen«, grinste Karl, und man konnte ihm ansehen, dass sich die Zornwolken über seinem Kopf langsam verflüchtigten und er die humoristische Seite dieser Szene erkennen konnte.

»Okay, das werden wir sehen«, wiederholte er leise und stopfte den verknäulten Strafzettel in seine Hosentasche. Dann ging er um das Auto herum und öffnete die Fahrertür. »Komm, steig ein, wir haben noch einen Toten zu besichtigen.«

Der Kommissar folgte seiner Aufforderung. Als er saß und die Tür geschlossen hatte, warf Karl ihm die Bäckertüte auf den Schoß.

»Hier, dein flammendes Herz«, sagte er, dann erst startete er den Motor und fuhr langsam los.

Einige Minuten und zwei rote Ampeln später hatten die Kriminalisten die Grünfläche gegenüber des Großen-Woogs erreicht und fanden keinen Parkplatz. Kurzerhand holte Karl das magnetische Blaulicht heraus, befestigte es auf dem Autodach und parkte mit lautem Einsatzsignal auf der Wiese zwischen Klettergerüst und alter Dampfwalze, die zum Spielen und Klettern aufgestellt war. Der Kommissar stieg aus, entfernte rasch die Krümel von Hemd und Hose und zupfte die Lederjacke zurecht. Karl stieg ebenfalls aus und ging zum Kofferraum, um seinen Spurensicherungskoffer herauszuholen. Er musste heute schon zum zweiten Mal diesen unhandlichen aber notwendigen weißen Ganzkörperanzug überziehen. Er hatte von einem Fall gehört, bei dem einem Ermittler am Tatort ein gebrauchtes Taschentuch aus der Hosentasche gefallen war. Ein anderer Spurensicherer fand das Stück Stoff und etliche DNA-Abgleiche wurden durchgeführt. Erst durch Zufall konnte eine Verbindung zu dem Ermittler hergestellt werden. Das gab ein Gezeter auf höchster Ebene, und alle Energie wurde darauf verwendet, den Vorfall geheim zu halten. Aber die Zeitung mit den großen Buchstaben hatte gute Informanten und die Schlagzeile auf der ersten Seite war vernichtend.

Dobermann interessierten die Gedanken seines Kollegen nicht. Er kannte sie nicht. Vielmehr stand er einfach nur da und überschaute die Szene, die sich vor dem kleinen Teich abspielte. Mehrere Polizeifahrzeuge standen mit Blaulicht kreuz und quer auf der Wiese. Die Polizeibeamten hatten sich in drei Gruppen geteilt. Die eine Gruppe befragte die Passanten, die zweite war noch dabei, den Tatort abzusperren, und die dritte stand herum, unterhielt sich teilweise und wartete anscheinend auf Anweisungen.

Eigentlich ein schönes Plätzchen zum Spielen und Picknicken, dachte der Kommissar. Und ein denkbar ungünstiger Ort für einen Mord. Viel zu offen und leicht einsehbar. Was wohl den Täter bewogen hatte, genau diesen Ort auszuwählen?

Plötzlich sah er Muffinski. Dobermann wollte ihn aus der Ferne grüßen. Der Pathologe schien aber sehr beschäftigt zu sein, er blickte nicht auf. Also ging der Kommissar auf ihn zu. Dazu musste er nach ein paar Metern das rote Flatterband übersteigen, das den gesamten Tatort weiträumig absperrte und die vielen schaulustigen Passanten davon abhielt, tatkräftig bei den Ermittlungen mit zu wirken. Manchmal fühlte sich der Kommissar wie der Fußballtrainer einer Bundesligamannschaft, wenn er die Kommentare der Hobby-Kriminalisten hörte. Jeder wusste es besser und hielt großartige Vorschläge parat.

»Die müssten das Opfer auf den Bauch drehen. Vielleicht steckt hinten noch ein Messer drin.«

»Dass die so´n Aufwand betreiben. Es ist doch nur ein Obdachloser. Hat mich eh immer gestört, dass der hier rumlag.«

»Der Täter ist bestimmt unter den Schaulustigen. Ich habe mal gelesen, dass es jeden Täter an den Tatort zurücktreibt.«

»Die lassen sich Zeit. Also die Kommissare im Fernsehen, die sind da viel agiler.«

Dobermann grinste. Absichtlich ließ er sich Zeit. Er blieb stehen und blickte sich um, ohne auf die Umgebung zu achten, was eigentlich nicht seine Art war. Aber heute musste er seine Gedanken sortieren, bevor er sich auf diesen Fall einlassen konnte. Ein tiefes Durchatmen half ihm dabei.

Als er den alten Pathologen erreicht hatte, blieb er stehen und blickte desinteressiert auf die Leiche herab. Der Gerichtsmediziner hatte den Kommissar nicht bemerkt. Er schien sehr konzentriert zu sein. Als Dobermann ihn fast berührte, wartete er noch ein paar Sekunden, dann sagte er: »Na, Doc Pät, du hast ein Leben. Heute schon die zweite Leiche. Da musst du dich ja prächtig fühlen.«

Muffinski lachte nicht. Er kniete neben dem Mann und betastete mit den latexbekleideten Fingern Hals und Brust des Opfers. Dabei murmelte er vor sich hin. Dann nahm er mit beiden Händen den Kopf des Obdachlosen, überstreckte ihn nach hinten und schaute in den geöffneten Mund. Wieder murmelte er. Anschließend richtete er seine Aufmerksamkeit auf den Kommissar.

»Hey, Benjamin, bin auch gerade erst gekommen. Schon merkwürdig das Ganze. Und, wie geht es dir, hast du dich wieder eingekriegt?«

»Ja, ja«, antwortete Dobermann genervt.

»Na, ja, diesmal handelt es sich unübersehbar um ein männliches Opfer«, grinste der Leichenspezialist breit. »Ich glaube, das wirst du besser ertragen können, oder gibt es noch weiter Zwillinge, denen du nahe stehst?«

»Du warst eben noch so nachdenklich. Was ist denn an diesem Fall so merkwürdig?«, fragte Dobermann, ohne auf die Äußerung des Pathologen einzugehen.

»Tja, das ist schon ein eigentümlicher Ort für einen Mord. Aber es wird wohl einen Grund geben, warum ausgerechnet hier. Bin mal gespannt, ob die Spusi herausfindet, wer dieser Schlafsackmann ist. Ich kann momentan nur sagen, dass er schon eine ganze Zeit lang tot ist. Die Leichenstarre hat sich schon wieder gelöst. Ich tippe auf etwa 30 bis 36 Stunden. Also muss er Samstag Nacht, vielleicht in den frühen Morgenstunden, gestorben sein.«

Mehr an sich selbst gerichtet murmelte er: »Wahnsinn, da lag dieser Mann den ganzen Sonntag hier herum, und niemand hat gemerkt, dass der Kerl in dem Schlafsack mausetot war, so, als wäre er in einem *Problem-Anderer-Leute-Feld* versteckt gewesen.«

»Kannst du etwas zur Todesursache sagen?«, holte ihn der Kommissar aus seinen Gedanken zurück.

Muffinski überlegte, griff sich nochmals den Kopf der Leiche, betastete ihn und beschaute dann die Schultern, Arme und Hände.

»Nichts Eindeutiges«, murmelte er.

Dann erhob sich der ältere Mann umständlich, musste sich sogar an dem Kommissar abstützen, um wieder auf die Beine zu kommen, und rieb sich beide Oberschenkel, als er endlich stand.

»Mist, schon wieder eingeschlafen. Wie ich das Bitzeln hasse.«

»Solange der Kopf noch gut arbeitet, ist ja alles in Ordnung«, bemerkte Dobermann, stützte den Doktor aber kameradschaftlich. Der Mediziner wehrte sich gegen die Hilfe, als wolle er eine lästige Fliege verscheuchen. Zwei unbeholfene Schritte und einige Flüche über das Alter, und der Pathologe konnte wieder alleine auf eigenen Beinen stehen.

»Ich kann nichts Genaues sagen«, begann er. »Es könnte ein Kampf stattgefunden haben. Ein paar kleine Hämatome an den Oberarmen sprechen dafür. Natürlich können die auch ganz woanders her stammen. Bei diesem Lebenswandel. Ich kann momentan wirklich nichts Genaues sagen. Ich tippe auf Herzversagen, vielleicht bedingt durch einen Schock oder Sauerstoffmangel. Ich weiß es nicht. Es gibt keine Würgemale, das ist sicher. Dafür aber eine andere Auffälligkeit. Die Haut in der Rachenhöhle ist merkwürdig gerötet, so als habe sie auf irgendetwas reagiert. Ich lasse die Leiche einpacken und nehme sie mit nach Frankfurt.« Kopfschüttelnd fügte er hinzu: »Wenn das so weitergeht, haben wir in der Gerichtsmedizin bald keine stählerne Liege mehr frei.«

»Na prima, nichts Genaues weiß man. Aber danke erst mal, dass du so schnell gekommen bist.«

Dobermann klopfte seinem alten Kollegen auf die Schulter. »Mach deine Arbeit. Ich werde mich noch ein wenig hier umsehen. Ich melde mich.«

»Okay«, brummte der Pathologe kurz und trollte sich, langsam und behäbig, so wie es gar nicht seine Art war. Dabei rieb er sich mit seinem verschlissenen Taschentuch die Glatze trocken. Er liebte Rätsel und hatte den Ehrgeiz, sie zu lösen. Dafür benötigte er allerdings verwertbare Anhaltspunkte. Diese fehlten momentan und das frustrierte ihn. Er sah keine Chance, der Lösung näher zu kommen. Es führte ihn an seine eigenen Grenzen und das geschah in letzter Zeit viel zu häufig. In Gedanken versunken schlich er über das Gras.

Dobermann winkte einen Polizeibeamten herbei, der herumstand und am Flatterband herumspielte. »Hallo, Kollege, kannst du bitte den Passanten zu mir bringen, der das alles hier ins Laufen gebracht hat? Ich denke, er ist zwar schon vernommen worden, aber ich würde ihn dennoch gerne kurz sprechen.«

Ein Kopfnicken war die Antwort, dann bewegte sich der Beamte bereitwillig, vielleicht sogar froh darüber, dass er eine Aufgabe bekommen hatte.

Der Kommissar nutzte die Zeit und schaute sich um. Überall eine Mischung aus geschäftigem Treiben und Langeweile. Eine eigenartige Stimmung hatte sich breit gemacht. Die gesamte Wiese war bevölkert von Uniformierten oder Menschen in weißen Anzügen. Rotes Flatterband hielt noch immer die stetig wachsende Zahl der Schaulustigen fern und dazwischen die Polizeiautos, deren Blaulicht die Rasenfläche der Rudolf-Mueller-Anlage in ein gespenstisches Licht tauchte, obwohl es heller Tag war.

»Schon komisch«, dachte Dobermann, »wie viele Beamte wie Pilze aus dem Boden schießen, wenn ein Einsatzbefehl gegeben wird.«

Er war der Chef im Ring, aber er konnte nichts ändern. Es gab Vorschriften und Einsatzabläufe, die mussten eingehalten werden und waren für Außenstehende nur schwer zu verstehen, wie zum Beispiel der Einsatz in der Schulstraße vor ein paar Monaten. Damals war ein Notruf eingegangen. Ein Mann habe seine Frau auf offener Straße mit einem Messer bedroht und sie dann offensichtlich unter Gewaltanwendung in die eigene Wohnung verschleppt. Verdacht auf Geiselnahme. Es wurde keine Streife losgeschickt, um an der Wohnungstür zu klingeln und nach dem Rechten zu schauen. Vielmehr wurde vorsorglich die Schulstraße mit mehreren Polizeifahrzeugen abgesperrt. Der angeblich gewalttätige Mann hatte eine Waffe und hätte weitere Personen bedrohen können. Eine Sondereinsatztruppe wurde bestellt und eingeflogen. Erst eine dreiviertel Stunde später war alles vorbereitet. Zehn im Nahkampf ausgebildete und völlig in Schwarz gekleidete junge Männer stürmten das Wohnhaus, in dem das Paar wohnte. Alles verlief schweigend und einstudiert. Es machte den Eindruck, als stamme die Szene aus einem amerikanischen Krimi. Ein Mann mit Bierflasche in der Hand stand vor ihnen. Die Beamten stürmten die Wohnung. Die Ehefrau saß in der Küche, ebenfalls mit einer Bierflasche. Das Paar hatte den Streit anscheinend schon seit längerer Zeit beigelegt. Die viertausend Euro Einsatzkosten trug die Staatskasse. Alles war gut verlaufen, die Straßensperre wurde nach einer Stunde aufgehoben. Der schriftlich festgelegte Einsatzverlauf war Punkt für Punkt eingehalten worden. Selbst Dobermann, der über Jahre immer wieder gelernt hatte, wie wichtig starre Einsatzabläufe sein sollten, fand, dass eine solche Denkweise oft über das Ziel hinausschoss und keinerlei Realitätsbezug mehr hatte. Aber was sollte er tun?

Er konnte lediglich die Szene, die sich ihm bot, beobachten und warten, bis ihm der Mann gebracht wurde, den er befragen wollte. Nach einiger Zeit schälte sich der Polizeibeamte mit der akkurat sitzenden Mütze aus der Menge heraus. Im Schlepptau hatte er einen älteren Mann mit Cordhose, Hosenträgern, gemustertem Hemd und altem Hut auf dem Kopf, dessen Schweißränder sein ungepflegtes Aussehen nur noch unterstrichen.

Dobermann musterte den Heranschlurfenden kurz und hatte ihn schon in eine seiner Schubladen einsortiert, obwohl er immer wieder versuchte, das zu vermeiden.

Als der Zeuge vor ihm stand, bedankte er sich bei dem Beamten mit einem Kopfnicken und ging ein paar Schritte auf den Teich zu. Der Mann folgte ihm.

»Wann kamen sie auf den Gedanken, dass der Mann im Schlafsack tot ist?«

Der Zeuge nahm seinen Hut vom Kopf und wischte sich mit seinem Hemdsärmel den Schweiß von der Stirn. Dann begann er zuerst langsam, bald immer schneller zu erzählen: »Da waren die beiden Jungs, die immer wilder auf die Blechdose eingedroschen haben. Mehrmals haben die den Mann abgeschossen. Der hat aber gar nicht reagiert. Ich bin dazwischen gegangen. Diese Rotzgören. Nehmen keinerlei Rücksicht. Und die Mutter saß ein paar Meter weiter auf ihrer Picknickdecke und kümmerte sich nicht darum. Ich also hin zu den Kindern und habe denen die Blechdose abgenommen. Das war so 'n Kältespray. Was Leute alles so in die Botanik werfen, ich weiß ja nicht. Da hätten sie das Gekreische der Kinder mal hören sollen. Ich wäre nicht ihr Vater und solle ihnen die Dose wiedergeben, sagten sie mir frech ins Gesicht. Das wäre ihre Dose, sie hätten sie dort hinten im Gebüsch gefunden. Ich soll sie in Ruhe lassen. Und wissen sie was, dann kam doch tatsächlich die Mutter und blaffte mich auch noch an. Da riss mir der Geduldsfaden. Sie glauben nicht, wie laut ich werden kann, wenn ich mich aufrege und ich habe mich aufgeregt, wirklich richtig aufgeregt.«

Der Mann verzog sein Gesicht zu einer Grimasse und wartete einen Moment bis er weitersprach: »Als die Mutter mit ihren Kindern abzog, habe ich mich gewundert, dass der Mann da im Gras gar nicht reagiert. Ich habe ihn dann genauer angeschaut. Seine Augen und der Mund waren weit aufgerissen, ja, das Gesicht hatte eine ganz eigentümliche Farbe. Irgendwie gelb, und es sah aus, als wäre es aus Wachs. Da hat es mich geekelt, und ich bin ein paar Schritte zurückgegangen. Natürlich hatte ich mein neues Smartphone dabei und ich habe gleich die 110 gewählt. Ihr Kollege wollte mir gar nicht richtig zuhören. Er hat mich immer wieder unterbrochen, als ich von den Rotzlöffeln erzählt habe. Richtig laut ist der geworden und ...«

Dobermann ließ den Redeschwall über sich ergehen, machte sich die eine oder andere Notiz in dem kleinen Büchlein, das er immer in der Innentasche seiner Lederjacke stecken hatte und schaute anschließend dem Zeugen so lange in die Augen bis dieser erst immer leiser wurde und dann schwieg.

»Diese Dose, die sie erwähnt haben, wo finde ich sie?«, fragte er dann endlich.

»Die Frauen machen sich nur deshalb schön,
weil das Auge des Mannes besser entwickelt ist
als sein Verstand.« *Doris Day*

»Ich hab um dich geweint,
als ich glaubte, ich sei unbesiegbar.
Es gibt kein Lied, welches hundert Jahre anhält,
noch einen Körper, der dies ertragen könnte.
Und das Beste wartet immer
In der Zukunft
Und eines Tages nach dem Sturm,
wenn du am wenigsten damit rechnest
kommt der Schnee hervor .«
»Sale El Sol«, Shakira

9.

Julia Braune saß im Schneidersitz in der Mitte ihres großen Bettes und war in Gedanken versunken. Mit dem einen Arm presste sie ein dickes Kissen eng an ihren nackten Bauch und an die modellierten Brüste. Mit dem Zeigefinger der anderen Hand fuhr sie sich durch das glatte rote Haar. Eine Viertelstunde lang saß sie so da. Sie lächelte selig. Die junge Frau war mit sich und dem Leben zufrieden.

Endlich hatte sie ihren Plan in die Tat umgesetzt. Endlich hatte sie zerstört, was sie so lange gequält hatte. Endlich spürte sie Genugtuung, ein Gefühl, auf das sie so lange gewartet hatte. Sie lebte ganz in diesem einen Moment und genoss ihn. Neben ihr lag ein Mann und schnarchte leise. Im Zimmer lag schwer der Geruch ihres Parfüms.

Wie immer, wenn sie mit ihrer neuesten Errungenschaft zusammen war, hatte sie den Duft etwas stärker aufgetragen. Sie mochte den Geruch ihres aktuellen Liebhabers nicht. Jetzt aber, nachdem ihr sehnlichster

Wunsch erfüllt worden war, hatte sie ihn nach allen Regeln der Kunst verwöhnt. Der Mann, dessen Ausdünstungen sich mit dem angenehmen Duft ihres Parfums vermischten, war ihr tatsächlich mit Haut und Haaren verfallen. Er würde auch in Zukunft alles tun, was sie von ihm verlangte. Wenn sie ihn überhaupt noch brauchte, aber auch das war ihre alleinige Entscheidung. Julia musste nur die geschickt angebrachten Marionettenfäden bedienen und schon würde er ihr die Sterne vom Himmel holen. Der Moment schien vollkommen zu sein. Alles hatte sich zusammengefügt in diesem Puzzle, alles war genauso eingetroffen, wie sie es geplant hatte. Diesmal hatte tatsächlich alles geklappt, nicht wie beim letzten Mal an diesem verkorksten Abend im Herrengarten. Diesmal war sie die Siegerin.

Und dennoch fehlte etwas. Sie spürte es körperlich, ein Gefühl ähnlich wie Durst, genau so penetrant und nagend. Erst wusste sie nicht, was es sein konnte, dann dämmerte es ihr langsam.

Es fehlte, ein Wunsch, eine Aufgabe, der Sinn. Sie war am Ende einer langen Reise angekommen und war das Reisen nun so gewöhnt, dass sie nicht wusste, welchen neuen Aufgaben sie sich jetzt noch stellen sollte. Ihre Zwillingsschwester war tot. Saskia hatte es mehr als verdient. Viel zu oft war sie ihren geschickt inszenierten Fallen entwischt. Weiß Gott, wie sie das geschafft hatte. Vielleicht lag es wirklich daran, dass sie ihr Zwilling war. Manche Forscher glaubten doch tatsächlich, dass zwischen eineiigen Zwillingen so etwas wie Telepathie möglich war. Das konnte der Grund dafür sein, dass sich Saskia immer mehr ihrem Dunstkreis entzogen und es sogar eine Zeit lang geschafft hatte, unterzutauchen. Aber das war nur von kurzer Dauer gewesen. Niemand durfte Julia unterschätzen. Sie wusste immer, was zu tun war, sie kannte eine Menge Menschen und wusste diese für ihre Zwecke einzusetzen.

Dennoch hatte es diese Schlange von Schwesterherz geschafft, schwanger zu werden. Das brachte das Fass endgültig zum Überlaufen.

Julias Muskeln ihrer rechten Gesichtshälfte zuckten auch jetzt noch, wenn sie daran dachte. Was hatte sich diese Schlampe dabei gedacht, ihr dies anzutun? Kalte Wut stieg in ihr auf. Julia merkte zwar, dass diese Wut noch immer in ihr war, sie war aber sinnlos geworden. Es war vorbei. Sie konnte sich entspannen. Der Griff um das Kissen vor ihrem Bauch lockerte sich etwas. Es war vollbracht. Sie hatte tatsächlich vermutet, dass nach dem Tod ihrer Schwester alles anders würde. Aber Freiheit muss sich anders anfühlen. Sie hatte die Macht über Leben und Tod ausgekostet, aber es fühlte sich an wie ein kurzer Drogenrausch. Schnell flachte er ab, und zurück blieben diese innerliche Unruhe und die aufkeimende Gewissheit, dass das eigene Leben nur dann Sinn machte, wenn diese Kraft, Herrscher über Leben und Tod sein zu können, wieder gelebt werden konnte. Es fühlte sich an, als ob tief in ihrem Inneren eine Bestie befreit worden war, die nun nach neuem Futter schrie und niemals mehr besänftigt werden konnte. Es mussten neue Opfer gefunden werden, neue Pläne entwickelt und neue Strategien entworfen werden. Ob dann ihr jetziger Geliebter die Marionette sein würde oder ein anderer, das war vollkommen egal.

Julias Mund verzog sich zu einem breiten Grinsen, und sie musste sich beherrschen, um nicht lauthals Ja zu schreien, ihre Faust zu ballen und den Ellenbogen nach unten zu ziehen. Eine Geste, die sie sich angewöhnt hatte und immer dann machte, wenn sie sich als Siegerin fühlte. Es gab noch mehr Menschen, die sie verletzt und gedemütigt hatten. Menschen, die eine Strafe verdienten. Und jetzt war die Zeit gekommen, konsequent und hart zu strafen. Keiner durfte sie jemals mehr demütigen. Julia war zu erregt, um weiterhin ruhig sitzen zu bleiben. Sie schleuderte das Kissen in eine Ecke des Schlafzimmers und sprang auf. Sie würde wieder zuschlagen. Sie kannte den Namen ihres nächsten Opfers und sie erkannte die Herausforderung, die auf sie wartete. Aber genau aus diesem Grund beflügelte sie diese Aufgabe noch mehr.

Ja, er war der Richtige. Und sie hatte auch schon erste Vorbereitungen getroffen. Sie war so vorausschauend und genial. Sie war überragend, wer konnte sie stoppen? Die Fallstricke waren ausgelegt und nun musste nur noch geschehen, was sie, die Herrscherin über Leben und Tod, geplant hatte. Frauen sind geniale Wesen, dachte Julia und grinste breit.

Frauen konnten auf mehreren Ebenen gleichzeitig denken und handeln. Männer, diese eindimensionalen Wesen, waren leicht gefügig zu machen. Sie waren so einfältig und mit ein paar Lippenbekenntnissen in jede erdenkliche Richtung zu lenken.

Beinahe hätte die Rothaarige laut aufgelacht, unterdrückte das Gefühl aber. Sie wollte nicht den Mann, der noch neben ihr schlief aufwecken. Jetzt noch nicht. Jetzt wollte sie genüsslich über ihr neues Opfer nachdenken und die Vorfreude genießen.

Vor Monaten war auch er in ihr Leben getreten, und natürlich hatte er den Angelhaken geschluckt, den sie ausgeworfen hatte. Er hatte den Weg in ihr Bett gefunden, ihre Möglichkeiten der körperlichen Verführung erfahren und war, wie so viele zuvor auch, davon abhängig geworden. Er wollte sie, körperlich, und dies hatte er ihr auch immer wieder gezeigt. Mehrere Monate hatte sie mit ihm verbracht. Sie und er waren ein Paar gewesen, er aber hatte sie nie wirklich an sich heran gelassen. Sie hatte ihn für ihre Zwecke nutzen wollen, er aber hatte sich immer dagegen gewehrt und ihr zu keinem Zeitpunkt die Geheimnisse verraten, die sie so sehr gebraucht hatte. Sie musste ihn verlassen, und sich einen

Neuen suchen. Sie machte Schluss, kurz und emotionslos, wie sie es immer tat. Er hatte sie niemals mehr angerufen, nicht um sie gekämpft, wie sie es von anderen Männern gewohnt war. Es hatte sich angefühlt, als hätte er nur mit ihr gespielt, sie nie richtig geliebt. Das konnte sie nicht auf sich sitzen lassen. Ja, er war das nächste Opfer.

Julia verließ leise das Bett und ging ins Bad, verschloss die Tür und schaute im Spiegel direkt in ihre grünen Augen. Klarheit und Kraft blitzten ihr entgegen, als sie sich immer wieder leise aber bestimmt sagen hörte: »Kriminaloberkommissar Benjamin Dobermann muss zerstört werden.«

Kapitel II

»Das Einzige, was ich an diesem Leben bedaure, ist, dass ich nicht jemand anderes bin.«
Woody Allen

»Wenn schwimmen schlank macht, was machen dann Blauwale falsch?« *Unbekannt*

1.

Das Bild im Spiegel passte ganz und gar nicht zu seiner Vorstellung von einem seriösen Staatsbeamten. Die Augen rot unterlaufen, glasiger Blick und nicht genug Körperspannung, um die Mundwinkel gegen die Schwerkraft ankämpfen zu lassen.

Mit Widerwillen dachte er an die vergangene Nacht. Schlaflos und allein, das entsprach in keiner Weise seinem Geschmack. Selbst die vier großen Biere, die er in der Eckkneipe am Riegerplatz in sich hineingeschüttet hatte, hatten nicht geholfen. Er ging kurz vor Mitternacht nach Hause, legte sich in sein Bett und konnte nicht einschlafen. Es war nicht die fehlende Müdigkeit. Er wollte nicht über den gestrigen Tag und seine eigene Verstrickung in den Fall nachdenken, aber je mehr er nicht darüber nachdenken wollte, desto unruhiger wurde er. Dobermann wälzte sich so lange von der einen auf die andere Seite, bis er es nicht mehr aushielt und wieder aufstand, ein Glas Wasser trank und sich mit einer Schüssel randvoll gefüllt mit Chips vor den Fernseher setzte. Das Programm war öde, reichte aber nicht aus, ihn so weit abzustumpfen, dass er endlich zur Ruhe kommen konnte. Erst morgens gegen vier Uhr ließ ihn sein geschundener Geist in einen kurzen zweistündigen Schlaf sinken. Immer wieder träumte er von Julias

Augen. Manchmal lockten sie ihn, dann wieder straften sie ihn. Um halb sechs Uhr klingelte der Wecker. Irgendjemand hatte ihn auf diese unchristliche Zeit gestellt. In Dobermanns Traum war es ein Alarm. Alles um ihn herum flackerte rot, immer und immer wieder. Der Ton der Sirene wird immer eindringlicher und nervender.

Unsanft landete Dobermann auf dem Teppich. Der Wecker lag ein paar Meter entfernt unter dem Wohnzimmertisch. Die Batterie war herausgeflogen und rollte noch immer über den Holzfußboden. Dobermann starrte ihr hinterher. Erst langsam bewegte sich sein Bewusstsein. Er nahm sich die Zeit zuzuschauen, bis die Batterie endlich zur Ruhe kam, dann stützte er die Hände auf und wuchtete seinen schweren Oberkörper nach oben. Mit einem lauten Knall stieß er mit dem Kopf gegen die Kante des Holztischs, auf dem noch die Fernbedienung lag. »Scheiße«, stöhnte der Kommissar leise mit zusammengebissenen Zähnen. Dobermann rieb seinen Kopf und kam mühsam in den Vierfüßlerstand. Die kleine Zweizimmerwohnung glich heute Morgen einem Männeridyll, großer Flachbildschirm, alle Türen standen sperrangelweit offen, die Klobrille hochgeklappt und der kurze Flur zum Schlafzimmer gepflastert mit Strümpfen, einer Hose und drei verschwitzten T-Shirts. Zum Glück musste Dobermann als Kriminaloberkommissar im Außendienst keine Uniform tragen, denn dann hätte er Hemd und Hose bügeln müssen, so aber konnte er modern zerknittert herumlaufen. Gequält lächelte er, als er endlich auf den Beinen stand und ins Bad wankte. Dort angekommen stützte er sich mit beiden Händen auf den Waschtisch ab und betrachtete lange sein Spiegelbild. Ihm fiel der Spruch ein, den er zum letzten Geburtstag geschenkt bekommen hatte und der nun in der Küche am Herd hing: *Wer morgens zerknittert aufwacht, hat viele Entfaltungsmög-*

lichkeiten. Na, dachte er, dann kann der Tag heute ja sehr ergiebig werden. Kaffee, war sein nächster Gedanke. Zwei Handvoll kaltes Wassers ins Gesicht gepatscht und ein paar Schritte später stand der Kommissar in der kleinen Küche. Das Display der Kaffeemaschine blinkte schon. Dobermann drückte zwei Knöpfe. Das Geräusch des Mahlwerks wirkte belebend. Als sich dann die Espressotasse langsam füllte und der Duft ausbreitete, war Benjamin sicher, dass er auch diesen Tag irgendwie überleben konnte. Er genoss den Espresso im Stehen, dann überlegte er, ob er ein wenig aufräumen sollte. Noch hatte er Zeit. Der Kommissar entschied sich für einen zweiten Espresso. Danach musste er dem Gemurre seines Darms folgen. Den Aufenthalt im Bad nutzte er gleich noch, um sich zu rasieren, Zähne zu putzen und seine Haare zu bürsten. Auf dem Weg zurück ins Wohnzimmer hatte er den Entschluss im Kopf, nun endlich aufräumen zu wollen, wurde dann aber durch das Klingeln des Telefons abgelenkt. »Dobermann hier!« »Hallo Benjamin, ich bin´s, Jens.« »Was gibt´s so früh am Morgen?« »Ich wollte mit dir das Wetter nutzen. Wir sind zwar gestern schon gelaufen, aber nur recht kurz. Wie wär`s heute mit ´nem kleinen Nachschlag?« Dobermann war überrascht. Damit hatte er nicht gerechnet. Laut dachte er: »Hmmh, nach der letzten Nacht sollte ich mich lieber noch ein paar Stündchen hinlegen, das geht aber leider nicht. Um acht Uhr ist Dienstbeginn und ich muss pünktlich sein. Es gibt was zu tun. Vielleicht tut mir ein bisschen Bewegung wirklich gut.« »Glaube ich auch, du weißt ja wie das mit den körpereigenen Endorphinen ist. Nach `ner halben Stunde Bewegung in der frischen Luft kommen sie heraus gekrochen, setzen sich an deinen Synapsen fest und bringen dich zum jubilieren.« Der Kommissar lächelte und merkte, wie er sich überzeugen ließ. Er wusste, dass es Besseres gab, als aufzuräumen.

»Na, wenn du meinst. Ein Versuch ist es wert. Okay, um halb sieben am Waldparkplatz neben dem Polizeipräsidium. Dann kann ich nach dem Lauf im Präsidium duschen und frühstücken.« »Gebongt, also bis gleich.« Der Kommissar beendete das Telefonat und ließ einen weiteren heißen Espresso in die Tasse laufen. Danach holte er ein Flasche Wasser aus dem Vorrat und trank sie in einen Zug aus. Schnell waren die wenigen noch sauberen Kleidungstücke, Duschzeug und Handtuch in der Sporttasche verstaut und die Laufklamotten übergezogen. Eine viertel Stunde später stand er neben seinem alten Opel Kadett auf dem Parkplatz am Waldrand. Das alte Mountainbike seines Freundes sah er schon von weitem. Jens trat schwer atmend in die Pedalen. Der Kommissar erkannte dies an den weißen Wölkchen, die stoßartig aus seinem Mund quollen. Obwohl die Luft kühl war, zeigte die aufgehende Sonne allerdings schon, was sie mit diesem Tag anfangen würde. Die Sonnenstrahlen drangen durch die farbig belaubten Bäume und tauchten den Parkplatz in ein weiches Licht. Überall am Rand der Wege hingen Spinnweben, teils mit Tautropfen behangen, teils wurden einzelne Fäden durch den Wind erfasst und weggeweht. Die Spinnweben sahen tatsächlich aus wie das Haar von ergrauten Frauen und gaben dieser kurzen Zwischenjahreszeit ihren Namen. Alles war perfekt. In der Fotografie nannte man es den magischen Moment. Benjamin und Jens passten ganz und gar nicht zu diesem Bild.

»Na, Alter«, begann Jens, »so wie du aussiehst, bist du nicht der Fitteste heute morgen.« »Tja, nach der letzten Nacht fühle ich mich wie die zwei Jogger aus einem alten Witz. Sagt der eine: Du hast eben eine Schnecke zertreten, pass gefälligst auf in der Natur. Worauf der andere keuchend erwidert: Tschuldigung. Ich konnte nichts machen, die kam von hinten.«

Dobermann hatte wie zu sich selbst gesprochen,

bückte sich und band nochmals den rechten Schuh. »Aber vielleicht tut mir unsere kleine Laufeinheit wirklich gut. Komm, lass uns loslegen!« »Okay, okay«, grinste Jens und verfiel in einen leichten Trab. Der Kommissar folgte ihm. Direkt hinter dem Parkplatz stieg der Waldweg leicht an, führte an den verlassenen Kasernengebäuden vorbei und endete an einem Trampelpfad, der zur Ludwigshöhe führte. Die beiden Läufer ließen es langsam angehen und schwiegen, bis sie den Berg erklommen hatten. Am Fuße des Ludwigsturms auf einer kleinen Terrasse machten sie eine Pause. Von hier aus konnte man Darmstadt überblicken und bei klarem Wetter, wie an diesem Tag, die Skyline Frankfurts und den Gebirgsrücken des Taunus genießen.

»Bei diesem Ausblick geht es mir gleich besser«, bemerkte der Kommissar und blieb kurz stehen, die Arme auf der Steinbrüstung abgestützt. Jens stand neben ihm und atmete noch schwer. »Was ist los mit dir?« fragte Dobermann, als er seinen Freund von der Seite kritisch begutachtet. »Erst rufst du mich in aller Herrgottsfrühe an, willst mit mir joggen, obwohl wir gestern erst knapp `ne Stunde unterwegs waren und jetzt bist du schon außer Atem und kriegst den Mund nicht auf. Das ist gar nicht deine Art.« Jens erwiderte den Blick seines Laufkollegen nicht. Stur blickte er geradeaus, als nutze er den wunderschönen Ausblick, um Kraft zu tanken. »Ich hab´ heute Nacht kaum ein Auge zu getan. Musste über vieles nachdenken«, begann er schließlich. »Na, dann raus damit«, drängelte der Kommissar. »Komm, lass uns weiterlaufen«, erwiderte Jens und setzte sich in Bewegung. Dobermann holte ihn erst wieder ein, als er auf den Weg einbog, der direkt an der Volkssternwarte in den Wald führte. Der Pfad war so schmal, dass zwei Läufer nicht nebeneinander Platz fanden. Der Kommissar musste seine Neugierde bändigen und weiter hinter Jens her laufen, der immer mehr beschleunigte. Bald überquerten beide einen breiten Zufahrtsweg, aber Jens bog gleich wieder in einen Pfad ein, der tiefer in den Wald führte und abschüssig war.

»Wo willst du denn hin? Du läufst ja, als sei der Leibhaftige hinter dir her!«, keuchte der Kommissar. »Auf zum Prinzenberg«, hörte er die Stimme seines Vorläufers. Erst als erneut ein Forstweg kreuzte und Jens rechts auf ihn einschwenkte, verlangsamte er das Tempo. Dobermann arbeitete sich Schritt für Schritt heran, bis er gleichauf mit Jens lief. »Also, was ist los?«, wollte er wissen. »Da vorne geht es links ab und wieder bergan bis hoch zum Prinzenberg. Übrigens auch ein toller Aussichtspunkt. Von da aus kann man das Rheintal bis runter nach Ludwigshafen einzusehen«, antwortete Jens. »Was erzählst du denn da? Ich kenne den Prinzenberg bei jeder Witterung. Ich bin nicht umsonst Fan des Darmstädter Lauftreffs, wenn ich auch momentan nicht so häufig an deren Terminen teilnehmen kann. Dafür laufe ich mehr mit dir und will jetzt endlich wissen, was das hier alles soll?« Jens verfiel in einen moderaten Trab und der Kommissar blieb Schulter an Schulter. Eine Zeit lang sprach keiner ein Wort. Dann brach Jens das Schweigen: »Benjamin, wie lange kennen wir uns schon?« »Seit der fünften Klasse, als wir gemeinsam ins LGG kamen. Das weißt du ganz genau, also?« »Ich möchte zu gern wissen, an welchem Fall du aktuell arbeitetest, und vor allem, wie du es tust und was du schon alles herausgefunden hast.« Dobermann schaute seinen Laufkumpanen von der Seite fragend an. »Das ist alles? Und deswegen machst du so ein Geschiss?« »Ja, dass ist alles. Ich möchte es gerne wissen.« »Tut mir leid«, antwortete der Kommissar, »selbst wenn wir verheiratet wären, dürfte ich dir nichts zu den laufenden Ermittlungen sagen. Warum bist du denn so heiß darauf?« »Benjamin, es ist wirklich wichtig für mich. Mach doch mal ´ne Ausnahme. Bei mir wären deine Dienstgeheimnisse, oder wie auch immer du die Interna aus deiner Polizeiarbeit nennen willst, sicher. Ich schweige wie ein Grab. Das weißt du. Ich habe dich noch niemals enttäuscht, oder?«

Der Kommissar bog auf den schmalen Weg ein, der rings um den Gipfel des Prinzenbergs führte. Nach ein paar Metern ging es schon wieder bergauf. Er konnte sich nicht erklären, warum Jens Informationen haben wollte, die den aktuellen Fall betrafen. Er dachte noch einen Moment darüber nach, dann schüttelte er den Kopf, als er die Wut spürte, die langsam in ihm aufstieg. »Sag mal, tickst du noch richtig?«, brach es aus ihm heraus. »Was könnte so wichtig sein, dass ich meinen Beruf und meine Karriere dafür aufs Spiel setzen soll?«

Jens dachte einen Augenblick nach, er empfand seinen Vorstoß plötzlich lächerlich. Warum sollte Benjamin ihm Dienstgeheimnisse anvertrauen? Und wenn er es tun würde, würden sie ihm nutzen? »Okay«, sagte er schließlich. »Ich beichte dir mein kleines Geheimnis.«

»Na, da bin ich aber gespannt«, sagte der Kommissar mit einem genervten Ton in der Stimme.

»Ein Krimi ist es. Ich schreibe an einer Geschichte, und ein wenig Realitätsnähe würde ihr gut tun. Ich als Musiker weiß zwar, was Spannungsbögen sind, aber von der Polizeiarbeit hab ich keine Ahnung.« Der Kommissar musste lachen. »Du schreibst einen Krimi. Das ist ja ein Ding. Was haste denn für `nen Plot im Kopp?« Jens blickte erschrocken auf. Ihm gelang es nicht, zu verbergen, dass er mit so einer konkreten Frage nicht gerechnet hatte. »Häh?«, war seine spontane Reaktion. Dobermann grinste breit übers ganze Gesicht. »Na, welche Geschichte willst du erzählen? Du musst doch eine Idee haben, wie sich die Geschichte in deinem Krimi entwickeln soll, um was es geht? Bankraub, Erpressung, Mord und Totschlag oder einfach nur ein Eifersuchtsdrama ohne Happyend.«

»Ach so, das meinst du.« Jens tat so, als sei er nach dem letzten Anstieg außer Atem. Dann gab ihm der Ausblick über die Rheinebene, die sich vor den beiden Läufern auftat, noch etwas mehr Zeit zum Nachdenken. »Also, die Hauptperson in meinem Krimi ist ein fanatischer Christ, der an seinem Glauben zweifelt und einen Gottesbeweis erzwingen will.« »Na prima, das ist doch ein Anfang.« »Genau, genial was? Er besorgt sich einen der Atomsprengköpfe, die im Kalten Krieg verlorenen gegangen sind und ...« »Jetzt wird es aber abgedreht.« »An diesem Punkt muss ich noch ein wenig recherchieren«, bemerkte Jens kleinlaut. »Fakt aber ist: In den siebziger bis neunziger Jahren mussten die Atomraketen immer bewegt werden. Der Feind durfte nicht wissen, von wo die Geschosse starten würden. Und in dieser Zeit sind nachweislich über 200 Sprengköpfe verschwunden. Keiner weiß genau, wo sie sich befinden.« »Du bist ja vollständig gaga. Und was hat das alles mit meiner Arbeit zu tun?«

»Pass auf! Dieser verrückte Christ hat er sich einen teuflischen Plan zurecht gelegt. Er hackt sich in das Intranet des Bundeskriminalamtes ein und gibt bekannt, dass in zwei Tagen der Kölner Dom mittels einer Atomrakete in die Luft gejagt wird. Ihm ist klar: Gott kann nicht wollen, dass eines seiner aufwändigsten Gotteshäuser zerstört und eine Millionenstadt in Schutt und Asche gelegt wird. Also wird Gott den Anschlag verhindern.«

Jens machte eine kurze Kunstpause. »Er will einen Gottesbeweis. Er will, dass Gott reagiert, die Menschheit schützt und den Anschlag verhindert.«

Benjamin hörte staunend zu und lief weiter. So nahm Jens wieder den Faden auf: »Der Countdown läuft. Zwei Tage haben die Verantwortlichen Zeit, um das Desaster zu verhindern.«

Dobermann blieb abrupt stehen. »Und jetzt willst du

wissen, wie ich in einem solchen Fall den Täter finden und zur Strecke bringen würde?« fragte er ungläubig.

»Ja, so ähnlich«, antwortete Jens. Dobermann trabte wieder los und hatte seinen Freund nach einigen Metern eingeholt. »Na, wenn das so ist, dann erzähle ich dir ein paar Interna aus dem K 08 15, sonntags auch Tatort genannt. Dort arbeitet mein Kollege Frank Ahnder. Er nennt sich gern Der F. Ahnder. Er ist seit sieben Jahren der Leiter des geheimnisvollsten Oberspezialkommissariats des Darmstädter Polizeiapparates. Ihm unterstehen sechs K-Beamte, allesamt Kriminalhauptkommissare. Jeder von ihnen spricht sechs Sprachen, hat einen U-Boot-Führerschein und kann mindestens drei verschiedene Raumschiffe aus anderen Sonnensystemen bedienen. Außerdem sind sie in der Psychologischen Gesprächsführung so was von geschult, dass sie jedem Gegner in weniger als fünf Minuten das Blut in den Adern gefrieren lassen können.« Jens lächelte genervt. »Okay, okay, du musst mich nicht veräppeln. Alles klar, ich versteh schon.«

Dobermann lenkte ein: »Komm, Alter, du musst nicht beleidigt sein. Schreib deine Geschichte, wie du es für richtig hältst. Ich kann dir dabei wirklich nicht helfen. Vertraue auf deine Fantasie und erfinde den Berufsalltag eines Kriminalen. Du brauchst mich und die Realität nicht dazu. Wenn du den wirklichen Alltag eines Kriminaloberkommissars beschreiben würdest, bestünde die Gefahr, dass du deine Leserschaft zu Tode langweilst. Also, beschreibe meine Arbeit so, wie du sie dir vorstellst.«

Jens wusste, er würde nichts über den Fall erfahren. In Gedanken versunken lief er an der nächsten Kreuzung geradeaus.

»Willst du schon wieder nach Hause?«, wollte Dobermann erstaunt wissen. »Nö«, antwortete Jens. »Dann lass uns da vorne rechts abbiegen und in einem weiten

Bogen um den Herrgottsberg herum zurück zum Parkplatz laufen.«

Jens stimmte zu und steigerte langsam das Tempo. Er wollte nicht mehr reden, sondern einfach nur den Kopf frei bekommen.

So rannten sie um die Wette. Es wurden schnelle zwanzig Minuten und der Parkplatz kam wieder in Sichtweite. Dobermann fühlte sich großartig. Beschwingt lief er auf die Holzhütte zu, die direkt neben dem Parkplatz einen Unterschlupf bot. Die Hütte war alt, neu dagegen war ein hölzernes Schild, das über dem Eingang hing. Dobermann traute erst seinen Augen nicht, dann aber musste er herzhaft lachen. Auf dem Schild stand: *Kommissar Rünz Hütte*. Dobermann hatte in der Vergangenheit an ruhigen Wochenenden die eine oder andere Geschichte über diesen Kommissar gelesen. Erfunden worden war er von einem bekannten Darmstädter Krimiautor, der seinen Rünz in verfahrene Situationen hineinschlittern lies. Da muss der Revierförster wohl ein Fan sein, dachte Benjamin und trabte wohl gelaunt einmal um die Hütte.

Jens dagegen war unzufrieden mit sich selbst. Direkt nach der Ankunft auf dem Parkplatz befreite er sein Fahrrad von dem Baum, an dem er es vor einer Stunde festgebunden hatte, und schob es zu der Holzhütte, an der der Kommissar seine Dehnungsübungen machte. »Ich muss gleich weg. Ich hab noch `nen Termin. Was ist mit heut Abend? Hast du Zeit? Ich muss dir noch ´ne Kleinigkeit erzählen. Vielleicht bei einem gemeinsamen Bier?«

»Von mir aus. Ich weiß aber nicht, wann ich meinen Dienst beenden kann. Ruf einfach an und sag mir Bescheid, wo wir uns treffen können«, sagte der Kommissar. Er schaute nicht auf, sondern konzentrierte sich voll und ganz auf das nervige Ziehen an seinen Oberschenkeln.

Jens schaute ihm einen Augenblick zu und sagte: »Okay, mach ich, tschüss.«

Nachdem der Kommissar in seinen in die Jahre gekommenen Opel Kadett eingestiegen war, blieb er noch ein paar Minuten still hinter dem Steuer sitzen. Er spürte, wie der Schweiß erneut aus allen Poren schoss, achtete aber nicht weiter darauf. Er konnte sich das rätselhafte Verhalten seines Freundes nicht erklären. Vielleicht heute Abend, wenn er sich wieder mit ihm traf.

»Träumend plant der Geist
eine eigene Wirklichkeit.«
Sören Kierkegaard

In den Flüssen steigt morgens der Nebel,
die Wärme lässt sich ganz schön viel Zeit,
die Blätter der Bäume träumen davon,
zu überleben,
der Herbst steht voll zum Angriff bereit.
Er nimmt uns mit, mit all unseren Träumen
Widerstand gelingt hier nicht.
Ich hatte Angst, das Leben zu versäumen.
Ein Hauch von Spätsommer liegt in der Luft
Es riecht nach Abschied,
ich hasse den Duft.
»Ein Hauch von Spätsommer«, Harald Pons

2.

Der Geruch bewegte sich wie ein schleichendes Tier, kroch langsam und stetig in alle Ecken des kalten Raums. Er war streng, metallisch, brackig wie verfaulendes Fleisch. Hatte er sich einmal in einer Nase festgesetzt, war es schwer, ihn wieder loszuwerden. Gerüche lassen oft Gefühle wach werden. In diesem Fall unangenehme, die zur Flucht animierten. Zum Glück war der Gestank in diesem unwirklichen Raum angereichert mit Dünsten von Formalin und Desinfektionsmittel, Gerüche, die einige Menschen mit Sauberkeit verbinden. Diese wirre Mischung verstärkte sich immer mehr und war am stärksten an dem Ort, wo die Leichen erst auf kalten Tischen gelagert und dann geöffnet wurden. Das Rechtsmedizinische Institut lag in Frankfurt-Sachsenhausen. Es befand sich in einer stattlichen Villa, gebaut vor mehr als hundert Jahren. Unbeteiligte hatten keine Ahnung, was in dem Keller des Gebäudes geschah. Die

Obduktionsräume waren in kaltes, grelles Licht getaucht, so dass nichts verborgen bleiben konnte. Boden und Wände waren weiß gefliest. In der Mitte des größten Raumes standen drei Sektionstische aus Edelstahl, ihre Kanten waren hochgezogen, damit Flüssigkeiten wie Blut oder Magensaft aufgefangen und abgeleitet werden konnten. Auf den Tischen befanden sich weiße Schalen. Darin lagen die verschiedensten Instrumente aus Metall. Eine große Uhr tickte im Sekundentakt. Es war kurz vor halb zehn. Auf zwei Tischen lagen Leichen, ein Mann und eine Frau. Der Mann war schon mit einem weißen Tuch abgedeckt, die Frau lag ungeschützt auf dem kalten Edelstahl. Laute Sphärenklänge drangen aus den Boxen einer hochwertigen Hifi-Anlage. »We are a particle in the ocean, lost and save like a tear, we are born and lost in the ocean, where is mercy with our fear«, dröhnte es aus den Lautsprechen und Wilhelm Muffinski hielt kurz inne. Er ließ sich von den Wogen der Musik mitreißen und vergaß den Y-Schnitt auf der Brust der Toten, den er eben noch grob zusammengenäht hatte. Wie in Trance formten sich seine Lippen zu dem immer wiederkehrenden Sprechgesang. Erst vor wenigen Tagen hatte er durch Zufall die LP der deutschen Band Eloy in der Holzkiste entdeckt, die er in seinem Keller vergessen hatte.

Im Alter von 35 Jahren hatte Muffinski zum ersten Mal diese Langspielplatte gehört und blieb daran kleben, so fest, wie eine Fliege an einem Löffel voller Honig. Die Musik, die stark an Pink Floyd der sechziger Jahre erinnerte, verstärkte in ihm genau das Gefühl, das er so gern verdrängen wollte. Muffinski sah damals nicht nur eigenartig aus, sondern hatte auch eigenartige Angewohnheiten. Er verließ selten sein Zimmer, und ebenso selten wechselte er seine Kleidung. Die so gewonnene Zeit nutzte er für das Studium der Rechtsmedizin. Bücherwissen sog er auf, wie seine Kommilitonen die neu gewonnenen Freiheiten der siebziger Jahre. Zwischenmenschliches brachte Unbehagen und machte ihm Angst. Er wollte keine Nähe und keine Enttäuschungen. Enttäuschungen hatte er in seiner Kindheit solange ertragen müssen, bis er es endlich geschafft hatte, einen undurchdringlichen Schutzpanzer anzueignen. Irgendwann akzeptierte er, dass er ein Einzelgänger bleiben würde. Manchmal entwickelte sich in ihm sogar so etwas wie ein Glücksgefühl. Er nutzte sein geistiges Potential, beendete sein Studium summa cum laude, promovierte und ließ sich mehr und mehr von der Faszination der Pathologie gefangen nehmen. Nur manchmal fiel er in das bittersüße Verlies des Selbstmitleids.

Er war allein und würde es wohl auch bleiben, kam es ihm in den Sinn. Er, der Sonderling, der nur Nähe zu einem Menschen finden konnte, wenn dieser leblos und kalt auf einem Edelstahltisch lag und er mit Gummihandschuhen und Knochensäge an ihm herum hantierte. Trost schöpfte er aus der Tatsache, dass er schnell Karriere machte und bekannter wurde, da er Fälle löste, an denen sich seine Kollegen die Zähne ausgebissen hatten. In den letzten vier Jahrzehnten hatte sich Vieles weiter entwickelt. Die Opfer eines Gewaltverbrechens lagen vor ihm wie aufgeschlagene Bücher, deren Geheimnisse er immer besser und schneller entschlüsseln konnte. Er hatte gelernt, auf Kleinigkeiten zu achten und einzelne Puzzlestücke so geschickt zusammenzusetzen, dass sich nach der Obduktion oft ein ganz erstaunliches Bild zeigte. Fingernägel, Haare, Hautschuppen, Mageninhalte, Hautveränderungen, besonderer Madenbefall, nichts war sicher vor seiner Kunstfertigkeit, Zusammenhänge zu erkennen und zu einem Tathergang zu formen. Man behandelte ihn respektvoll und ließ ihn ansonsten in Ruhe. Seine Arbeit zählte, nicht er als Mensch. Weit hatte er es gebracht, viele Verbrechen konnten durch seine Untersuchungen und seine Berichte aufgeklärt werden, aber jetzt stand er hier in diesem gekacheltem Raum, seinem Zuhause, hörte die fast vergessenen Sphärenklänge und war sich plötzlich wieder einmal sicher, dass er in einem Gefängnis saß, auch wenn er sich jahrelang durch seine Arbeit die Illusion geschaffen hatte, er hätte am Leben teilgenommen. Diese Depression überkam ihn in regelmäßigen Zeitabständen. Meist konnte er sie wieder loswerden in dem er sich einem Ritual hingab. Er nannte es sein heimliches Hobby. Der einzige der davon wusste war Benjamin Dobermann. Ihm hatte er es in einem vertraulichen Moment gebeichtet. Das Hobby bestand darin, dass er sich regelmäßig alle paar Wochen in einer Absteige am Frankfurter Hauptbahnhof einmietete und solange kiffte, bis sein geschundener Geist für ein paar Stunden seinen Körper verlassen und frei herumschweben konnte. Ansonsten hatte er seine Arbeit, die ihm Halt bot. So konnte er das Leben gut ertragen.

Aber die Zeit würde kommen, wo er nicht mehr in der Lage wäre, zu arbeiten, oder schlimmer noch, wo sein Arbeitgeber ihn einfach entlassen würde, da er das Rentenalter schon weit überschritten hatte, und dann ...? Was würde er tun? Ohne Leichen, Kollegen des K10 oder der Spurensicherung? Seine Lippen bildeten immer wieder die Liedzeilen »We are a particle in the ocean, lost and save like a tear, we are born and lost in the ocean, where is mercy with our fear«, und er war nicht in der Lage, das Klingeln und Vibrieren seines neuen iPhone wahrzunehmen, das sich schon zum dritten Mal in der Tasche seines weißen Kittels gemeldet hatte.

»Mist, Doc Pät hebt nicht ab«, schimpfte Dobermann vor sich hin. Er saß an seinem Schreibtisch und trommelte mit den Fingern auf der Arbeitsplatte herum. Langsam legte er den Hörer zurück auf die Gabel des antiquiert wirkenden Diensttelefons und schaute gedankenverloren durch das kleine Fenster in den Innenhof des Präsidiums. Ihm kam das Büro, in dem er saß und das er ironisch Hasenstall nannte, sehr klein vor. Bei Hasenstall musste er unweigerlich an seinen Vater, den alten Dobermann, denken, der noch im Präsidium in der Nieder-Ramstädter-Straße Dienst tun musste. Bilder aus vergangener Zeit wurden wach. Als Jugendlicher hatte er seinen Vater oft besucht. Denn wenn es galt einen Verbrecher dingfest zu machen, war der hochgewachsene alte Kommissar selten zuhause. Dann kam es vor, dass Benjamin seine Hausaufgaben an einem kleinen Beistelltischchen machen musste. Daran erfreute er sich, einfach, um seinem Vater nahe sein zu können und auch, um das eine oder andere Telefonat mitzubekommen, was er wirklich spannend fand. Er erinnerte sich noch genau an das beengte Gefühl, das er im Büro des alten Polizeipräsidiums gehabt hatte. Im neuen Polizeipräsidium hingegen waren die Wände zwar frisch getüncht, und die Fenster gingen bis zum Boden, doch an der Größe der Büroräume hatte sich nicht viel geändert. Dobermann hatte schon in jungen Jahren lernen müssen, dass sich einiges von Generation zu Generation wiederholte. Tatsächlich hatte nicht nur er seinem Vater nachgeeifert und es in den gehobenen Polizeidienst geschafft, sondern dasselbe hatte auch der Sohn des Kollegen seines Vaters getan. Der alte Dobermann und sein pensionierter Kollege Hartmann trafen sich nach wie vor regelmäßig, und es hatte ein lautes Gejubel gegeben, als sie erfuhren, dass Dobermann junior und Hartmann junior nun Schreibtisch an Schreibtisch ermittelten. Es veranlasste sie dazu, ihren Söhnen gute Ratschläge zu erteilen, die diese gar nicht hören wollten. Anfangs war Dobermann erbost über soviel Schicksal, doch dann lernte er Daniel Hartmann und seine besonderen Fähigkeiten besser kennen. Wenn der junge Kommissar einem Verdächtigen gegenüber saß und ihn nach dem anfänglichen Fragengewitter minutenlang schweigend anschaute, brach er damit meist die Maske der Selbstsicherheit und das Schweigen. Ja, sie waren ein gutes Team und arbeiteten jetzt schon seit ein paar Jahren erfolgreich zusammen. Nur heute war er allein in diesem engen Büro mit gleich zwei Mordfällen an einem Wochenende, und seinen Zimmergenossen hatte eine Zahnoperation außer Gefecht gesetzt. Die Tür schlug krachend auf. Dobermann erschrak. Hartmann hatte mit dem Ellenbogen die Türklinke heruntergedrückt, die Tür mit dem Rücken geöffnet und sie dann mit Schwung gegen den wehrlosen Türstopper geschleudert. In den Händen hielt er ein großes Tablett. Darauf befanden sich eine Plastikbox, gefüllt mit Vanilleeis, zwei Schüsselchen und zwei Löffel.

»Daniel, du hier? Ich dachte, du bist krank geschrieben«, reagierte Dobermann erschrocken. Er blickte in das durch chemische Substanzen entstellte Gesicht seines Kollegen. »So eine kleine Weisheitszahnextraktion haut doch keinen echten Kommissar um«, nuschelte Hartmann. Die Haut der einen Kinnseite hing schlaff nach unten. Die Lippe in dieser Gesichtshälfte wollte sich beim Sprechen nicht so recht mit bewegen. »Der Kieferchirurg gab mir den Rat, viel Eis zu essen, damit die Schwellung nicht so dolle wird. Und allein Eis essen macht dick.« Hartmann grinste halbseitig, stellte das Tablett auf seinem Schreibtisch ab, schloss die Tür und begann, die beiden Schälchen mit Eis zu füllen. Dann schob er eines davon seinem Kollegen hin, setzte sich auf seinen Stuhl, lehnte sich nach hinten und begann das Eis zu löffeln.

Dobermann beobachtete amüsiert seinen Kollegen. Er hatte ein gemütlich wirkendes, rundes Gesicht, braune lockige Haare und einen gut erkennbaren Bauchansatz, der von seiner Liebe zu reichhaltigem Essen und dem Faible für italienischen Rotwein herrührte. »Ich hab gehört, wir haben einen neuen Fall, oder waren es sogar zwei?«, begann Hartmann, ohne aufzuschauen. Dobermann ignorierte das Eis. »Tja, wenn du schon deine Ohren überall reinsteckst, dann will ich dich nicht länger auf die Folter spannen. Die beiden Leichen sind in der Obhut von Doc Pät. Er sollte eigentlich heute Morgen die ersten Ergebnisse präsentieren, schafft es aber nicht, sein Handy ans Ohr zu wuchten. Ich habe gerade versucht, ihn zu erreichen. Um zehn Uhr ist Lagebesprechung.« »Komm, iss«, forderte Hartmann seinen Kollegen auf. Dann ließ er seinen Blick über den Schreibtisch gleiten. »Anscheinend bist du total unterzuckert und nervös. Überall zerbrochene Büroklammern, dein Markenzeichen. Irgendwie weiß ich immer, wo du dich aufhältst. Ich muss nur der Spur der gequälten Klammern folgen. Und da ...« Theatralisch deutete Daniel mit dem eisverschmierten Löffel auf Dobermann. »Und da, ich sehe es genau, hast du sogar eine unter deinem Daumennagel stecken. Sag mal, warum tust du das eigentlich?« Benjamin fühlte sich ertappt. Er hatte sich vor langer Zeit angewöhnt eine Büro so lange zwischen Daumen und Zeigefinger hin und her zu biegen, bis sie zerbrachen. Meist benutzte er ein Bruchstück und steckte es unter seinen Daumennagel. Mit dem Zeigefinger drückte er dann die Klammer unter den Nagel. Der sanfte Schmerz beruhigte ihn und regte ihn zum Denken an. Warum er dies tat, wusste er nicht. Dobermann schwieg, nahm Schälchen und Löffel und schaufelte das Eis in sich hinein. Hartmann lehnte sich zufrieden auf seinem Stuhl zurück, hob beide Beine und lies sie übereinandergeschlagen auf dem Schreibtisch nieder. Schweigsame Gemütlichkeit machte sich in dem kleinen Büro breit. Bis das Telefon störte. Dobermann griff nach dem Hörer und hielt ihn an sein Ohr. Noch bevor er seinen Namen nennen konnte, quoll ihm eine laute raue Stimme entgegen: »Du hast mich angerufen?

Ich hab´s Klingeln nicht gehört. Was is`n los?« »Morgen, Doc Pät. Mann, du klingst ja hektisch.« »Na ja, bin halt schon ein paar Stunden bei der Arbeit, allein mit zwei aufgeschnittenen Leichen, und um zehn wollt ihr bestimmt erste Ergebnisse.« »Korrekt«, antwortete der Kommissar kurz und schob gleich eine Frage nach: »Kannst du dir schon einen Reim darauf machen, was passiert sein könnte?« »Tja, da sind schon ein paar Ungereimtheiten«, begann der alte Pathologe und man merkte seiner Stimme an, dass es ihm Spaß bereitete, mit der Neugierde anderer Menschen zu spielen. »Also, erst einmal der Obdachlose. Todeszeitpunkt etwa 22 Uhr am Samstag. Gewaltanwendung oder einen Kampf konnte ich nicht feststellen. Da er aber im Schlafsack lag, kann dieser Schläge abgemildert haben. Und wenn sich jemand auf das Opfer gesetzt hätte, wären die Arme und Beine des Obdachlosen im Schlafsack fixiert gewesen, ein Kampf also aussichtslos.« Muffinski machte eine längere Pause und wartete darauf, dass der Kommissar ihn zum Weiterreden drängen würde. Dobermann kannte das Spiel. Er wollte diesmal nicht verlieren und schwieg, bis der Pathologe ungeduldig wurde und losplapperte: »Sicher ist, dass das Opfer an Sauerstoffmangel gestorben ist. Sein Herz war noch vollkommen in Ordnung, und der Alkoholspiegel im Blut war in keiner Weise lebensbedrohlich. Unser Freiluftschläfer hatte lediglich eine halbe Flasche Schnaps intus, der Rest steckte im Schlafsack. Also tippe ich auf einen Fremden, der ihm die Luft abgedreht hat. Es gibt keine erkennbaren äußeren Gewaltanwendungen, aber auffällig gereizte Stellen im Rachenbereich. Ich vermute, dass ihm irgendetwas in den Mund gesprüht wurde.« Dobermann sprang so schnell auf, dass sein Stuhl nach hinten umkippte und Hartmann vor Schreck beinahe das Eisschälchen fallen ließ. «Das Kältespray, die Dose, die wir sicher gestellt haben.« Der Kommissar schlug die flache

Hand an die Stirn. »Was für'ne Dose, und was für'n Kältespray?«, versuchte Hartmann zu Wort zu kommen. Dobermann beachtete seinen Kollegen nicht. »Doc, darf ich mit dir wetten?«, fragte er indessen atemlos in den fest an die Wange gepressten Telefonhörer. Der Kommissar wartete nicht auf die Antwort, sondern sprach gleich weiter: »Ich wette, dass du auch bei Saskia Weiß ähnliche Auffälligkeiten in der Rachenhöhle gefunden hast.« Einen Augenblick lang herrschte Stille in dem kleinen Büro. Auch Muffinski schwieg. Er schien verblüfft, bestätigte dann aber die Vermutung des Kommissars. »Ja, in der Tat, im Rachenraum von Saskia Weiß befinden sich ähnliche Hautveränderungen.«

Dobermann stand mitten im Raum, den Hörer am Ohr, und fuchtelte jetzt mit dem freien Arm herum. »Klar doch, es handelt sich um ein und denselben Täter. An beiden Tatorten fand sich eine Dose mit Kältespray. Doc, schreib bitte deinen Bericht und fax ihn rüber. Meinst du, du kannst das bis 10 Uhr hinkriegen?« »Klar kann ich das. Soll ich in den Bericht noch reinschreiben, was Saskia Weiß vor ihrem Ableben gegessen hat, und dass sie im vierten Monat schwanger war?« »Tu, was du nicht lassen kannst«, antwortete Dobermann. »Über diese Kleinigkeiten mache ich mir später Gedanken.« Er beendete das Telefonat, tänzelte durch den Raum und blieb kurz hinter seinem Kollegen stehen. Er legte beide Hände auf Hartmanns Schultern und drehte ihn samt Stuhl herum. Dann schaute er ihm lächelnd in die Augen und sagte: »Daniel, verstehst du nicht?« »Was soll ich verstehen?«, fragte Hartmann. »Du weißt doch, dass ich früher bei den 98igern Fußball gespielt habe. Da ging es oft ganz schön zur Sache. Kältespray war an der Tagesordnung, wenn wieder einmal ein dickes Knie auf Eis gelegt werden musste. Unsere Ärzte haben immer darauf hingewiesen, dass wir das Zeug nicht im Kopfbereich anwenden dürfen. Zum einen wegen der

Verbrennungsgefahr und zum anderen wegen den Aerosolen, die in dem Kältespray in hoher Konzentration enthalten sind.« »Aerosole, was ist denn das schon wieder?« Hartmann schaute fragend. »Aerosole sind ein Gemisch aus festen oder flüssigen Schwebeteilchen und einem Gas. Damit kann man wunderbar Gifte transportieren. Es gibt Kältesprays, die nicht für medizinische Zwecke einzusetzen sind, sondern zum Beispiel in der Kfz-Branche. Die können hoch toxisch sein. Diese Aerosole können auf unser Klima einwirken und spielen bestimmt auch eine Rolle in der Forschung. Und wer könnte das besser wissen, als ein Klimaforscher. Womit wir bei dem Professor angelangt wären, der sich heute Morgen ein paar Hundert Meter vom Tatort entfernt von `ner Brücke gestürzt hat.«

Hartmann hörte aufmerksam zu und beugte sich nach vorne.

»Und dann haben wir noch herausgefunden, dass dieser Professor Weiß der Ehemann unserer Toten im Elfeicher Weg ist, die man mit Kältespray solange drangsaliert hat, bis sie das Zeitliche segnete. Na, das passt doch alles zusammen, oder?«

Hartmann schluckte. »Kaum lässt man sich einen Zahn ziehen, geht es hier rund. Wo hält sich dieser Alexander Weiß auf?« »Der Professor liegt im Klinikum, natürlich unter Bewachung. Wir können ihn aber momentan nicht verhören. Wir müssen noch warten, bis die Ärzte der Meinung sind, er wäre wieder ansprechbar. Aber egal. Ich bin gespannt darauf, welche Spuren unser Spusihauptmann auf der Dose gefunden hat, die wir im Schlafzimmer von Saskia Weiß sichergestellt haben. Ich geh kurz rüber zu Karl. Vielleicht hat er etwas gefunden. Ich komme dann nachher direkt zur Teamsitzung. Du kannst ja noch mein Eis auflöffeln, wenn du willst.« Dobermann stürmte aus dem Büro.

Hartmann hatte noch zwanzig Minuten, bis die erste

Lagebesprechung anfangen sollte. Er wollte nachdenken. Dies konnte er am besten, wenn er etwas aß, also fingerte er nach der halb vollen Eisschüssel seines Kollegen, zog sie auf seine Seite des Schreibtisches und grub seinen Löffel in die weiche Masse.

Freiheit, Freiheit,
wurde wieder abbestellt
alle die von Freiheit träumen
sollen das Feiern nicht versäumen.
»Freiheit« Marius Müller-Westernhagen

»Lebensklugheit bedeute: Alle Dinge möglich wichtig, aber keines völlig ernst zu nehmen.«
Arthur Schnitzler

3.

»Hat jemand unseren geschätzten Kriminaloberkommissar gesehen?«, fragte die akkurat gekämmte Dame ungeduldig. Sie saß in der Ecke des kleinen Raumes. Ihre Arme hielt sie demonstrativ vor dem Bauch verschränkt. Diese Geste verstärkte den strengen Blick und die schlechte Laune, die sie ausstrahlte.

»Auf meiner Armbanduhr ist es schon zehn nach zehn!« Keine der anwesenden Personen sagte ein Wort. Jeder ging seiner Arbeit nach. Der Besprechungsraum war klein und viereckig. Mit den U-förmig aufgestellten weißen Tischen und der Tafel an einer Wand wirkte er wie ein Seminarraum. Hartmann blätterte gedankenverloren in dem Bericht von Muffinski, der vor ein paar Minuten aus dem Faxgerät gekrochen und dann sofort kopiert worden war. Karl Leuthner und Franz Jungherz von der Spurensicherung waren damit beschäftigt, Bilder an die beiden Flipcharts zu pinnen.

Auf der linken Seite hingen Fotografien vom Tatort in der Rudolf-Mueller-Anlage. Eine Übersichtsaufnahme der Örtlichkeit, die Leiche eingepackt in dem verschlissenen roten Schlafsack. Die Umgebung mit den verschiedenen nummerierten Täfelchen, darunter jedes einzelne Täfelchen in Großaufnahme mit den danebenliegenden Fundstücken, einer Zigarettenkippe, ein paar Papierschnippselchen, einer leeren Bierdose und einer Dose Kältespray, die weiter entfernt unter einem Baum gefunden worden war. Daneben die Großaufnahme des Kopfes des Obdachlosen, einmal am Tatort und einmal in der Gerichtsmedizin. Etwas tiefer eine weitere Großaufnahme mit dem Rachenbereich des Opfers, so dass gut die Rötung der Schleimhaut zu erkennen war. Der rechte Flipchart zeigte Bilder aus der kleinen Wohnung am Elfeicher Weg, die Scherben auf dem Teppich, rechts davon der Stein, der von außen durch die Scheibe der Balkontür geworfen worden war, zwei Rotweingläser und eine umgekippte Flasche auf dem kleinen Tischchen. Darunter die Bilder aus dem Schlafzimmer, die blutverschmierte Holzkante des Schrankes in Großaufnahme, die Dose Kältespray, die unter dem Schrank hervorlugte und natürlich Übersichts- und Detailaufnahmen der attraktiven Frau auf dem Bett. Franz pinnte die letzten Bilder an dieses Flipchart. Gleichzeitig machte sich Karl mit einem schwarzen Stift an der ersten Tafel zu schaffen. Mit krakeligen Buchstaben schrieb er in das obere linke Eck: *Georg Eisinger, geb. 5.5.1955*. Als sein Kollege das Anbringen der Bilder beendet hatte, schrieb er auf die andere Tafel: Saskia Weiß, geb. Braune 5.8.1975. Anschließend legte er den Stift zur Seite und schaute sich unsicher um.

Franz hatte schon an einem der Tische Platz genommen und blätterte in dem Bericht des Pathologen. Karl fühlte sich unwohl. Plötzlich wurde die Tür aufgerissen und Dobermann stürmte herein. Die Haut seines Gesichts war rötlich gefärbt. Seine Kollegen blickten nicht auf. »Na, Herr Kriminaloberkommissar. Sind wir nun auch da?«, bemerkte die Staatsanwältin schnippisch. »Dann können wir ja endlich anfangen. Ich liebe es eigentlich, pünktlich zu beginnen, zumal ich um halb zwölf den nächsten Termin habe.«

Wahrscheinlich mit dem Oberstaatsanwalt, verabredet zum Mittagessen, dachte Hartmann und überlegte kurz, ob an dem Gerücht, dass die beiden eine Affäre hatten, etwas dran sein konnte. Die Staatsanwältin, die vor fünf Jahren noch ledig gewesen war und Elvira Klein hieß, hatte damals einen Oberstudienrat Krämer geheiratet und darauf bestanden, einen Doppelnamen zu tragen. Die meisten Kollegen, die mit ihr zusammenarbeiten mussten, fanden den neuen Namen Elvira Klein-Krämer sehr passend. Und nun, nach nur fünf Ehejahren, wurde ihr eine Affäre nachgesagt. Vor ihm saß eine überaus steif wirkende Staatsanwältin mit grau melierten und streng nach hinten gekämmten langen Haaren, die von einer silbrigen breiten Spange zu einem Pferdeschwanz zusammengehalten wurden. Die weiße Bluse mit Rüschen an Hals und Arm passten gut dazu. Und natürlich auch die akkurat gebügelte schwarze Bundfaltenhose und die auf Hochglanz gewienerten Schuhe mit den flachen Absätzen. Der Kommissar konnte sich nicht vorstellen, wie diese Frau so etwas wie Erotik fühlen und leben konnte. Elvira Klein-Krämer lauerte auf dem harten Holzstuhl, der nahe an die Tischplatte herangeschoben war. »Also, Dobermann, es ist Ihr Fall. Fassen Sie zusammen. Wie ist der momentane Sachstand?«

Dobermann fühlte, dass das, was ihn erwartete, nichts Gutes war. Dennoch begann er seinen kurzen Bericht, ohne wirklich bei der Sache zu sein: »Wir haben zwei Opfer. Wir gehen in beiden Fällen von einem Gewaltverbrechen aus, und wir haben Hinweise darauf, dass es sich bei beiden Morden um ein und denselben Täter handeln könnte. Beide Opfer sind erstickt und bei beiden wurden Hautveränderungen im Gaumenbereich gefunden. An beiden Tatorten fanden wir jeweils eine Dose Kältespray. An den Dosen konnten wir allerdings keine Fingerabdrücke sicherstellen, aber wir glauben, dass der Täter ...« »Was fand man noch an den Tatorten?« unterbrach ihn die Staatsanwältin. »Wie meinen Sie das?«, fragte Dobermann und merkte, wie sein Herz schneller schlug.

»Na, schauen Sie sich doch die Fotografien genau an, die Ihre Kollegen so fein säuberlich an die Flipcharts gepinnt haben.«

Der Kommissar wusste jetzt, worauf die Staatsanwältin anspielte. Karl Leuthner hatte ihn vor einer halben Stunde darauf hingewiesen. Dobermann hatte es nicht glauben wollen, aber die Bilder waren eindeutig. An beiden Tatorten lagen jeweils zwei zerknickte Büroklammern, genauso zerspielt und zerbrochen, wie er sie selbst produzierte. Dobermann konnte sich das nicht erklären. Hatte er sie verloren? Aber das wäre schon ein ziemlicher Zufall gewesen.

Dobermann hatte gehofft, die Staatsanwältin würde dieses kleine Detail übersehen, aber natürlich war es ihr aufgefallen. Der Kommissar überlegte kurz und entschied sich dann, in die Offensive zu gehen. »Sie meinen die zerbrochenen Büroklammern? An beiden Tatorten hat die Spurensicherung welche gefunden.« Dobermann nahm den verblüfften Blick der Staatsanwältin nicht wahr. »Ich weiß, dass verknickte Büroklammern mein Markenzeichen sind. Ich weiß aber nicht, wie diese an die Tatorte gekommen sind. Vielleicht war ich unaufmerksam. Der Fall nimmt mich persönlich mit, aber ...« Dobermann musste sich räuspern. »... ich fühle mich in der Lage, den Fall weiter zu bearbeiten.«

Elvira Klein-Krämer lächelte böse. »Ach was?« Ihre Stimme erklomm höhere Tonlagen. »Zerbrochene Büroklammern. Ein Markenzeichen von Ihnen? Davon weiß ich ja gar nichts.«

Sie stand langsam auf. »Herr Leuthner, ich bin davon ausgegangen, dass ich auf dem aktuellen Stand der Ermittlung bin. Haben Sie mir zu diesen Büroklammern irgendetwas zu sagen?« Als Leuthner nicht antwortete, sprach sie weiter: »Übrigens, ich kann die Büroklammern nicht erkennen. Haben Sie vielleicht vergessen, diese Indizien zu dokumentieren?« »Wissen Sie, Frau Staatsanwältin, das ist ...«, unterbrach Leuthner, der nun ebenfalls aufgestanden war.

Dobermann beobachtete die Szene. Er erkannte den Fehler, den er begangen hatte. »Herr Leuthner hat mit diese Sache nichts zu tun«, warf er ein. Die Staatsanwältin zischte: »Lassen Sie doch ihren Kollegen ausreden. Vielleicht kann er mir sagen, ob lediglich Unachtsamkeit vorliegt, oder ob Sie, Herr Dobermann, in den Kreis der Verdächtigen aufgenommen werden müssen.« Dem Kommissar verschlug es die Sprache.

»Wir dachten nicht, dass ein paar Büroklammern irgendetwas zur Lösung des Falls beitragen könnten«, versuchte sich Leuthner zu rechtfertigen. »Ah, Sie dachten! Dann können Sie sich vielleicht auch denken, warum ich den Leitenden Kommissar gefragt habe, ob er mir eine weitere Gemeinsamkeit auf den Tatortbildern erklären kann? Vielleicht hätte ich besser gleich bei Ihnen nachgefragt. Na, dämmert es Ihnen?« »Ich weiß nicht, worauf Sie hinaus wollen«, bemerkte Leuthner kleinlaut. Die Staatsanwältin stand nun direkt vor ihm. Die Arme hatte sie wieder vor ihrer Brust verschränkt. »Na, da will ich Ihnen mal auf die Sprünge helfen. Es gibt eine Vorschrift, die aus gutem Grund erlassen wurde. Diese besagt, dass die Kollegen der Spurensicherung am Tatort immer ihre gesamte Körperbehaarung abgedeckt haben müssen. Deswegen gibt es den schönen, weißen und atmungsaktiven Overall. Wie Sie aber auf den Übersichtsaufnahmen beider Tatorte gut erkennen können, trägt dieser Kollege hier ...«, die Staatsanwältin deutete mit den frisch manikürten Fingern auf Franz Jungherz, »... keinen Kopfschmuck. Ein verlorenes Haar, und schon ist eine falsche Spur gelegt, die viel Zeit und Steuergelder in Anspruch nimmt. So wird also hier in Darmstadt gearbeitet. Ich hatte schon mit so etwas gerechnet ...«

Hart schlug eine Faust auf die Tischplatte. Dobermann und Leuthner erschraken. Die Staatsanwältin zuckte nicht einmal mit den Wimpern. Langsam drehte sie sich um. Daniel Hartmann hatte es nicht mehr ausgehalten. Sein Gesicht war rot angelaufen, als er aufstand und schrie: »Jetzt reicht es aber mit diesem Affentheater. Wir hier in Darmstadt sind sehr erfolgreich. Bei Gewaltdelikten liegt unsere Aufklärungsrate bei weit über neunzig Prozent. Das wissen Sie ganz genau. Und jetzt machen Sie so einen Aufriss, nur weil ein Kollege der Spurensicherung angeblich unvollständig gekleidet war. Was denken Sie denn, wer Sie sind, Sie mittelalterliche Baracke?« Elvira Klein-Krämer bewegte sich wie in Zeitlupe. Ein Lächeln huschte über ihre Lippen. »Ich soll mich nicht so anstellen«, sagte sie ruhig. »Sie denken also, alles hier sei in Ordnung, und Sie könnten es wagen, Äußerungen zu tätigen, die auf mein Alter anspielen. Sie denken, Sie könnten meine Arbeitsweise kritisieren?« Ein weiteres Lächeln huschte über ihren schmalen Mund. »Ich kann mir denken, warum Sie bei der letzten Beförderung nicht berücksichtigt worden sind. Und ich werde gerne dafür sorgen, dass es in Zukunft auch so bleibt.«

Die Adern an Hartmanns Hals schwollen bedenklich an. »Damit wollen Sie mir drohen!« Er sprang auf. Plötzlich durchzuckte ihn ein Schmerz. Reflexartig hielt er sich die Wange, ließ sich langsam zurück auf den Stuhl sinken und schwieg. Sekunden vergingen. Plötzlich änderte Hartmann sein Verhalten. Er senkte den Blick. Dann sagte er mit ruhiger Stimme: »Mir geht es um die Sache und um die Arbeit. Scheiß auf meine Beförderung. Ich lass mich nicht verbiegen und mir das Maul verbieten. Wir haben zwei Mordfälle und ein hohes

Spurenaufkommen, beides Merkmale dafür, dass eine Soko gebildet werden muss. Wir benötigen Verstärkung, das dürfte Ihnen auch bekannt sein. Mit der Klärung sind momentan zwei Kriminalkommissare beauftragt, wobei ich eigentlich wegen meines extrahierten Zahnes krank geschrieben sein müsste. Dazu kommen noch vier Kollegen der Spurensicherung und ein Pathologe, der alles in seiner Macht stehende unternimmt, aber leider Gottes auch nur zwei Hände hat. Also tun Sie etwas.«

Die Staatsanwältin stand starr vor ihm. Aus ihren Augen schienen Funken zu sprühen. Hartmann bemerkte die Energie und den Hass, der in diesem Blick schlummerte. Dennoch blieb er furchtlos, atmete tief ein und sagte: »Und wenn Sie es schaffen, eine Soko einzurichten, dann dürfen Sie meinetwegen auch den Namen dafür aussuchen. Es muss ja nicht gleich *Maiglöckchen* sein, passt eh nicht zur Jahreszeit, aber vielleicht wäre *Altweibersommer* passend.«

Die Staatsanwältin wischte sich über ihren Rock, als ob er faltig geworden wäre, und sagte schnippisch: »Na, wenn das so ist, dann bin ich mit meiner berechtigten Kritik hier wohl fehl am Platz.« Ohne ein weiteres Wort verließ sie den Raum, die Tür schlug krachend ins Schloss.

Im Besprechungsraum löste sich die angespannte Stimmung. Dobermann bedankte sich bei Hartmann für seine klaren Worte. Dieser nickte nur kurz und hielt sich die Wange. Dobermann ging auf Karl zu: »Wie konntest du Franz nur so ungeschützt draußen in der freien Wildbahn herumlaufen lassen?« »Tja, so kommt ein Härchen zum anderen«, bemerkte Klaus trocken. »Dazu dann noch die eine oder andere zerknitterte Büroklammer. Und jetzt pass genau auf, lieber Kollege, es wird noch toller.« Dobermann Gesicht verfinsterte sich. Klaus baute sich zu seiner vollen Größe auf und atmete tief ein. »Kurz nachdem du vorhin mein Büro verlassen hast, bekam ich einen anonymen Anrufer durchgestellt. Eine verzerrt klingende Stimme sagte, ich soll einen DNA-Abgleich zwischen den Speichelresten auf dem Weinglas, das wir in der Wohnung der jungen Frau gefunden haben, und deiner DNA durchführen.« Dobermann verstand nicht. »Was soll das?«, fragte er.

»Was ist los mit dir, Benjamin?«, erwiderte der Mann von der Spurensicherung. »Was wird hier gespielt? Du weißt mehr, als du uns sagst. Was verheimlichst du uns? Sag schon! Du hast mir noch immer keine Erklärung für dein Verhalten in der Wohnung am Elfeicher Weg gegeben.« Dobermann blickte auf. »Jetzt aber halblang. Wollt ihr mir etwa unterstellen, ich hätte irgendetwas mit den Morden zu tun?«

»Musst nicht so aufbrausen«, versuchte Hartmann zu beschwichtigen. »Keiner der Kollegen glaubt, dass du was mit den Morden zu tun hast. Aber dennoch gibt es einige Indizien, die eigenartig sind. Lass uns offen zueinander sein. Und vor allem, lasst uns zusammenhalten. Ich glaube, wir haben in der nächsten Zeit von der Staatsanwaltschaft `ne Menge Gegenwind zu erwarten. Die werden uns genau beobachten.« Die Kollegen nickten. Dobermann entspannte sich. Alle im Raum warteten darauf, dass er als leitender Beamter etwas sagte. Es dauerte allerdings eine Weile, bis er es bemerkte. Nach einem kurzen Räuspern atmete der Kommissar tief ein und sagte: »Lasst uns endlich an die Arbeit gehen und die Bilder der Tatorte auswerten. Dafür sind wir doch hier, oder?« Dann ging er zu den angepinnten Bildern, schaute sie nochmals genau an und begann mit den Kollegen die einzelnen Aufnahmen durchzusprechen.

»Noch sind wir zwar keine gefährdete Art,
aber es ist nicht so, dass wir nicht oft versucht hatten, eine zu werden.«
Douglas Adams

Ich steh hier im Keller
Wasser bis zum Knie
Überall stehen Trümmer
Schlimmer wars noch nie
Jeder will mal treten
Doch nach oben nie
Manche jagt der Feuerhund
Wie das Federvieh
Es gibt Menschen wie Sand am Meer
Keiner sieht den anderen mehr
Menschen wie Sand am Meer
Niemand sieht das Ufer mehr.
»Menschen wie Sand am Meer«, Ihre Kinder

4.

»Sag mal, was war das denn?« Hartmann merkte, dass in ihm die Wut wuchs, wenn er an die jüngste Besprechung dachte. Er war froh, das Präsidium verlassen zu haben und gemeinsam mit Dobermann im Dienstwagen zu sitzen und von roter Ampel zu roter Ampel zu rollen.

»Ich glaube, die Klein-Krämer hat tatsächlich ein Rad ab.«

»Lass uns den Fall lösen, dann können wir uns um die Staatsanwältin kümmern. Momentan ist jeder Gedanke an die Klein-Krämer genau einer zu viel. In einem Jahr, in dem wir den Arabischen Frühling hatten und Fukushima ertragen mussten, muss man Prioritäten setzen.«

»Da hast du recht. Obwohl die Revolution und der GAU weit weg sind und ich beides ungefähr so nah an mich herankommen lasse, wie das Alkoholproblem meines Nachbarn«, bemerkte Hartmann.

»Na, du hast aber 'ne harte Schale«, frotzelte Dobermann und drückte auf das Gaspedal, als die Ampel endlich auf Grün umsprang.

»Du glaubst wirklich, dass dieser Professor seine Frau einfach so nachts besucht und gemeuchelt hat?«, wollte Hartmann wissen.

»Er wird seine Gründe dafür gehabt haben. Aber darüber können wir ihn befragen. Wie ich gehört habe, ist er wieder munter. «

»Na dann, lass uns da vorne vor dem Klinikum parken«, sagte Daniel und deutete auf eine Lücke am Straßenrand.

Beim Aussteigen fragte Dobermann seinen Kollegen: »Und, was denkst du? Ist Alexander Weiß ein eiskalt mordender Klimaforscher?«

Daniel überlegte nur kurz: »Es gibt nichts, was es nicht gibt.«

Und fügte dann lachend die Frage an: »Wo leben die niedlichsten Serienkiller der Erde?«

Benjamin knallte die Wagentür ins Schloss. »Wie kommst du jetzt darauf?«, fragte er grinsend, »aber egal, du wirst es mir gleich erzählen.«

»Es sind die weiblichen Schwarzschwanz Präriehunde. Ihre Kuscheloptik trügt gewaltig. Einmal im Jahr verspeisen sie die Jungen ihrer Verwandtschaft.«

»Na, dann mal guten Appetit. Und warum machen die das?«

»Die Jungen kommen im April zur Welt, zu einer Zeit, in der die Nahrung noch knapp ist. Da die Schwarzschwanz-Präriehunde-Weibchen unter großem Stress stehen, brauchen sie eine herzhafte Mahlzeit.«

»Manchmal bin ich echt froh, ein Mensch zu sein«, antwortete Dobermann lachend. „Aber eins ist mir durch deine Geschichte klar geworden.«

»Was denn?«, wollte Hartmann wissen und öffnete die schwere Glastür, die in das Klinikum führte.

»Unser Professor kann nicht der Mörder sein.«

»Das musst du mir jetzt erklären«, gab Daniel verblüfft zurück.

Die beiden Kommissare betraten den Fahrstuhl. Benjamin wartet bis sich die Lift Tür geschlossen hatte, dann antwortete er verschmitzt: »Weder haben wir April, noch ist unser Professor ein Präriehundweibchen.«

»2:0 für unseren Verdächtigen«, witzelte Hartmann. »Wollen wir gleich in die Cafeteria gehen und den Tag mit Kaffee und Kuchen an uns vorbei ziehen lassen, oder doch noch Alexander Weiß befragen?«

Benjamin verließ mit seinem Kollegen den Aufzug und klatschte ihm freundschaftlich auf die Schulter. »Daniel, du kennst mich. Wenn ich mich zwischen einem Stück Kuchen und einem Verhör entscheiden muss, dann entscheide ich mich immer fürs Verhör. Hat halt weniger Kalorien. Bei dir allerdings bin ich mir da nicht so sicher.«

Daniel lachte laut. »Ich sehe, du kennst mich. Aber was soll`s? Da vorn steht die Bewachung an der Krankenzimmertür unseres Klimaforschers. Ran an die Arbeit, dann schmeckt die Sahneschnitte nachher doppelt so gut.«

Als die Kommissare die Tür öffneten verstummten beide, ihre Fröhlichkeit war verflogen. Das kleine Krankenzimmer wirkte steril, klinisch rein. Der Geruch passte ausgezeichnet dazu. Das Bett stand in der Mitte des Zimmers. Es strahlte ganz in weiß, ebenso der Bezug und das Laken. Darin war ein schlanker Mann zu erkennen, lediglich der verbundene Kopf war zu sehen. Die Nase ragte weit aus dem Gesicht heraus. Sie war spitz und wirkte hölzern. Der Mann lag regungslos in dem Krankenbett. Selbst als Dobermann und Hartmann mit lautem Gequietsche zwei Stühle über den Boden zogen, um sich direkt neben das Bett setzen zu können, reagierte der Mann nicht. Das Essen auf dem Ausleger des Nachttischs war nicht angerührt.

»Mein Name ist Kriminaloberkommissar Dobermann, und das hier ist mein Kollege Kriminalkommissar Hartmann. Wir sind gekommen, um ...«

»Ich heiße Alexander Weiß«, unterbrach der Patient und sprach monoton weiter: » ... und weiß, warum Sie gekommen sind.« Sein Gesicht war von Schmerzen gezeichnet, aber er sagte, jedes einzelne Wort betonend: »Sie wollen mir erklären, dass das Leben Sinn macht. Aber glauben Sie mir, ich kenne mich da aus, denn ich bin Wissenschaftler. Wer glücklich ist, der hat nur zu wenige Informationen. So ist das im Leben.«

Dobermann schwieg verblüfft.

»Wir sind alle plastiksüchtig. Wir haben damit vor mehr als hundert Jahren begonnen und werden immer süchtiger. Die Kunststoffindustrie macht weltweit jedes Jahr dreistellige Milliardenumsätze. Machen Sie sich mal die Mühe und achten nur einen Tag darauf, welche Gegenstände wir benutzen, die aus Plastik sind, immer mit dem Wissen, dass es nicht organisch abbaubar ist und aus wertvollem Rohstoff, nämlich Erdöl, besteht. Unsere Erde erstickt in Plastik, ganze Lebensräume und Tierarten gehen dadurch zugrunde.« Der Professor drehte den Kopf und blickte zu den beiden Kommissaren.

»Giftige Weichmacher gelangen massenhaft in die Umwelt, krebserregende Kohlenwasserstoffe gasen aus, giftiges Quecksilber in gefärbtem Plastik beschädigt unser Erbgut, und niemanden interessiert das.«

»Herr Weiß, wir müssen mit Ihnen reden. Wir haben ein paar Fragen an Sie«, versuchte Dobermann den Professor zu unterbrechen.

»Ja, wir müssen reden«, erwiderte der im Bett Sitzende mit emotionsloser Stimme. »Niemand interessiert sich für diese Welt, in der wir leben. Niemand realisiert, dass dies die einzige ist, die wir haben. Niemanden interessiert, dass wir unser Klima maßgeblich verändern. Ja, es interessiert noch nicht einmal irgendjemanden, ob andere Menschen hungern oder dursten. Lebensmittelgeschäfte werfen jährlich Lebensmittel im Wert von zwanzig Milliarden Euro in den Müll. Das Essen, das wir in Europa wegwerfen, würde ausreichen, um alle Hungernden der Welt zu ernähren. Es gibt in Berlin Menschen, die bewusst darauf verzichten, Essen zu kaufen. Sie leben von den Lebensmitteln, die entsorgt wurden. Letztens hat mir ein Mann erzählt, er habe zweihundert Kilogramm feinste Schokolade gefunden, die noch monatelang haltbar war. Sie wurde weggeworfen, da sie in Weihnachtspapier verpackt war. Das Umverpacken wäre teurer geworden, als das Entsorgen. Ja, so ist das in unserer Gesellschaft, in unserer Realität!«

Der Professor schluckte hörbar bevor er weiter sprach. »Wir haben das Gefühl dafür verloren, was wichtig für uns ist. Wir haben keinen Bezug mehr zu unserer Umwelt. Wir haben unsere Natürlichkeit verloren. Nicht nur, dass Kinder denken, die Kuh sei lila oder die Milch käme aus Tetrapackungen, nein, aktuell geht der Trend immer mehr zum Kaiserschnitt. Die planbare Geburt. Einfach prima. Dagegen stirbt der Beruf der Hebamme aus. In Deutschland hat eine gut ausgelastete Hebamme einen Jahresverdienst zwischen zwanzig und vierundzwanzig Tausend Euro. Dafür arbeitet sie meist im Schichtdienst und immer um die sechzig Wochenstunden. Kein Wunder, dass immer mehr Hebammen ihren Beruf an den Nagel hängen.« Jetzt wurde es dem Kommissar zu allgemein. Er hatte kein Interesse an der Tätigkeit einer Hebamme und deren beruflichem Schicksal. Außerdem wollte er zurück ins Präsidium. Auch dort wartete noch Arbeit auf ihn.

»Herr Weiß, Herr Weiß, hören Sie mich?«

Plötzlich hatte sich der Professor Dobermann zugewandt und blickte ihm auffordernd in die Augen. »Glauben Sie mir«, begann er erneut, »auf die Idee, dass das Problem in der massiv steigenden Population der Menschen liegt, kommt niemand. Es wäre ja auch vermessen darüber zu diskutieren, wer weiterhin überleben darf und wer nicht. Was ist also die Folge? Immer mehr Menschen werden unseren Planeten bevölkern, heute sieben Milliarden, acht Milliarden im Jahr 2024, 2048 schon neun Milliarden und so weiter und sofort. Mit endlichen Ressourcen müssen immer mehr Nahrungsmittel produziert werden, Fischbestände werden ausgerottet, andere Tiere werden als Produkte gesehen und auch so behandelt, Böden werden ausgelaugt und vergiftet, und irgendwann ist die Grenze des Möglichen erreicht, die Menschen können nicht mehr mit genügend Nahrungsmitteln versorgt werden, und ein noch viel größerer Teil als heute wird zwangsläufig und qualvoll verhungern. Ist dieses Szenario menschlicher, als sich jetzt schon Gedanken über eine Verringerung der Fortpflanzungsrate zu machen? Na, was meinen Sie?«

Dobermann schwieg, ebenso Hartmann.

»Ich will ihnen eine weitere Geschichte erzählen. Hören Sie genau zu. Ein alter Mann kam bei seinem allabendlichen Spaziergang an einer großen Eiche vorbei. Weit oben auf einem dicken Ast saßen zwei Männer. Eifrig sägten sie ganz in der Nähe des Baumstamms an dem Ast auf dem sie saßen. Der alte Mann schaute nach oben und sagte kopfschüttelnd: Ihr Beiden, wenn ihr weiterhin sägt, werdet ihr herunterfallen. Dann ging er. Auf dem Rückweg kam der alte Mann wieder an der Eiche vorbei. Die beiden Männer lagen jammernd am Boden. Als sie den alten Mann sahen, kamen sie humpelnd auf die Beine, verbeugten sich vor ihm, und der eine Mann sagte zu dem anderen: Schau mal, da kommt der Wahrsager.«

Die beiden Kommissare lachten nicht. Sie schwiegen. Den Professor schien es zu beunruhigen. »Verstehen sie nicht? Die Geschichte ist doch so eindeutig«, versuchte er kurzzeitig mit den Kommissaren Kontakt aufzunehmen. Dann versank er wieder in sich selbst, blieb kurz unbeweglich liegen, doch dann surrten seine Augäpfel wild in ihren Höhlen hin und her, so als würde sein Kopf derart von Gedanken bombardiert werden, dass er es kaum ertragen konnte. Der Wissenschaftler öffnete den Mund, um ein paar Gedanken loswerden zu können. »Selbst die Wissenschaft hat sich verändert. Früher wurde der Dinge wegen geforscht, gesucht und beschrieben, und natürlich, um Stück für Stück das Wissen zu erweitern. Die Möglichkeit des Verstehens. Reich wurden sie davon nicht, aber es ging ja auch um Anderes, um Wissen, um die Befriedigung der Neugierde, um das Verstehen des Verstehens wegen. Das ist schon seit einigen Jahren nicht mehr so. Die Ethik der Wissenschaftler hat sich verändert. In unserer Welt ist heutzutage alles potenziell wertvoll. Niemand weiß, woraus das nächste Medikament entwickelt wird, also finanzieren die Pharmafirmen alle möglichen Forschungseinrichtungen. Vielleicht enthält ein Vogelei ein Protein, das es wasserdicht macht. Vielleicht produziert eine Spinne ein Peptid, das Embolien verhindert. Vielleicht enthält die Wachsschicht eines Farns ein Schmerzmittel. Man merkt es überall, die Wissenschaft studieren die Natur nicht mehr, sie beuten sie aus. Und was wird dann geschehen? Verstehen Sie nicht?« Die letzten Worte hatte der Professor herausgeschrieen. Dobermann schwieg und stierte angespannt auf das weiße Laken. Er konnte den Patienten nicht anschauen. Er spürte aber, wie Weiß seine langen dürren Finger auf ihn richtete und mehrfach damit auf ihn zustieß, wie mit einem Schwert. »Ihre Generation wird vielleicht noch in dem heutigen Standard genüsslich bis zum Tode die vermeintlichen

Annehmlichkeiten der zivilisierten Welt nutzen können, Ihre Kinder werden aber schon mit anderen Realitäten konfrontiert sein, und sei es nur das veränderte Klima mit extremen Wetterveränderungen oder die größer werdenden Flüchtlingsströme der Menschen, die in ihrer Heimat kein Wasser mehr haben oder deren Wohngebiete überschwemmt wurden. Überlegen Sie nur einmal, was mit Holland passiert, wenn der Meeresspiegel nur um drei Meter steigt, und dies wird er garantiert in den nächsten Jahrzehnten tun. Und danach geht der Spaß weiter, immer weniger Ressourcen für immer mehr Menschen. Wo kann dies enden, außer in Krieg und Vernichtung?«

Dobermann zuckte zurück bei jedem Satz des Professors, bei jedem Argument, das er nicht widerlegen konnte. Er fühlte sich verloren. Er fühlte sich machtlos diesem Menschen gegenüber, den er eigentlich befragen wollte, den er mit dem Tod seiner Ehefrau konfrontieren wollte.

Hartmann hatte sich mittlerweile von seinem Stuhl erhoben und stand nun hinter seinem Kollegen. »Benjamin, was hältst du davon, wenn du dir draußen ein wenig die Beine vertrittst?«

Dobermann erhob sich, ohne den Patienten und seinen Kollegen eines Blickes zu würdigen. Beim Verlassen des Krankenhauszimmers hörte er, was ihm Alexander Weiß nachrief: »Sie denken, unsere Gesellschaft funktioniert. Nein, das tut sie nicht. Sie ist total verrückt.«

Leise fiel die Tür ins Schloss, und Hartmann war allein mit dem Professor.

»Sie haben Ihre Frau verloren«, sagte er unvermittelt. »Und Ihr Kind. Saskia Weiß war schwanger. Das wissen Sie, oder?«

Der Professor schwieg und starrte vor sich hin. Tränen quollen aus seinen Augen und liefen an den Wangen herunter.

»War die Schwangerschaft der Grund dafür, dass Sie Ihre Frau getötet haben?«

Der Professor schaute dem Beamten zum ersten Mal direkt in die Augen. Hartmann erschrak über das maskengleiche Gesicht, wollte sich aber nichts anmerken lassen. Dann schüttelte der Kranke wild den Kopf, schluchzte. Hartmann war zufrieden. Er hatte die richtigen Worte gefunden. Nun musste er nur noch etwas Geduld haben. Dann würde er Antworten auf seine Fragen erhalten.

Ich bin jetzt immer da, wo du nicht bist
Und das ist immer Delmenhorst
Es ist schön, wenn's nicht mehr weh tut
Und wo zu sein, wo du nie warst
»Delmenhorst«, Element of Crime

»Letztlich lieben wir die Sehnsucht,
nicht das Ersehnte.« *Friedrich Nietzsche*

5.

Als er das Klinikum verlassen hatte, fühlte sich Dobermann besser. Die kalte Oktoberluft erfrischte ihn und gab ihm Lebensenergie zurück. Es fühlte sich gut an, und dennoch fror der Kommissar. Er zog den Kopf ein und stellte den Kragen der Lederjacke hoch. Sein Outfit wirkte zwar lässig, war aber der Jahreszeit nicht angemessen. Die Sonne am frühen Morgen hatte wohl zu viel versprochen. Der Wind war stark und eisig und wischte die wärmenden Sonnenstrahlen fort. Dobermann wollte die grauen Gedanken, die der Professor in seinen Kopf gepflanzt hatte, mit aller Macht vertreiben. Er lief etwas schneller, nicht um zu flüchten, eher, um den Körper zu beschäftigen. Plötzlich hatte er einen Gedanken. Er musste mit Saskias Zwillingsschwester Kontakt aufnehmen, er hatte keine andere Wahl. Und da war noch etwas. Jetzt, nach dem Treffen mit dem Professor in diesem kargen Krankenhauszimmer, wusste er es. Er wollte jede Minute genussvoll leben, leben solange es noch ging. Und dazu gehörte Julia, die er noch immer so sehr begehrte. Auch wenn er sich dadurch verletzlich machte. Sein Entschluss stand fest, er musste Julia treffen und zwar heute noch. Wo konnte er sie finden? Mehrmals schon hatte er heute ihre Nummer gewählt und auf die Mailbox gesprochen. Mehrmals hatte er um einen Rückruf gebeten, aber Julia hatte sich nicht gemeldet. Auch über Facebook hatte er es versucht, ohne Erfolg. Anscheinend hatte sie ihr Profil gelöscht. Das war nun gar nicht ihre Art. Sie wollte sonst immer gesehen und wahrgenommen werden. Mittlerweile lief Benjamin Dobermann zielstrebig auf den Luisenplatz zu, ohne sich darüber im Klaren zu sein, was er eigentlich hier wollte. Er spürte lediglich, dass ihm die Bewegung gut tat. Der Klingelton drang nur langsam in sein Bewusstsein. Es kündigte eine SMS an. Dobermann kramte das Smartphone aus der Tasche und starrte auf das Display. Lediglich zwei Worte standen dort: *Cafe Godot*. Die Nummer war unterdrückt. Der Kommissar blieb stehen und starrte auf das Handy.

Klar doch, dass er darauf nicht schon eher gekommen war. Das *Cafe Godot* war Julias zweite Heimat. Die Nachricht musste von ihr sein. Benjamin blickte auf seine Armbanduhr. Mittlerweile war es kurz nach 17 Uhr. Julia trank nachmittags gern einen Kaffee. Oft hatte er sich mit ihr getroffen, tief in ihre strahlenden Augen geschaut und ihre Hände gehalten. Wehmut stieg in ihm auf. Mit einem tiefen Atemzug schob er das Gefühl beiseite. Er wusste nun, was zu tun war. Er lief etwas schneller. Seine Gedanken drifteten wieder ab. Wie hätte er heute Vormittag Karls Fragen beantworten können? Wie hätte er in Worte fassen können, was in ihm vorging? Er hätte nur sagen können, dass er mit dem Tod der Saskia Weiß rein gar nichts zu tun hatte und er hätte an das Vertrauen seiner Kollegen appellieren können, auch wenn irgendwelche Indizien gegen ihn sprachen. Sein gestriges Verhalten und den Kreislaufkollaps in der Tatwohnung konnte er nicht erklären. Er wusste selbst nicht, was mit ihm geschehen war. Er spürte lediglich eine Leidenschaft in sich brennen und er spürte, wie groß die Kraftanstrengung war, dieses Feuer unter Kontrolle zu halten. Er wollte jetzt nicht weiter darüber nachdenken und lenkte seine Konzentration auf sein

Gehen. Jeden Schritt versuchte er sehr bewusst vor den anderen zu setzen und er beobachtete genau, was um ihn herum geschah. Dobermann konnte es sich nicht mehr vorstellen, durch die ganze Innenstadt hindurch bis zum Café Godot zu trödeln. Obwohl er üblicherweise stundenlang durch die Darmstädter Wälder joggte und dabei viele Kilometer zurücklegte, empfand er es als Zeitverschwendung, die zwei Kilometer bis hinaus nach Bessungen zu Fuß zu gehen. Zum Glück gab es noch den öffentlichen Nahverkehr und das Straßenbahnnetz in Darmstadt. Eine der Linien würde ihn bestimmt nach Bessungen bringen. Der Kommissar wusste nur nicht, welche. Er konnte sich kaum daran erinnern, wann er zum letzten Mal mit der Bahn gefahren war. Er sah sich um und entdeckte unterhalb des Langen Ludwigs einen großen blechernen dreckig grünen Kasten, den er in die Kategorie Fahrkartenautomat einsortierte. Schnell hatte er ihn erreicht. Ratternd fuhr eine Straßenbahn an ihm vorbei und wurde langsamer. *Linie 3* stand über der Tür und: *Lichtenbergschule*. Na, wenn das kein Zufall ist, dachte Dobermann. Vielleicht kann ich in der Bahn direkt beim Fahrer zahlen? Die Trambahn hielt vor ihm und die Tür öffnete sich mit einem zischenden Geräusch. Der Kommissar entschied sich, einzusteigen. Einen Schritt später war die Überraschung groß. »Mann, Heiner!« Der Straßenbahnfahrer mit der blauen Dienstjacke schaute verdutzt und reagierte erst gar nicht, als Dobermann sagte: »Du bis doch der Heiner, Ferdinand Heiner, oder?« Langsam wich die Verwunderung im Gesicht des Fahrers, und Wiedererkennen machte sich breit. »Alter, nein is es denn die Möglichkeit? Bist du es, Benjamin?« »Klar, Ferdi. Ich dachte, du wärst zum Studieren nach Norddeutschland ausgewandert und dort hängen geblieben. Damals warst du doch mächtig verliebt und wolltest nach Kiel zu dieser Meeresbiologin.« »Ja, so war das«, antwortete der

Straßenbahnfahrer mit leicht melancholischem Ton. »Aber jedes Schwert wird einmal stumpf. Nur die alte Heimat behält ihren Reiz, zumindest dann, wenn man nicht dort ist. Aber komm rein in die gud Stubb. Der Fahrplan hängt mir im Nacken und drückt.« Dobermann musste lachen. Ferdinand Heiner sah noch immer so aus, wie das in Metall gegossene Urbild eines Heiners, volle Lippen und kritisch blickende Augen. Selbst die Schirmmütze passte, die Ferdinand etwas schräg auf seinem Kopf trug.

»Kann ich denn auch beim Fahrer zahlen?«, wollte Dobermann wissen. »Klar, könntest du das. Aber solange du meine Anekdoten der alten Zeit ergänzt, bist du mein persönlicher Gast.« Ferdinand schaute seinen alten Klassenkameraden verschmitzt an, schloss die Türen. »Das waren noch Zeiten damals auf dem LGG«, begann er. »Wir beide kurz vor dem Abi, kein Rock war vor uns sicher. Weißt du noch, als wir unserem alten Lateinlehrer, wie hieß er gleich noch mal?« Die Bahn rumpelte auf den Marktplatzes zu, und die erste Kurve veranlasste Dobermann, sich an der Haltestange fest zu klammern. »Mannteufel.« »Genau, so hieß er«, lachte Ferdinand. »Der Name war pädagogisches Programm. Wer nicht auf die Sekunde pünktlich erschien, der bekam erst einmal einen Anschiss und musste dann vor dem Lehrerpult Auszüge aus dem *Bellum Gallicum* rezitieren.« Die Straßenbahn quietschte um die Kurve an der alten Krone vorbei. »Ich glaube, es war deine Idee«, nahm der Fahrer den Faden wieder auf. »Meinst du unseren Streich mit dem Kaliumpermanganat?«, fragte Dobermann. »Genau, dieses violette Pulver. Ich lenkte den Pauker ab, und du hast eine anständige Prise in seinen Kaffee geschüttet. Der alte Mannteufel trank, und danach war alles anders.« Ferdinand lachte. Die Tram ratterte den Berg hinauf und hielt gegenüber des Landgraf-Georgs-Gymnasiums. »Es muss ein riesiger

Schreck für ihn gewesen sein, als er am nächsten Morgen von der tiefblauen Farbe seines Urins überrascht wurde. Ich glaube, die Ärzte hatten viel Arbeit, konnten aber keine Diagnose stellen und wir waren zwei Wochen lateinbefreit.« »Ja, und nicht nur das«, ergänzte Ferdinand, »die Prüfung zum Großen Latrinum, wie du es immer genannt hast, fiel auch recht zahm aus. Ich glaube, wir haben dem alten Freizeitsoldaten den Schneid abgekauft.« »Ja, das glaube ich auch. Wir waren ein gutes Team«, bemerkte der Kommissar melancholisch. »Und du bist jetzt im öffentlichen Dienst beschäftigt und vertreibst dir die Zeit als Trambahnfahrer. Wie kommst du denn zu dieser Anstellung?« »Und du bist im öffentlichen Dienst bei der Sitte«, konterte Ferdinand verschmitzt. »Ich bin nicht bei der Sitte«, ereiferte sich der Kommissar. »Wie kommst du denn auf diese Schnapsidee?« »Ach, kam mir grade so. Aber jetzt mal ohne Scheiß. Nach dem Abitur wolltest du zur Polizei. Ist daraus etwas geworden?« »Ja, ich bin bei den Ordnungshütern hängen geblieben und dummerweise gerade im Dienst. Kannst du mich da vorne beim *Godot* rauslassen?« »Aber klar doch«, antwortete Ferdinand, »wenn wir uns demnächst mal sehen können. Du willst doch bestimmt wissen, warum ich hier in geregelten Bahnen durch die Stadt gondele, oder? Außerdem, die eine oder andere Geschichte von damals habe ich noch im Repertoire.« Dobermann musste nicht lange nachdenken. »Prima Idee«, sagte er spontan. Er klopfte dem Straßenbahnfahrer freundschaftlich auf die Schulter, griff in die Innentasche seiner schwarzen Lederjacke und kramte eine Visitenkarte hervor. »Hier, ruf mich an. Heute Abend bin ich zwar verabredet, aber vielleicht in den nächsten Tagen?« Ferdinand sah kurz auf die Karte und pfiff dann durch die Zähne. »Mein lieber Jolly, da ist doch wirklich was aus dir geworden, Herr Kriminaloberkommissar.« »Wenn du meinst«, erwiderte Dobermann trocken. Im nächsten Moment bremste die Straßenbahn scharf. Quietschend kam sie zum Stehen. »Na, dann bis bald«, sagte Ferdinand. »Gut, aber komm nicht vom Weg ab«, kommentierte der Kommissar und stieg aus. Als die Bahn weitergefahren war, überquerte er die Straße und ging schnurstracks auf den Eingang des *Café Godot* zu. Er wollte schwungvoll die Tür öffnen. Es misslang. Der Glasflügel knallte laut krachend gegen die Wand. Der Kommissar erschrak und blieb wie angewurzelt stehen. Der maximal gepiercte junge Mann hinter der Theke, den er zum ersten Mal hier sah, blickte missmutig in seine Richtung. Dobermann versuchte cool zu wirken und schlenderte zum Tresen. Dort angelangt fragte er: »Sie kennen doch bestimmt Julia Braune? Ist sie heute hier gewesen?« »Wer will das wissen?«, fragte der Mann. Der Tresen erstreckte sich weit in den schmalen Raum hinein. Davor standen unzählige Barhocker. Keiner von ihnen war besetzt. Im hinteren Eck der Café-Bar saßen zwei Gäste, den Rücken zu Dobermann gekehrt. Der Kommissar fragte sich, warum er sich so komisch fühlte. Er wollte seinen Ausweis zücken, merkte aber, dass dieser sich nicht an dem üblichen Ort befand. Für langes Suchen hatte er jetzt keine Zeit. Etwas lauter als notwendig sagte er: »Kriminaloberkommissar Dobermann will es wissen.« Ein kurzer verächtlicher Blick traf ihn. »Ja, die war vor Kurzem kurz hier, trank einen Cocktail, machte sich etwas frisch und ist dann wieder gegangen«, antwortete der Bedienstete gelangweilt, ohne das Zapfen des Bieres zu unterbrechen. Dann fügte er mit einem verächtlichen Unterton hinzu: «Vielleicht sitzt sie noch draußen, das ist nicht mein Revier. Da müssen Sie Susi fragen, die bedient draußen. Woll´n Sie was trinken? Bis um sechs ist happy hour. Alles mit Alkohol für die Hälfte.« »Nein danke, bin dann mal im Dienst und weg«, antwortete Dobermann und verließ das Café. Beim Hinausgehen hatte er mit der Tür keine Probleme. Irgendetwas war geschehen. Er fühlte sich wieder besser, selbstsicherer, endlich wieder wie ein richtiger Kriminalist. Dobermann hatte sein inneres Gleichgewicht zurück gewonnen.

Vor dem Café wanderte sein Blick über die besetzten Stühle. Julia konnte er nicht entdecken. Er dachte nach und wusste nicht, was er nun tun sollte. Sein Handy klingelte. Schnell kramte es aus seiner Tasche und hielt sich das flache Gerät an sein Ohr, nachdem er kurz von dem Display erfahren hatte, wer ihn anrief. »Hallo Jens, altes Haus, was gibt es? Ja, ich weiß noch, du wolltest dich heute Abend mit mir verabreden.« Der Kommissar presste das Smartphone an sein Ohr. »Biste grad in einem Funkloch? Ich versteh dich ganz schlecht. Wart mal. Ich geh ein paar Schritte. Vielleicht wird es dann besser. Ja, jetzt geht es wieder. Du hast heute Abend keine Zeit. Ist okay. Meld dich einfach wieder.« Dobermann beendete das Telefonat und schüttelte mit dem Kopf. Er konnte nicht verstehen, was mit Jens los war. Er hatte völlig verstört geklungen und ein paar Mal gesagt, er sollte jetzt besser Feierabend machen und nach Hause gehen.

So ein Quatsch, dachte der Kommissar. Was ist nur los mit Jens? Irgendetwas stimmt da nicht.

Gedankenverloren ging er ein paar Schritte, blickte auf und es durchzuckte ihn. Da vorne am Eingang zum Orangeriegarten stand für einen kurzen Moment eine Gestalt, die Julia Braune glich und ihm zuwinkte. Dann drehte sie sich um und verschwand hinter der Mauer es Eingangsbogens. Dobermann wusste nicht, ob ihn ein Tagtraum zum Narren hielt oder ob es die Realität war. Schnell verstaute er das Smartphone und spurtete los. Nach kurzer Zeit hatte er den Eingang erreicht, blieb stehen und lugte hinter die Mauer, nichts. Keine Menschenseele war zu sehen. Der Kommissar konnte niemanden erkennen, der nur annähernd der jungen Frau glich, die er unbedingt sprechen musste. Prüfend lies er seinen Blick über die Hecke gleiten, die den Park von der Schotterstraße abtrennte. Überall hingen Plastiktütenreste oder sonstiger Müll, den der Wind hierher getragen hatte. Doch plötzlich sah er etwas, das anders aussah. Einige Meter weiter, den Weg hinunter, erblickte Dobermann ein Kleidungsstück. Anscheinend war es über die Hecke geworfen worden. Er spurtete darauf zu und hielt es kurze Zeit später in Händen. Es war ein rosafarbener Blazer und er roch nach Julias Parfüm, da war sich der Kommissar vollkommen sicher. Aufgeregt blickte er hin und her. Julia musste hier irgendwo sein. Welches Spiel trieb sie mit ihm? Er wollte endlich wissen, was sie zu dem Mord an ihrer Zwillingsschwester zu sagen hatte. Andererseits war es ihm eigentlich egal, wie und ob Julia in das alles verstrickt war. Er wollte sie einfach nur sehen und mit ihr sprechen. Dobermann überquerte die staubige Straße und ging hinüber zu dem Parkplatz, der umrandet war von Büschen. Hier könnte sich die junge Frau gut verstecken, entweder zwischen den Autos oder hinter dem Grünwuchs. »Julia, Julia.« Ohne weiter darüber nachzudenken, hielt er beide Hände wie einen Trichter vor den Mund und rief laut ihren Namen. Dann lauschte er. Irgendwo knackte es im Gesträuch, wo genau, konnte er nicht sagen. Einige Passanten hatten sich herumgedreht. Der Kommissar schlich zwischen den Autos auf das nahe gelegene barocke Gebäudes zu, das einst das Winterquartier für sardische und sizilianische Orangenbäume gewesen war und heute Platz für gehobene italienische Gastronomie bot. Immer wieder blickte er in alle Richtungen, machte ein paar schnelle Schritte, blieb stehen und schaute sich um. Plötzlich sah er sie. Die Gestalt, welche Julia zu ähneln schien, hatte sich kurz aus dem Schatten des Gebäudes geschält und lief nun in Richtung des Orangeriegartens. Dobermann warf den Blazer auf den Boden und rannte los. Spurten bereitete ihm wenig Mühe. Er hatte es trainiert. Er rannte auf den Weg zu, der zwischen dem altehrwürdigem Gebäude und dem großzügigen Spielplatz hindurch führte. Ein Gefühl sagte ihm, dass die Frau direkt hinter dem alten Gewächshaus rechts abgebogen sein musste. Noch immer beschleunigte er und tatsächlich, als er um die Ecke gebogen war, sah er das rote glänzende Haar seiner ehemaligen Geliebten in einer Entfernung von weniger als hundert Metern. Sie rannte so schnell, wie es ihre hochhackigen Schuhe zuließen. »Julia, Julia, warte. Ich muss mit dir reden«, schrie Dobermann. Die Rothaarige lief in Richtung der Bessunger Schule, bog aber am Ende des Weges nicht links ab, sondern lief durch den kleinen von Hecken begrenzten Durchgang, der in einen quadratischen Hof führte. Benjamin kannte sich aus. Julia konnte nicht mehr flüchten. Nun lief er etwas langsamer. Julia blieb tatsächlich stehen und drehte sich um. Schön sah sie aus. Ihre Wangen waren leicht gerötet. Sie trug ihre blauen Leggins, die die Schönheit ihrer Beine betonten, und darüber diesen farbenfrohen kurzen Rock, den Dobermann ihr im vergangenen Sommer geschenkt hatte. Und sie trug die weiße Bluse, die er so gerne an ihr sah und bei der heute wieder so viele Knöpfe offen standen, dass er ihr Dekolleté selbst aus dieser Entfernung als aufreizend empfand. Ganz ruhig stand Julia da, als ob sie ihn erwartet hätte, und lächelte. Schritt für Schritt ging er ihr entgegen. Er erkannte die stämmige und vermummte Gestalt, die hinter der Hecke auf ihn wartete, zu spät. Auch sah er den Baseballschläger nicht, der ihn zuerst am Knie traf und dann, als er schon auf dem Boden lag, mit voller Wucht auf seinem Kopf einschlug. Er spürte lediglich einen kurzen stechenden Schmerz, dann stürzte der Kommissar in ein schwarzes Loch, das sich auftat wie der Schlund eines riesigen Ungeheuers.

»Auch zum Zögern muss man sich entschließen.«
Stanislaw Jerzy Lec

... was nützt denn alles Weinen
unsere Schreien, unser Klagen
wenn wir das, was wir zwar meinen,
doch vor lauter Angst nicht sagen
jedes nicht gesagte Wort
jene Eiszeit der Gefühle
nimmt uns nur die Kraft
für unsre Träume, unsre Ziele...
»Endlich ein Liebeslied«, Ape,Beck & Brinkmann

6.

Quietschend kam der Dienstwagen auf dem Parkplatz vor dem Polizeipräsidium zum Stehen. Der Motor knatterte unrund und es klang, als wäre die Auspuffanlage nicht mehr ganz vollständig oder verrostet. Immer wieder kam es zu Aussetzern und Fehlzündungen. Als der Kriminalkommissar den Zündschlüssel drehte, erstarb der Motor nicht, sondern es ertönten noch zwei gewaltige Schläge. Aus dem Auspuff quoll eine weiße Rauchwolke. Mist, dachte Hartmann, ich habe schon wieder vergessen, den Wagen in die Inspektion zu bringen. Das nimmt kein gutes Ende. Wenn ich noch lange warte, werden womöglich meine Bremsen versagen oder schlimmer noch, die Lenkung gibt den Geist auf, mein Wagen gerät auf die Gegenfahrbahn und reißt noch einen Unschuldigen mit in den Tod oder... Hartmann saß aufrecht auf dem Fahrersitz und hatte beide Hände am Lenkrad. Es gelang ihm nur schwer, die schrecklichen Bilder in seinem Kopf los zu werden. Das Klopfen an der Scheibe half dabei.

Hartmann saß aufrecht auf dem Fahrersitz. Langsam drehte er den Kopf zur Seite und schaute in das freundliche Gesicht von Karl Leuthner. »Mann, Mann, Mann«, sagte Hartmann, als er das Fenster runter gelassen hatte. »Du hier? Da erwischst du mich aber in einer eigenartigen Verfassung. Ich bin noch gar nicht richtig ansprechbar und weiß nicht, wie ich es geschafft habe, alleine hierher zu fahren.« »Ich sehe es«, antwortete Karl, legt die Hand auf das Autodach und schaute besorgt durch das Seitenfenster. »Du bist ganz schön blass um die Nase. Haste grad den Leibhaftigen gesehen?« »Den nicht, glaube ich zumindest«, erwiderte Daniel, »aber, wer weiß? Ich komme aus dem Klinikum. Dort habe ich Professor Weiß besucht und versucht, ihn zu befragen. Mann, Mann, Mann!« Wieder drehte er gedankenverloren den Kopf hin und her.

»Und, ist er unser Täter? Hat er gestanden?« Der Kommissar schüttelte den Kopf. »Ich glaube nicht, dass er etwas mit den Morden zu tun hat. Er ist zwar ziemlich durchgeknallt, aber ... « »Häh, wie meinst du das?« »Na, ja, er brabbelt ständig vor sich hin, die Welt würde von uns Menschen zerstört werden.« »Klingt ja wie der Plot eines schlechten Hollywoodstreifens.« »Genau«, sagte der Kommissar und lächelte zum ersten Mal. »Es war verdammt anstrengend, dem Professor zuzuhören. Unterbrechen war erst gar nicht möglich. Anfänglich war Benjamin dabei, der konnte es aber bald nicht mehr aushalten. Ich bin noch eine Zeit lang geblieben. Irgendwann hat der Professor mit mir geredet und mir sogar ein paar Fragen beantwortet. Er hat immerhin zugegeben, dass er in der Tatnacht mehrere Stunden bei der toten Saskia verbracht hatte. Auch, dass er den Terrassenstein durch die Scheibe geworfen und uns dann alarmiert hat.« Karl fragte ungläubig: »Warum hätte er das tun sollen? Das verstehe ich nicht. Außerdem haben wir an dem Stein keine Fingerabdrücke gefunden. Da muss er wohl so clever gewesen sein und Handschuhe getragen haben. Das klingt nicht nach einer spontanen

Eingebung. Ist doch alles sehr eigenartig, oder?« »Mag sein«, Daniel dachte einen Moment lang nach, »aber ich glaube ihm. Er erzählte mir, seine Frau habe ihn vor zwei Monaten verlassen, sei aus der gemeinsamen Wohnung ausgezogen und habe sich die kleine Zweizimmerwohnung im Elfeicher Weg angemietet. An dem Sonntag in den frühen Abendstunden habe sie ihn angerufen. Sie sei aufgeregt gewesen und habe ihm irgendetwas erzählen wollen. Er versprach, zu ihr zu kommen, sobald er einen Vortrag zu Ende formuliert hatte. So kam er erst gegen kurz vor Mitternacht zur Wohnung seiner Ehefrau. Die Haustür sei nur angelehnt gewesen, innen habe lediglich im Schlafzimmer Licht gebrannt. Er habe gerufen, sei dann ins Wohnzimmer gegangen, habe die umgeworfenen Weingläser gesehen. Im Schlafzimmer habe er dann Saskia Weiß tot auf dem Bett gefunden. Kurze Zeit später habe er sich auf einem Stuhl im Wohnzimmer wiedergefunden, auf dem er anschließend die halbe Nacht verbracht habe. Immer wieder habe er sich Selbstvorwürfe gemacht, bis er schließlich in den frühen Morgenstunden realisiert habe, dass er der Hauptverdächtige wäre. Aber er wollte, dass seine Frau ihre Schönheit auch noch im Tod behielt. Deshalb das Tuch, damit die klaffende Wunde nicht sofort erkennbar war. Dann sei ihm die Schnapsidee mit dem vorgetäuschten Einbruch gekommen. Im Nachhinein wusste er, es war völliger Schwachsinn. Er wollte nicht als Mörder seiner Ehefrau gelten, obwohl er sich selbst die Schuld gab. Dann habe er den Stein in die Scheibe geworfen und die Wohnung verwüstet. Anschließend sei er geflüchtet und habe uns angerufen. Natürlich habe er Einmalhandschuhe getragen. Diese hätte er immer bei sich und würde sie auch ansonsten häufig anziehen, da er an Neurodermitis leide und mit Hilfe der Handschuhe den Juckreiz erträglicher finde.« Karl hatte die ganze Zeit interessiert zugehört, war aber noch immer nicht von der Unschuld des Professors überzeugt. »Na, ja, klingt irgendwie nicht so ganz rund. Ich weiß nicht so recht.«

»Kann ich verstehen«, lenkte Hartmann ein. »Lass mich erst mal meinen Bericht schreiben. Dann können wir nochmal darüber reden. Aber jetzt was ganz anderes. Hast du was von der Klein-Krämer gehört?« »Ach, die alte Schnepfe«, erwiderte Karl abfällig. »Von der habe ich tatsächlich noch einiges gehört. Jetzt hat sie schon den Direktionsleiter der Zentralen Kriminalitätsbekämpfung eingeschaltet. Unser geschätzter und leitender Kriminaldirektor hat, wie ich gehört habe, schon mehrfach versucht, Benjamin telefonisch zu erreichen. Bin mal gespannt, was da noch auf uns zukommt.«

»Ist Benjamin wieder zurück?«, wollte Hartmann wissen und öffnete die Fahrzeugtür. »Ich habe ihn noch nicht gesehen«, sagte Karl. Er trat einen Schritt zur Seite und sprach dann weiter: »Aber ich war auch die ganze Zeit im Labor. Frag mal den Pförtner. Der kennt sich zwar nicht mit Arbeiten aus, weiß allerdings ansonsten alles.« Hartmann wusste, worauf sein Kollege anspielte. Der Mann an der Pforte wäre gerne Polizeibeamter geworden, hatte es aber niemals geschafft, zur Ausbildung zugelassen zu werden. Dagegen sprachen die polizeibekannten Verfehlungen in seiner Jugendzeit. Nun saß er auf intensives Anraten des Arbeitsamtes in dem kleinen Glashäuschen direkt am Eingang und verhielt sich so, als sei er dort als Kriminaloberbeamter beschäftigt. Keiner kam an ihm vorbei, ohne dass er ihn anquatschte. Er fragte jeden aus, der ins Präsidium wollte, egal, ob es ein Besucher oder ein Bediensteter war. Gerade bei Vorgeladenen konnte er penetrant sein. Unter den Kollegen wurde die Geschichte erzählt, dass er einen geladenen Zeugen solange an der Pforte aufgehalten hatte, bis dieser zur Fahndung freigegeben wurde. Und deswegen wunderte es auch niemanden, dass der Pförtner Toni

Ratsche hieß. Die meisten kürzten seinen Namen ab in T. Ratsche.

»Na, dann werde ich den mal fragen«, sagte Daniel spöttisch und schloss seinen Dienstwagen ab. »Hör, mal«, sagte der Mann von der Spurensicherung, «ich mach jetzt Feierabend, wollte aber noch etwas loswerden.« Plötzlich veränderte sich die Stimmung zwischen den Kollegen. »Du machst dir ebenfalls Sorgen um Dobermann«, platzte Daniel in die Stille, die sich aufgebaut hatte.

»Klar«, antwortete Karl, »ich kenne Benjamin schon lange und habe auch vorher schon jahrelang mit seinem Vater zusammengearbeitet. Eigentlich lasse ich nichts auf ihn kommen, aber in letzter Zeit verhält er sich so eigenartig. Ich weiß nicht, was los ist. Und er spricht auch nicht darüber. Mich beschäftigen die Büroklammern an den Tatorten, und jetzt bin ich auch noch vom Löwental beauftragt worden, die DNA an dem Rotweinglas, das wir in der Wohnung von Saskia Weiß gefunden haben, mit der DNA unseres Kollegen zu vergleichen.« »Was?«, platzte Hartmann heraus, »der Präsident persönlich? Das gibt es doch nicht. Was hat der damit zu tun?« »Na ja, die Klein-Krämerische muss wohl etwas von dem anonymen Anruf erfahren haben. Unsere interne Verschwiegenheit funktioniert ja ganz prima.« Hartmann rang nach Luft. »Ich glaube es einfach nicht.« »Ist halt so«, erwiderte Karl genervt, »ich muss tun, was mir aufgetragen wird. Kostet ja nur Steuergelder. Rauskommen wird da wohl nichts.« »Wann wirst du das Ergebnis bekommen?«, wollte der Kriminalkommissar wissen. »Nicht vor morgen Nachmittag.« »Na, dann mach dir erst mal einen vergnüglichen Feierabend. Ich werde noch ein wenig die staatliche Tastatur quälen und die Aussage des Professors in die Weiten der EDV klopfen.« »Okay«, sagte der Mann von der Spurensicherung resigniert, »dann werde ich wohl auch erst morgen erfahren, was du von der ganzen Sache hältst. Vielleicht gibt es dann neue Erkenntnisse.«

»Vielleicht«, sagte Hartmann und ließ seinen Kollegen stehen. Er musste jetzt mit Dobermann reden. Schnurstracks lief er auf die steinerne Treppe zu, die zum Eingang des Präsidiums führte. Der Kriminalkommissar grüßte freundlich, als er an dem Glashäuschen vorbeiging. Die Antwort kam prompt. Toni erwiderte den Gruß mit einer übertriebenen Handbewegung und gab unmissverständlich zu verstehen, der Kommissar solle sofort und gleich in den Glasverschlag kommen. Daniel tat ihm den Gefallen. »Na, was gibt's Neues?« »Daniel, du wirst es nicht glauben, die Oma Krause war wieder da. Sie wollte nun schon zum dritten Mal einen jungen Mann anzeigen, der mit ihr den Enkeltrick erfolgreich durchgezogen hat. Also, irgendwann muss die Oma doch pleite sein. Aus Erfahrung lernt die nicht, glaub es mir.« »Da hast du wohl recht«, sagte Daniel lächelnd und hielt kurz inne. Dann schaute er dem Portier direkt in die Augen und fragte: »Haste auch was neues von unseren zwei Todesfällen am Wochenende gehört?« »Na, jetzt willst du mich aber auf die Probe stellen«, tat Toni beleidigt. »Eure Geheimhaltung funktioniert prächtig. Immer derselbe Spruch: Keine Informationen bei laufenden Ermittlungen.« »Prima, dann ist ja alles gut«, lächelte Daniel. »Aber jetzt mal Butter bei die Fische, kam Benjamin, der Dobermann junior, schon von seinem Dienstgang zurück?« »Nee, von dem habe ich rein gar nichts gehört und gesehen. Mich informiert ja keiner. Ich muss euch immer die Würmer aus der Nase ziehen.« »Na, wenn du das nicht gern machst, dann weiß ich auch nicht«, erwiderte der Kriminalkommissar verschmitzt und verließ, nicht ohne Toni hart auf die Schulter zu klopfen, den Glaskasten. Pfeifend lief er den langen Gang hinunter, der ihn zu seinem Büro führte. Dann stand Hartmann vor der verschlossenen

Tür seines Büros. Er öffnete sie, trat ein und sah, dass der Anrufbeantworter blinkte. Vielleicht Benjamin, dachte er kurz, nahm den Hörer ab und drückte zwei Knöpfe. Die laute Stimme des Kriminaldirektors Andrasch Radinski drang in sein Ohr: »Hartmann, melden Sie sich, verdammt noch mal. Warum kann ich keinen erreichen. Im Büro ist niemand, Dobermanns Handy ist tot. Nur die Mailbox geht ran. Hab schon zweimal draufgesprochen. Keiner meldet sich. Seit ihr alle untergetaucht oder was?« Sekundenbruchteile später folgte das Geräusch eines aufschlagenden Telefonhörers, dann war es ruhig. Blödmann, dachte Daniel, hätte mich auf meinem Smartphone anrufen sollen, wenn er mich dringend sprechen will. Na, jetzt muss er noch etwas warten. Apropos Handy, mal schauen, ob Benjamin versucht hat, mich zu erreichen. Hartmann kramte sein Smartphone aus der Jackentasche hervor und schaute auf das Display. Keine Meldung. Er wählte die Nummer seines Kollegen, wartete, aber das einzige, was er hörte, war Stille. Er versuchte es nochmals, und wieder ertönte kein Signal. Plötzlich wusste Daniel, was geschehen war. Er kannte das Phänomen. Er wusste, er musste das Smartphone runterfahren und erneut starten. Wenn es wieder hochgefahren war, konnte er es meist ganz normal nutzen und auch Anrufe empfangen. Das Gerät vibrierte in seiner Hand, als es sich ausgeschaltet hatte. Danach drückte er lange auf den tief liegenden Knopf, bis das Gerät wieder hochfuhr. Er musste seine PIN eingeben und kurz darauf erhielt er mehrere SMS, die ihn allesamt darauf hinwiesen, dass Anrufe in Abwesenheit eingegangen waren und auch die Mailbox besprochen war. Daniel wusste genau, wer sich gemeldet hatte, und verspürte keinerlei Interesse, die Mailbox abzuhören, also wählte er erneut die Nummer seines Kollegen Dobermann. Diesmal ertönte das Klingelzeichen, mehrmals, immer wieder, aber nach dem siebten

Mal sprang die Mailbox an. Daniel sprach sein Sprüchlein drauf, dann unterbrach er die Verbindung und steckte das Smartphone in die Jackentasche. Er atmete tief durch, schnappte den Hörer des Festnetzdiensttelefons und wählte mittels der antiquierten Wahlscheibe die interne Durchwahlnummer des Kriminaldirektors. »Ja, Hartmann hier. Sie hatten versucht, mich zu errei ... Ich war unterwegs ... ja, im Krankenhaus ... ach, vielleicht war da ein Funkloch ... ja, ich verstehe ... eine Sonderkommission wird eingerichtet ... ja, ja, klar, wir brauchen Verstärkung ... finde ich gut, dass Dobermann die Leitung behält ... ja, ich werde auf ihn achten ... also morgen früh Lagebesprechung im großen Kreis ... na, dann ... bis....« Es war schwer, bei Andrasch Radinski zu Wort zu kommen. Hartmann kannte das schon. Er schnaubte vor sich hin. Er wusste, nun folgte der zeitaufwändigste Teil seiner kriminalistischen Tätigkeit. Er musste seinen Bericht schreiben. Der Kommissar ging zu seinem Schreibtisch und ließ den PC hochfahren. Das Formular zur Dokumentation einer Befragung war schnell gefunden und hochgeladen. Für alles gab es Vordrucke, alles musste nach klaren Vorgaben erfasst werden. Die Verwaltung fraß eine Menge Zeit und brachte nicht immer die gewünschten Ergebnisse. Daniel wusste, dass es keinen Sinn macht, sich darüber aufzuregen. Er schüttelte noch einmal beide Hände aus, wie er es immer tat, bevor er die Tastatur bearbeitete, und wollte gerade loslegen, als das Diensttelefon klingelte. »Hartmann hier, wer stört«, sagte er, nachdem er gesehen hatte, dass es sich um einen internen Anruf von der Zentrale handelte. »Daniel, ich gebe dir einen guten Rat. Wenn du dich nicht stören lassen willst, heb einfach nicht ab.« »Okay, Klugscheißer, du hast ja recht. Also, was ist los?« »Ich hab da einen Heiner in der Leitung.« »Na, wenn das nichts ist, was will denn dieses Darmstädter Urgestein, und warum willst du ihn ausgerechnet zu mir durchstellen?« »Nee, es handelt sich um einen Ferdinand Heiner. Er sagt, er habe den Dienstausweis von Benjamin und wolle wissen, wo unser Kollege ist.« Hartmann merkte, wie der schwere Hörer in seiner Hand heiß zu werden schien. Ein Gefühl, dass irgendetwas mit Dobermann geschehen sein musste, war plötzlich so präsent, dass er es förmlich greifen konnte. »Stell ihn durch«, sagte er nur und wartete. «Hier Kriminalkommissar Hartmann, Sie haben den Dienstausweis meines Kollegen gefunden? Erzählen Sie bitte.« »Ja, äh, hallo. Hier spricht Ferdinand Heiner. Ich bin Trambahnfahrer und habe Benjamin Dobermann vorhin in meiner Straßenbahn, Linie 3, getroffen. Wir haben uns schon seit Jahren aus den Augen verloren. Ich habe mich tierisch gefreut, Benjamin gleich an meinem ersten Arbeitstag in Darmstadt zu treffen. Sie müssen wissen, wir waren gemeinsam im LGG, damals ab der siebten ...« Hartmann merkte, wie er unruhig wurde. Er rutschte auf seinem Stuhl hin und her. »Okay, okay«, unterbrach er unwirsch, »Sie haben Kriminaloberkommissar Dobermann in der Trambahn getroffen. Wie kommen Sie an seinen Dienstausweis?« »Na ja, langsam Mann.« Hartmann bemerkte seinen Fehler und versuchte, ruhig zu werden. Bemüht freundlich sagte er: »Erzählen Sie bitte weiter. Sie trafen Benjamin Dobermann in der Straßenbahn. Was geschah danach?« »Benjamin stieg am Luisenplatz ein. Ich habe mich schon gewundert, dass euer Verein keine Dienstwagen hat, aber egal. Er stieg also ein, und wir quatschten über alte Zeiten. An der Haltestelle am *Café Godot*, es war so gegen 17 Uhr, hatte er es dann ganz eilig mit dem Aussteigen. Er bat mich, ihn in den nächsten Tagen anzurufen. Wir wollten uns verabreden, auf ein Bier oder so. Dann gab er mir seine Visitenkarte. Dabei muss sein Dienstausweis herausgefallen sein. Anscheinend ist er unter meinen Fahrersitz gerutscht. Ich habe ihn eben erst am Luisenplatz entdeckt. Natürlich habe ich versucht, Benjamin auf seinem Handy zu erreichen. Er nimmt aber nicht ab. Deswegen rufe ich bei Ihnen an. Kann ich ihn sprechen?« Daniel war plötzlich klar, dass seinem Kollegen etwas zugestoßen sein musste. »Sie müssen den Dienstausweis meines Kollegen hier im Präsidium abgeben. Können Sie mir Ihre Handynummer geben? Hier auf meinem Display ist nichts angezeigt. Haben Sie die Nummernfreigabe unterdrückt?«

Ferdinand Heiner schwieg. Hartmann hörte nur ein tiefes Einatmen. Dann drang die Stimme erneut durch den Hörer. Diesmal klang sie resigniert und ein wenig beleidigt: »Also ist Benjamin nicht im Präsidium, und Sie wissen auch nicht, was mit ihm los ist. Warum kann die Polizei niemals auf einfache Fragen antworten, sondern muss gleich Forderungen stellen? Natürlich komme ich zum Präsidium und gebe den Dienstausweis ab. Ich leg dann auch einen Zettel mit meiner Handynummer bei. Tschüss.«

Hartmann hörte ein leises Klacken und dann nichts mehr. Immerhin wusste er nun, dass sein Kollege um 17 Uhr noch quietschfidel am *Café Godot* mitten in Bessungen gesehen wurde. Nur, was sollte er nun tun? Der Bericht zur Befragung des Professors musste geschrieben werden. Bis morgen früh zur ersten Sitzung der Soko musste er fertig auf dem Tisch liegen. Hartmann griff ohne lange nachzudenken zum Hörer des Dienstelefons und wählte Dobermanns Privatnummer. Er lies es lange klingeln und hoffte immer aufs Neue, dass Dobermann beim nächsten Klingelton abheben würde. Er tat ihm nicht den Gefallen. Wo konnte er sich aufhalten? Hartmann grübelte bis er glaubte, eine Antwort gefunden zu haben. Klar doch, bei seinem Vater. Der Kommissar ergriff erneut den Hörer und wählte Lothar Ludwig Dobermanns Nummer. Schon nach zweimaligem Klingeln wurde abgenommen. »Dobermann«, erklang die tiefe Stimme. »Hallo Lothar, Daniel hier, ist Benjamin bei dir?«, fiel der Kommissar mit der Tür ins Haus. »Was ist denn los? Du klingst so aufgeregt.«

Die Stimme des alten Dobermann klang ruhig. Hartmann konnte förmlich sehen, wie der Alte auf seinem großen Ledersessel inmitten seines ganz in Holz gekleideten Wohnzimmers saß, den Hörer an das große Ohr gedrückt. »Ist er bei dir oder nicht?« »Nein, sollte er?« »Seit ein paar Stunden meldet er sich nicht, geht auch nicht ans Telefon. Da macht man sich schon etwas Sorgen bei einem Kriminaloberkommissar, der ansonsten sehr zuverlässig ist.« »Benjamin hat mich heute Morgen angerufen und mir von den beiden Morden erzählt. Er sagte, die Ermittlung sei etwas diffizil, und vielleicht brauche er meine Hilfe. Ob er mich wieder anrufen könne. Ich sagte ihm, natürlich könne er dies. Dann legte er auf. Später, so gegen Nachmittag, hat meine Neugierde gewonnen. Ich rief beim Polizeipräsident Löwental an. Wir kennen uns ja schon lang und haben früher in manch einem Fall gemeinsam ermittelt. Erst war ich verwundert darüber, was er alles über die beiden Todesfälle berichtete, aber als er mir erzählte, die Staatsanwältin Klein-Krämer hätte sich über meinen Sohn und über dich beschwert, musste ich schmunzeln. Dann aber teilte mir Löwental mit, an den Tatorten seien Indizien gefunden worden, die Benjamin als Verdächtigen dastehen ließen. Außerdem hätte es einen Anruf gegeben, der indirekt Benjamin beschuldigte, er hätte gemeinsam mit dem Opfer am Elfeicher Weg Rotwein getrunken. Nicht nur aus diesem Grund wolle der Polizeipräsident jetzt doch eine Soko einsetzen, obwohl er eigentlich gar kein Geld im Etat dafür hätte.«

Der alte Kommissar atmete tief durch.

»Ja, soweit sind wir schon gekommen. Das hat mich etwas beunruhigt. Ich habe natürlich gleich versucht, Benjamin zu erreichen, aber ohne Erfolg. Jetzt sitze ich hier rum und mache mir meine Gedanken.«

»Ja, ich weiß von der Beschuldigungsorgie gegen Benjamin«, sagte Hartmann. »Du bist ganz schön gut informiert für einen Pensionär, der eigentlich nicht mehr zu uns gehört.« »Na, ja, man tut, was man kann«, kam prompt die Antwort.

Hartmann schwieg einen Moment und dachte nach, dann formulierte er endlich die Frage, die sich schon längere Zeit in seinem Kopf gebildet hatte: »Machst du dir denn keine Sorgen um Benjamin?« Die Antwort kam schnell und klar: »Eigentlich nicht. Verbrochen hat er wohl nichts, dafür kenne ich ihn zu gut, aber er ist erwachsen und weiß, was er tut. Ich denke, er ermittelt und wird sich schon wieder melden. Morgen ist er bestimmt wieder bei euch.« »Bist du dir da wirklich sicher?« Hartmann konnte seine Besorgnis nicht verbergen. »Ich weiß nicht, ich habe da so ein komisches Gefühl. Selbst wenn Benjamin in der Vergangenheit auf eigene Faust ermittelt hat, hat er zwar anfänglich nicht immer alle Geheimnisse preisgegeben, aber erreichbar war er immer.« »Ach, die Erreichbarkeit. Du kennst das ja. Vielleicht ist er in einem Funkloch, oder mit der Technik stimmt etwas nicht«, erwiderte der pensionierte Kommissar. Das Argument beruhigte Hartmann fürs erste. Es konnte tatsächlich sein, dass aus technischen Gründen Dobermanns Smartphone nicht erreichbar war. Er kannte das Phänomen zur Genüge. Vielleicht sollte er sich wirklich keine Sorgen machen. Er würde es einfach später noch einmal versuchen. Jetzt hatte er etwas anderes zu tun. Die Arbeit rief. Das Telefonat mit Lothar Dobermann war nach ein paar freundlichen Floskeln beendet, und Hartmann saß auf seinem Stuhl und starrte auf das leere Formular auf dem Bildschirm. Seufzend begann der Kriminalkommissar, dieses mit Worten und Sätzen zu füllen. Aber er war irgendwie nicht bei der Sache. Immer wieder ertappte er sich dabei, dass er Textstellen nochmals lesen musste, um wieder Anschluss an das schon Formulierte zu finden. Immer wieder drifteten seine Gedanken ab. Manchmal erschrak er sogar vor den Bildern, die vor seinem geistigen Auge erschienen und wieder verschwanden. Nach etwa einer Stunde gestand er es sich ein, er konnte sich nicht auf den Bericht konzentrieren. Er musste raus hier, raus aus diesem Büro. Er musste Benjamin suchen, wenn es auch eine Suche nach der sprichwörtlichen Stecknadel im Heuhaufen war. Irgendetwas Furchtbares spielte sich da draußen ab. Plötzlich war ihm klar, was zu tun war. Er schaltete den Computer aus, zog die Jacke an und verließ sein Büro. Es war kurz nach 20 Uhr, und draußen war schon die Dunkelheit hereingebrochen. Tief atmete Hartmann durch, als er durch den langen Flur des Präsidiums stapfte. Heute ging es um mehr, als nur einen Fall aufzuklären. Heute ging es um seinen Kollegen und Freund. Hartmann hatte dieses Gefühl, das sich schon seit längerem eingestellt hatte und von dem er in seiner langen kriminalistischen Arbeit gelernt hatte, es ernst nehmen zu müssen. Aber es war auch ein diffuses Gefühl und es gab ihm keine Richtung vor. Der Kommissar trat auf die große weiße Steintreppe vor dem Eingang des Präsidiums und nahm dort ein paar tiefe Züge, diesmal von der kühlen und feuchten Herbstluft. Welche Informationen hatte er? Dobermann hatte die Befragung mit dem Professor heute Nachmittag verlassen. Wer hätte nicht vor diesem verrückten Professor flüchten wollen, der nur wirres Zeug verzapfte? Ja, und dann war da noch dieser Straßenbahnfahrer, der mit Dobermann gesprochen und sogar seinen Dienstausweis gefunden hatte. Wo hatte er ihn aussteigen sehen? Ach ja, in der Karlstraße, am *Café Godot*. Wenn das kein Ausgangspunkt war. Hartmann rieb die Hände aneinander und machte sich auf den Weg zu seinem alten Dienstwagen. Kurz nur und mit Wehmut dachte er an den verpassten Doppelkopfabend. Dienstags war eigentlich der Tag, an dem er und manchmal auch Dobermann gemeinsam bei dem einen oder anderen Bier herausfanden, wer mit wem zusammenspielte, um dann den Gegner daran zu hindern über die magische Punktzahl von einhundertzwanzig zu kommen. Hartmann hatte den heutigen Doppelkopfabend schon gestern nach dem Zahnarzttermin abgesagt. Automatisch griff er sich an seine rechte Wange. Die Wunde hatte schon seit längerer Zeit wieder angefangen zu pochen, erst dumpf, dann immer drängender. Nun kam auch noch ein stechender Schmerz dazu. Umständlich kramte er den Autoschlüssel aus der Manteltasche und drückte auf den Knopf, damit die Lichter des Fahrzeuges aufblinkten und die Türen entriegelt würden, aber nichts geschah. Hartmanns Dienstwagen war ein Fahrzeug, das er inkognito nutzen konnte. Kein Bürger dieser Stadt wäre auf die Idee gekommen, es handele sich um ein Polizeifahrzeug. Er stand nun direkt vor seinem Opel Corsa und drückte nochmals auf den Schlüssel. Diesmal gehorchte die Elektronik. Die Scheinwerfer leuchteten kurz auf und die Türen wurden mit einem lauten Klacken entriegelt. Der Kommissar öffnete die Fahrertür und stieg vorsichtig ein, um nicht durch unnötige Erschütterungen die Wunde im Kiefer zu ärgern. Dann überlegte er nochmals kurz und entschied sich, zum *Café Godot* zu fahren, zumal sich dort eine Apotheke befand. Mit viel Glück hatte diese heute Abend Notdienst, und er konnte sich noch eine Packung Schmerzmittel besorgen. Zehn Minuten später brachte er sein Fahrzeug in der Orangerieallee direkt vor *Elektro-Konrad* zum Stehen und freute sich. Die *Bessunger Apotheke* an der Orangerie hatte tatsächlich Notdienst.

Der Platz vor dem Lokal war leer, alle Stühle waren zusammengestellt und mit Eisenketten gesichert. Es war wohl mittlerweile so kalt geworden, dass auch die hartgesottensten Gäste es vorzogen, im Café Platz zu nehmen. Demzufolge war der lang gezogene Gastraum gut besucht. Ein intensiver Lärmpegel und warme, verbrauchte Luft schwappten Hartmann entgegen, als er die Eingangstür öffnete. Schnurstracks ging er auf den Mann zu, der hinter der Theke seine Arbeit verrichtete. Der wild gepiercte Barmann war recht freundlich, immerhin war es jetzt schon dunkel und seine bevorzugte Tageszeit hatte begonnen. Er erkannte die Person auf dem Bild, welches ihm Hartmann vor die Nase hielt, schaute kurz auf und brummelte dann vor sich hin: »Was sind das für Zeiten? Jetzt suchen sogar Polizisten andere Polizisten.« Etwas lauter sagte er: »Ja, Ihr Kollege war so gegen 17 Uhr hier. Er suchte `ne Frau. Ich sagte ihm, vielleicht säße sie noch draußen. Er ist raus gegangen, dann habe ich ihn nicht mehr gesehen.« »Welche Frau hat er gesucht«, wollte Daniel wissen. »So `ne gut aussehende Rothaarige, Julia Braune heißt die, glaube ich.« Der Kommissar wunderte sich nicht, er hatte damit gerechnet, dass Dobermann die Zwillingsschwester des Mordopfers suchte, vielmehr war er überrascht, als er den Mann hinter dem Tresen mit verschwörerischer Stimme sagen hörte: »Vor ein paar Wochen noch hat ihr Kollege nächtelang mir ihr rumgeknutscht, hat mir meine Kollegin gesteckt. Ich bin ja erst neu hier im Geschäft. Na, und jetzt sucht er sie verzweifelt, war wohl keine glückliche Romanze.«

Hartmann verließ das Café und machte sich tief in Gedanken versunken auf den Weg zur Apotheke. Erst die Türklingel riss ihn wieder in die Gegenwart zurück. Er bekam eine Packung Paracetamol. Ohne viel Hoffnung auf Erfolg zeigte er auch hier das Foto des vermissten Kommissars und war erneut verwundert, als die betagte Apothekerin mit spitzer Stimme sagte: »Den auf dem Bild, den kenne ich. Der stand vor ein paar Stunden hier vor der Apotheke rum und war irgendwie total durch den Wind. Das ist doch bestimmt so ein Kommissar. Die Lederjacke und die Ausstrahlung, genau wie im Fernsehen. Wird in Darmstadt ein Tatort gedreht?«

»Frau Apothekenfachverkäuferin«, unterbrach Hartmann den Wortschwall mit lauter Stimme. Verdutzt schaute die Angesprochene den Kommissar an und schwieg. Hartmann nutzte die Pause, denn er ahnte, es würde nur eine kurze sein. »Sie sind sicher, dass Sie diesen Mann hier auf dem Bild heute Nachmittag gesehen haben? Wissen Sie, wo er hingegangen ist?« »Natürlich bin ich sicher. Ich bin doch noch klar im Kopf. Wo er hingegangen ist? Na, runter zur Orangerie, wo sollte er sonst hingehen. Erst hat er telefoniert.« Die Apothekerin verschränkte ihre Armen vor der Brust, dann brach es aus ihr heraus: »Sagen Sie mal. Ist das vielleicht gar kein Kommissar? Ist das ein Verbrecher? Natürlich, deswegen sind Sie hier, deswegen das Bild. Ein Fahndungsfoto eines gemeingefährlichen Psychopathen, der unschuldigen ... Hallo, wo wollen Sie hin?« «

Hartmann verließ fluchtartig die Apotheke. Eilig riss er die Medikamentenpackung auf, drückte gleich zwei Tabletten aus der Plastikverpackung und würgte sie hinunter. Dann ging er so schnell wie möglich in Richtung Orangerie. Konzentriert schaute er sich um. Es war dunkel. Die wenigen Laternen gaben nur ein schwaches Streulicht frei. Hinter dem großen Parkplatz befand sich das Lokal mit der italienischen Küche. Hartmann liebte zwar italienisches Essen und die dazugehörenden Rotweine, aber er wusste auch, dass er sich einen Besuch in diesem Restaurant nicht leisten konnte. Doch das Lokal strömte einen Lichtschein aus, der ihn magisch anzog. Eilig lief er darauf zu, nicht ohne seinen Blick mehrmals hinter einige Büsche und zwischen die parkenden Autos zu werfen. Er wusste nicht genau, nach was er suchte. Dobermann war vor dreieinhalb Stunden hier gewesen. Er wollte Julia Braune finden, die wohl kurz vorher auch hier gewesen war. Aber was geschah danach? Du musst logisch denken, ermahnte sich Hartmann. Vielleicht hat Benjamin seine ehemalige Geliebte wirklich hier im Orangeriegarten getroffen. Vielleicht haben sich beide ausgesprochen und Benjamin hat Julia zum Essen eingeladen. Natürlich hat er sein Handy ausgeschaltet. Vielleicht sitzt mein Kollege bei Kerzenschein in dieser Gaststätte mit dem schön klingenden Namen *L'Orangerie* und lässt sich verwöhnen. Beherzt ging er in Richtung des großen Gebäudes. Obwohl nahezu alle Tische besetzt waren und ein geschäftiges Treiben herrschte, war es angenehm ruhig im Gastraum. Hartmann trat ein und schaute sich um. Mit seiner alten Jeans und dem hellblauen, über dem Bauch spannenden Pullover fühlte er sich irgendwie fehl am Platz. Zum Glück trug er seinen schwarzen Anorak, der vor nicht allzu langer Zeit frisch gewaschen worden war.

»Für eine Person?«

Wie aus dem Nichts war vor ihm ein Kellner aufgetaucht.

»Bitte?«, fragte Hartmann irritiert.

»Haben Sie reserviert?«

»Nein, habe ich nicht.«

Hartmann spürte, wie Ärger in ihm aufstieg. Er ging ein Schritt zur Seite, um den Kellner zu umschiffen. Dieser tat dasselbe und versperrte ihm den Weg.

»Sie hätten gerne einen Tisch für eine Person?«

»Nein, ich suche einen alten Bekannten, der hier zu speisen pflegt. Wenn Sie mich bitte gewähren ließen«, antwortet Hartmann und glaubte, den richtigen Tonfall für diese Lokalität gefunden zu haben.

»Na, wenn Sie meinen«, erwiderte der Kellner und war im nächsten Augenblick verschwunden.

Der Kommissar kämpfte sich Tisch für Tisch durch den Raum.

Plötzlich sah er sie. Im hinteren Teil des Raumes,

etwas versteckt, saß sie ins Gespräch vertieft. Ihr Lächeln war strahlend, das Make-up und die Frisur perfekt. Angeregt plapperte sie, kicherte ab und zu und blickte dann dem Oberstaatsanwalt so lange tief in die Augen, bis trotz der dick aufgetragenen Schminke ihre Wangen rötlich durchschimmerten. Der Oberstaatsanwalt genoss augenscheinlich die Gesellschaft von Elvira Klein-Krämer. Er hob sein Champagnerglas und prostete seiner Tischgefährtin zu.

Kopfschüttelnd ließ Hartmann seinen Blick weiter durch den Raum schweifen. Seinen Kollegen fand er nicht. Enttäuschung stieg in ihm auf. Dann erkannte der Kommissar schlagartig die Chance die sich in diesem Moment für ihn auftat. Zielstrebig stürmte er auf den Tisch zu, der im hinteren Teil des Raumes etwas versteckt lag. Anscheinend war der Oberstaatsanwalt so in das Dekolleté der Staatsanwältin vertieft, dass er das Näherkommen des Kommissars nicht bemerkte. Erst als Hartmann direkt vor Elvira Klein-Krämer stand und mit allem Mut, den er aufbringen konnte, sagte: »Guten Abend, Frau Staatsanwältin, na, so sieht man sich wieder«, blickte der Oberstaatsanwalt erstaunt auf. Er wollte etwas sagen, als Hartmann ihm den Rücken zukehrte und die rotwangige Staatsanwältin direkt ansprach: »Die Gerüchte, die man so hört, scheinen ja nicht ganz abwegig zu sein. Ich hoffe, Sie hatten bisher einen schönen Abend.«

»Wie meinen Sie das?«, keifte Klein-Krämer.

»Na, es ist doch interessant, dass Sie auf der einen Seite ihren Ehemann gegen den Oberstaatsanwalt austauschen und auf der anderen Seite meinen unbescholtenen Kollegen denunzieren und ihm sogar den Polizeipräsidenten auf den Hals hetzen. Aber sei´s drum. Ich werde schweigen, wenn Sie von der weiteren Verfolgung meines Kollegen absehen. Essen Sie gemütlich weiter, und lassen Sie die Finger aus unserer Arbeit.

Ansonsten könnte es für Sie sehr peinlich werden. «

»Hören Sie mal, was fällt Ihnen eigentlich ein?«, versuchte es der Oberstaatsanwalt halbherzig. Hartmann hörte nicht auf ihn. Er sah lediglich, wie Klein-Krämers Gesicht bleich wurde. Dann drehte er auf dem Absatz um und stapfte zurück zum Eingang. Auf halbem Weg sah Hartmann den Kellner, der ihn vor ein paar Minuten angesprochen hatte. Er änderte die Richtung, ging direkt auf ihn zu. Er wartete nicht bis der Andere fertig serviert hatte, sondern zeigte seinen Dienstausweis. »Kriminalpolizei Darmstadt, Hartmann ist mein Name. Ich hatte leider vorhin vergessen, mich bei Ihnen vorzustellen.«

Überrascht blickte ihn der Kellner an. Seine Körperhaltung sah wie eingefroren aus. Die Gäste wirkten neugierig und distinguiert zurückhaltend zugleich.

»Na, wenn das geklärt ist«, nahm der Kommissar den Faden wieder auf, »dann können Sie mir auch sagen, ob sich diese Person hier ...« Hartmann zog das zerknitterte Bild seines Kollegen aus der Anoraktasche und hielt sie dem Angesprochenen unter die Nase. Dieser rümpfte selbige, stellte die Teller ab, wünschte kurz *Lassen Sie es sich schmecken* und wandte dann erst seine Aufmerksamkeit dem Bild zu. Er nahm es in die Hände und sah es lange an. Endlich hob er seinen Kopf, gab Hartmann das Bild zurück und sagte so laut, dass es auch die Gäste am Tisch gut verstehen konnten: »Nein, diesen Mann kenne ich nicht. Er war auch nicht hier. Und selbst, wenn er hier gewesen wäre, ich glaube nicht, dass er über das nötige Kleingeld verfügt, um bei uns dinieren zu können.« Ohne ein weiteres Wort drehte er sich um und ging.

So ein arroganter Arsch, dachte der Kommissar und verließ das Restaurant. Draußen spürte er dankbar, dass die kühle Herbstluft sein aufgeheiztes Gemüt abkühlte. Jetzt benötigte er Bewegung, um einen klaren Kopf zu bekommen. Ausgiebig schlenderte er durch den Orangeriegarten. Dann entschied er, ins Martinsviertel zu fahren und an der Wohnungstür seines Kollegen zu klingeln.

»Ich habe keine Angst vor dem Tod, ich will nur nicht dabei sein, wenn er kommt.« *Woody Allen*

Wenn ein Mensch kurze Zeit lebt
sagt die Welt, dass er zu früh geht.
Wenn ein Mensch lange Zeit lebt
sagt die Welt es ist Zeit.
»Wenn ein Mensch lebt«, Puhdys

7.

Dobermann schlich widerstrebend aber unaufhörlich von dem Dunkel einer Ohnmacht in die Dunkelheit der Realität. Unendlich langsam kehrte er zurück. Da war Kälte, unangenehme und hässliche Kälte. Sie steckte in seinen Gliedern und brachte ihn zum Zittern. Dann kam der Schmerz. Der Schmerz in seinem Kopf. Irgendetwas war darin explodiert und breitete sich schlagartig auf den Rest seines Körpers aus. Ihm wurde übel, und Dobermann stand an der Klippe zur nächsten Ohnmacht. Einer erlösenden Ohnmacht, die den Schmerz fortspülen würde. Er sehnte sich danach, war allerdings schon wieder so weit bei Bewusstsein, dass er sich ihr nicht ergeben konnte. Fragen wurden immer konkreter. Die Fragen wurden drängender als der Schmerz. Er konzentrierte sich darauf. Wo bin ich? Was ist geschehen? Plötzlich war da Panik und sein Herzschlag raste. Kann ich mich bewegen? Arme? Der Kommissar lenkte alle Aufmerksamkeit auf seine Arme. Es kostete Kraft, lenkte aber von dem Kältegefühl ab.

Ein Brummen drang an sein Ohr. In der Ferne fuhr ein Auto vorbei. Ansonsten Stille. Weswegen war er hier? Es war dunkel. Eine eigenartige Dunkelheit. Nicht so wie nachts. Die Augen gewöhnten sich immer an das Dunkle. Seine anscheinend nicht. Er musste sich konzentrieren, die Momente nutzen, in denen der Schmerz nicht so drängend und allgegenwärtig war. Das Atmen gewann an Wichtigkeit. Ja, er musste langsam und bewusst atmen. Das hatte er gelernt, damals bei der Kampfsportausbildung. Konzentration. Auf was wollte er sich konzentrieren? Ach ja, die Arme. Er wollte die Arme spüren. Endlich, ein Arm gehorchte. Die Finger bewegten sich. Es fiel zwar schwer, aber es funktionierte. Der Kommissar konnte den Arm anheben und wieder absinken lassen. So etwas wie Freude stieg in ihm auf. Ihm wurde bewusst, dass er auf dem Boden lag. Er lag auf dem Rücken. Der Untergrund war weich. Die Finger der beweglichen Hand tasteten darin herum. Es fühlte sich an wie kleine Holzstückchen. Dann kamen die Schmerzen wieder zurück, wellengleich, gewaltig. Stöhnend ließ der Kommissar seinen Arm auf den Untergrund zurücksinken. Er wartete. Dunkel und still war es. Die Wellen des Schmerzes kamen jetzt langsamer. Dobermanns Körper entspannte, aber nur kurz. Der Kommissar überlegte: Was war geschehen? Er hatte eine Aufgabe verfolgt. Er wollte irgendetwas herausfinden. Was war das? Der andere Arm. Ja, er sollte ihn bewegen. Er lag auf dem Rücken. Den einen Arm konnte er bewegen. Den anderen spürte er nicht. Die Beine schienen aber zu funktionieren. Sie waren zwar unendlich weit entfernt, schwer und träge, aber sie gehorchten langsam. Was war mit dem anderen Arm? Wieder hörte Dobermann ein Stöhnen. Erst beim zweiten Mal wurde ihm klar, dass es sein eigenes war. Schweiß stand auf seiner Stirn. Wo bin ich? Eine eigenartige Dunkelheit umgab ihn und es war kalt, verdammt kalt. Endlich, ein Bitzeln. Der Kommissar spürte seine Finger wieder. Das Bewegen fiel ihm schwer. Das Bitzeln wurde stärker und unangenehmer. Aber er kam seinem Ziel näher. Er spürte auch den anderen Arm. Er war vollständig. Wieder war da so etwas wie Freude und gab ihm die Kraft, die Panik zu beherrschen. Langsam bewegten sich die

Finger. Irgendetwas lag auf ihnen, etwas Schweres. Er musste den Arm bewegen, das Schwere wegschieben, dann könnte wieder Blut durch die Adern fließen, und das unangenehm bitzelige Gefühl würde aufhören. Immer wieder bewegte Dobermann die Finger, bildete eine Faust und ließ dann wieder locker. Die Last, die auf seinem Arm ruhte, fühlte sich weich und kalt an, so kalt wie alles um ihn herum. Er durfte sich nicht auf diese Kälte konzentrieren und ihr zu viel Macht einräumen. Das wusste er. Nach einer gefühlten Ewigkeit hatte der Kommissar es geschafft. Das Bitzeln und das Taubheitsgefühl ließen nach. Er spürte den Arm, und er konnte ihn bewegen. Das Schwere, das ihn belastete, konnte er zwar nicht anheben, er konnte aber langsam und Stück für Stück den Arm darunter herausziehen. Dazu musste er seinen Körper auf die Seite drehen und dann die rechte freie Hand nutzen, um gegen die Last zu drücken. Sie war feucht, mit Stoff eingewickelt, feuchtem kalten Stoff. Benjamin dachte nicht weiter darüber nach. Er war vollauf damit beschäftigt, den linken Arm frei zu bekommen, und es gelang. Schwer atmend zog er ihn heraus und ließ seinen Körper zurückrollen bis er wieder auf dem Rücken lag. Er musste sich ausruhen. Er atmete tief durch. Bilder stiegen in ihm auf. Er war im *Café Godot* gewesen. Es war noch hell. Er fragte nach Julia, sie war nicht da gewesen. Dann verließ er das Lokal. Das Smartphone klingelte und er sah Julia, wie sie weglief. Warum tat sie das? Er verfolgte sie. Er wollte mit ihr reden. Plötzlich stand sie vor ihm und lächelte. Doch dann riss der Film der Erinnerung. Dobermann konzentrierte sich. Der Schmerz kam wieder. Der Kommissar hielt den Atem an. Das war ein Fehler. Er musste weiter atmen, tief und intensiv atmen. Und tatsächlich, der Schmerz ließ nach, aber die Erinnerung kam nicht zurück. Wo befand er sich? Woher kam die Kälte? Zum ersten Mal fasste er sich an den Kopf. Er spürte, dass da etwas über seinen Augen war. Etwas war darüber gezogen. Ein fester Streifen. Hart und glatt wie ein Ledergürtel. Er richtete sich auf und begann, den Gürtel vom Kopf zu ziehen. Der breite Lederstreifen saß fest und war anscheinend mehrmals um den Kopf gewickelt. Am Hinterkopf hing das lose Ende herunter. Er ertastete die Schnalle, und endlich gelang es ihm, den Gürtel nach oben zu schieben. Wieder und wieder explodierte der Schmerz in seinem Kopf, und helle Blitze zuckten hinter seinen geschlossenen Augenlidern auf. Er blieb standhaft und zerrte und zog laut stöhnend weiter, solange bis er den Gürtel vom Kopf entfernt hatte und seine Augen öffnen konnte. Es war nach wie vor dunkel um ihn herum, aber es war eine andere Dunkelheit. Es musste Nacht sein, und er befand sich irgendwo draußen.

Also liege ich hier mindestens schon ein paar Stunden, kombinierte der Kommissar. Es ist still. Nur ein Auto habe ich vorhin gehört, also muss es tief in der Nacht sein.

Behutsam rieb er die Augen und starrte dann in die Dunkelheit. Schemen zeichneten sich ab. Er blickte auf etwas Schwarzes, aber seitlich davon schimmerte es hell. Eine Öffnung. Eine Tür? Der Kommissar konnte sich bewegen, er konnte nachdenken und er konnte wieder etwas sehen, das beruhigte ihn. Aber, wo befand er sich? Krampfhaft dachte er nach. Plötzlich fiel es ihm ein. Natürlich, dachte er, warum bin ich nicht gleich drauf gekommen. Die Taschenlampe an meinem Schlüsselanhänger. Eilig fuhr er sich in die Jackentasche und fand tatsächlich den Schlüssel. Er kramte ihn heraus und betätigte den Knopf an der Seite des schmalen Stabes. Ein dünner roter Laserstrahl leuchtete auf. Mist, dachte Dobermann. Der falsche Knopf. Seine Finger betasteten den Stab weiter, bis der den zweiten Knopf gefunden hatte, den er nach oben drückte. Der Taschenlampenkegel leuchtete auf grünlich gestrichene Holzbretter. Sie waren längs verschraubt mit dicken gelblichen Pfosten, die in der Erde steckten. Dobermann ließ das Licht nach unten gleiten. Rindenmulch lag überall herum. Rindenmulch und kleine Papierfetzen. Es könnten Bonbonpapiere sein, dachte der Kommissar. Bunt genug dazu waren sie auf alle Fälle. Dann traf der Taschenlampenschein auf eine Öffnung und verlor sich darin. Langsam richte er sich etwas auf und leuchtete weiter den Innenraum ab. Neben seinem rechten Fuß lag etwas. Dobermann beugte sich nach vorne. Er musste eine Dose sein. Seine Finger griffen danach, berührten sie und hoben sie auf. Es war eine Sprühdose. Der Kommissar drehte sie langsam und sein Herz begann wie wild zu schlagen. Plötzlich wusste er wieder, was in den vergangenen Tagen passiert war. Entgeistert blickte Dobermann auf die Dose, die er in seiner Hand hielt. Es war Kältespray. Der Kommissar sprang auf, wollte auf die Knie kommen, da stieß er mit solch einer Wucht an einem Holzbalken an, dass ihm schlecht vor Schmerzen wurde. Sein Körper kippte nach vorne und er fiel auf einen harten kalten Berg. Einen Berg, der in Stoff eingewickelt war. Ihn schauderte es. Wieder atmete Dobermann tief durch. Die Taschenlampe. Er hielt sie noch in der Hand. Langsam beleuchtete er das, worauf er gelegen hatte. Es war eine graue Jacke. Zwei Arme steckten darin, die Hände, die hervorlugten, waren weiß, nein, eher bläulich. Weiter oben musste der Kopf sein. Der Mensch, auf dem der Kommissar gelegen hatte, musste ein Gesicht haben. Dobermann bewegte den Lichtkegel weiter in die Richtung, wo er den Kopf vermutete. In dem Moment, als der Taschenlampenstrahl den offen stehenden Mund und die weit aufgerissenen Augen seines langjährigen Kollegen in ein gespenstisches Licht tauchten, drang ein nicht enden wollender Schrei aus seiner Kehle.

Von Panik getrieben wollte Dobermann flüchten. Er kam wieder auf die Knie und sah die Öffnung vor ihm als Rettung an. Er katapultierte seinen Körper nach vorne und überschätzte die Größe der Öffnung, prallte mit der Stirn gegen Holz und fiel ohnmächtig zurück auf den steifen Körper des alten Pathologen Wilhelm Muffinski.

Kapitel III

»Wer heute noch nicht verrückt ist, ist einfach nicht informiert.« *Gabriel Barylli*

»Die Optimisten sagen,
es wird schon alles gut gehen
und tun nichts.

Die Pessimisten sagen
Es wird ohnehin alles schlecht ausgehen
Und tun nichts.

Die Realisten sagen,
was zu tun ist, muss getan werden
und zerstören die Welt.«
Gerald Dunkl

1.

Konnte man mit offenen Augen schlafen? Dobermann dachte angestrengt nach. Manche Lebewesen waren dazu in der Lage, das wusste er. In seinem letzten Urlaub hatte er etwas darüber erfahren, als ihn endlich der Alltagsstress losließ und sich plötzlich das unangenehme Gefühl einer heranschleichenden Langeweile breit machte. In diesem Moment hatte Dobermann flugs ein Wissensmagazin geschnappt und von vorne bis hinten durchgelesen.

Im Tierreich sind es Fische, die tatsächlich mit offenen Augen schlafen. Stockenten, Seelöwen und Delfine schließen zum Schlafen nur ein Auge. Menschen dagegen müssen für einen gesunden Schlaf beide Augen geschlossen halten. Würden die Augen längere Zeit geöffnet bleiben, würden sie austrocknen.

Obwohl Benjamin dies alles bekannt war, stellte er sich von neuem die Frage, ob Menschen mit geöffneten Augen schlafen konnten. Dobermann glaubte, dass er es konnte. Sein Bewusstsein war vollkommen klar, aber er konnte die Bilder, die in ihn eindrangen, in keiner Weise mit dem in Verbindung bringen, was er als Realität einstufte.

Anscheinend lag er in einem Krankenzimmer. Sein Kopf war zur Seite gedreht. Er konnte einen grauen Vorhang erkennen, der den Blick nach draußen verdeckte, das Zimmer aber nur leicht abdunkelte. Etwa einen Meter davor stand ein weiteres Bett. Davor ein Rollwagen mit einem festgeschraubten Tablett, das über den Oberkörper eines Menschen ragte.

Dobermann war unfähig, sich zu bewegen. Es fühlte sich an, als sei er festgeschnallt. Nein, anders. Wäre er festgeschnallt gewesen, hätte er seine Muskeln anspannen können. Wie in einem schlechten Traum war er abgespalten von seinem Körper, unfähig zur Bewegung und unfähig zur Flucht.

»Herr Kriminaloberkommissar Dobermann, Sie auch hier? Welch ein Zufall. Oder ist es etwa das Schicksal, was uns verbindet?«

Dobermann wollte aufschrecken. Sein starrer Körper verhinderte das. Nur seine Augen sprangen wild hin und her.

»Wurde Ihnen auch klar, dass ein Weiterleben sinnlos ist? Haben sie ebenfalls versucht, sich vor einen LKW zu werfen und kläglich versagt? «

Im benachbarten Bett bewegte sich etwas. Aus dem weißen Laken schälte sich eine Person. Dobermann riss die Augen auf. Als ihm bewusst wurde, was er sah, wusste er nicht, was in diesem Moment schwerer wog, die Erkenntnis oder das Erschrecken darüber, dass er gemeinsam mit Alexander Weiß in einem Krankenzimmer lag.

»Ich sehe schon, auch Sie sind an diesem Leben gescheitert. Lange Zeit habe ich ebenfalls mit meinem Dasein gehadert. Ich beobachtete und analysierte die Welt und insbesondere die Menschen und fand heraus, dass dieser Homo Sapiens, der denkt, er sei die Krone der Schöpfung, immer nur das eine im Sinn hat: Die Zerstörung der Schöpfung.«

Das laute Lachen des Professors ließ Dobermann innerlich erschaudern. Der Professor blickte ihn direkt an, als er fortfuhr: »Früher hielt ich es mit Woody Allen, der gesagt haben soll: Ich hasse die Wirklichkeit, aber es ist der einzige Ort, wo man ein gutes Steak bekommt. Damals konnte ich darüber lachen. Doch dann wurde ich Vegetarier.«

Erneut lachte der Professor laut. Dobermann schloss die Augen. Der Professor lehnte sich in seinem Bett zurück, dessen Rückenlehne aufgestellt war. Einige Zeit schaute er verträumt vor sich hin, dann sagte er: »Na, Herr Kommissar, glauben Sie an das, was Ihnen vorgegaukelt wird? Glauben Sie daran, dass Sie in einem freien Land leben, einem Land in dem der Wille des Volkes herrscht, wo jeder Einzelne mitbestimmen kann, wie sich die Gesellschaft entwickelt? Glauben Sie an die europäische Wertegesellschaft? Na, sagen Sie schon, glauben Sie, dass wir wirklich mitfühlende Wesen sind, hier in Europa, diesem ach so fortschrittlichen Teil der Erde?«

Dobermann schloss die Augen und hoffte, das alles wäre lediglich ein Albtraum, aus dem er irgendwann aufwachen würde. Er hoffte umsonst. Vielmehr prasselten weiter die Worte dieses Verrückten auf ihn ein.

»Glauben Sie wirklich daran, dass Ihnen aus den Medien Wahrheiten mitgeteilt werden?« Die Stimme wurde immer lauter und klang verzerrt. Noch hielt Dobermann die Augen geschlossen.

»Glauben Sie an die Märchen, die Ihnen erzählt werden? Glauben Sie an einen übergeordneten Plan?«

Endlich schwieg der Professor. Keine weitere Frage explodierte in Dobermanns Kopf. Die kurze Zeit der Ruhe war allerdings trügerisch. Der Kommissar konnte sich nicht beruhigen. Irgendetwas zwang ihn, über die gestellten Fragen nachzudenken.

»Wenn Sie daran glauben, haben Sie sogar recht. Es gibt einen Plan. Es gibt tatsächlich Menschen, die alles bestimmen, einen Plan verfolgen und schon seit Jahren immer wieder zukunftsweisende Entscheidungen treffen. Dieser Plan verfolgt aber nicht das Interesse des Gemeinwohls. Es unterstützt lediglich die Interessen der Wenigen. Es sind die *Bilderberger*, die die Welt regieren. Eine Gruppe mächtiger Wirtschaftsbosse und Politiker. Es liegt nahe, dass die *Bilderberger* eine Weltdiktatur vorbereiten. Die Ölkrise von 1973, der Irak-Krieg, als auch die jüngste Wirtschafts- und Finanzkrise waren Werke der *Bilderberger*. Erst wollen sie die Welt an den Abgrund führen, um dann als Retter das Ruder zu übernehmen und neue gesellschaftliche Regel einzuführen.«

Mit aller Macht wollte Dobermann losbrüllen, aber der Schrei blieb ihm im Halse stecken. In seinem Mund verrutschte etwas und dann folgte ein lautes Piepen. Sekunden später öffnete eine Krankenschwester die Tür zum Krankenzimmer. Der diensthabende Arzt spurtete ebenfalls über den Gang. Beinahe rannte er Daniel Hartmann über den Haufen, der seinen Kollegen besuchen wollte. Hartmann war gut gelaunt. Er hatte in der vergangenen Nacht zum ersten Mal seit Tagen erholsam und tief geschlafen. Er führte es auf seine Erschöpfung zurück und auch auf seinen Kiefer. Die Wunde schmerzte kaum noch, und das Mittagessen hatte er genießen können. Er packte den Arm der Krankenschwester, die noch immer an der offenen Tür stand, um den Arzt vorbei zu lassen, und fragte : »Warum so eilig?«

Die Krankenschwester riss sich los, schaute Hartmann

an und schnauzte los: »Lassen Sie mich los, und wagen Sie nicht, mir zu folgen.«

Im nächsten Moment fiel die Tür zum Krankenzimmer krachend ins Schloss.

Verdutzt schaute Hartmann sich um. Sein Blick wurde gekreuzt von dem des Beamten, dessen Stuhl direkt neben der Krankenzimmertür stand. Mit einem lauten Patschen schlug er das Buch zu, in dem er gerade noch gelesen hatte.

»Na, Daniel«, begann der Beamte, »willste deinen Kollegen besuchen?«

»Sag mal, was ist denn hier los? Was ist mit Dobermann?«, erwiderte Hartmann.

»Ach, weißt du. Wenn man eine halbe Nacht und einen halben Tag auf diesem harten Stuhl verbringt und andauernd irgendwelche Lichter blinken und Menschen hin und her spurten sieht, gewöhnt man sich daran. Diese Halbgötter werden schon wissen, was zu tun ist.«

»Die im Präsidium haben anscheinend den richtigen gefunden für den Job der Kollegenbewachung. Ordentliches Sitzfleisch und ansonsten cool wie Eis«, bemerkte Hartmann.

Der Beamte auf dem Stuhl grunzte und verschränkte seine Arme vor dem dicken Bauch, dann sagte er: »Jeder muss die Aufgabe erfüllen, die ihm aufgetragen wird, und du solltest Dobermanns Unschuld beweisen. Wenn dir das gelingt, kann ich auch wieder sinnvolleren Arbeiten nachgehen. Also, ran an den Speck.«

Hartmann, drehte sich um und wollte an der Tür zum Krankenzimmer klopfen, als diese geöffnet wurde. Vor dem Kriminalkommissar stand der Arzt und lächelte ihn breit an. »Da haben Sie aber Glück gehabt«, sagte er. »Ihr Kollege hat sich entschieden, wieder an der realen Welt teil zu haben. Na, dann können Sie ihn ja verhören und seiner gerechten Strafe zuführen.«

Hartmann war erstaunt. »Was wollen Sie denn damit sagen?«, fragte er verblüfft.

»Wenn gelangweilte Staatsbedienstete andere Staatsbedienstete bewachen müssen, kann ich mir eins und eins zusammenzählen, oder? Also, tun Sie Ihre Pflicht.«

Ohne ein weiteres Wort eilte der Arzt davon. Hartmann schnaubte laut durch die Nase. Erneut wollte er sich auf dem Weg zu seinem Kollegen machen, als nun auch die Krankenschwester an ihm vorbeieilte.

Hartmann betrat nun endlich das Krankenzimmer. Schnell schloss er die Tür hinter sich und freute sich darüber, dass sein Kollege ihn gleich erkannte. Langsam versuchte Dobermann, sich etwas aufzurichten. Als er endlich in der richtigen Position saß, hob er kurz die Hand und lächelte.

»Hallo, altes Haus«, entfuhr es ihm krächzend, »was ist denn passiert?«

»Na, so lieb ich dich. Kaum von den Toten auferstanden, schon stellst du Fragen, die dir keiner beantworten kann.«

Verdutzt schaute sich der Kriminaloberkommissar um. »Bin ich etwa alleine in diesem schönen Zimmer?«

»Klar, was glaubst du denn? Du bist nicht nur allein, du steht sogar unter Bewachung. Aber warum fragst du?«

Dobermann starrte Hartmann mit großen Augen an. »Da steht ein leeres Bett«, begann er, »eben noch lag da Alexander Weiß, und jetzt ist er nicht mehr da. Was geht hier vor?«

Hartmann schnappte sich den Stuhl, der unter dem Fenster in der Nähe des kleinen viereckigen Tisches stand, und zog ihn neben das Bett seines Kollegen. Dann nahm er Platz und legte behutsam seine Hand auf Dobermanns Schulter. Der ließ sich entspannt nach hinten sinken und das Flackern in den Augen ließ etwas nach. »Ist okay, Benjamin, du hast ’ne Menge erlebt.

Jetzt erhol dich erst einmal und werde wieder fit. Wie fühlst du dich?«

Es schien, als habe Dobermann die Worte seines Kollegen nicht gehört. Sein Körper spannte sich an, als er fragte: »Wo ist Alexander Weiß? Eben noch lag er in dem Bett nebenan.«

Er rudert mit den Armen. »Alles um mich herum fühlt sich so komisch an. Was ist mit mir passiert? Daniel, hilf mir.«

»Beruhige dich!« Hartmann drückte Dobermann sanft in das Kissen zurück. »Alles wird gut, glaube mir. Du liegst in einem Aufwachzimmer. Du hast tief geschlafen.«

»Da, schau doch, Daniel. Da in diesem Bett ...« Dobermann deutete auf das leere Bett, das neben seinem stand. »Da lag eben noch der Professor. Ich bin doch nicht verrückt. Er erzählte mir, wie schlecht es um die Welt steht. Er sprach von der Verschwörung einer Gruppe, die sich *Bilderberger* nennt. Das kann ich mir doch nicht alles aus der Nase gezogen haben.«

Hartmann dachte nach. »Das ist interessant. Die *Bilderberger* gibt es wirklich«, sagte er langsam. »Gegründet wurde der geheime Zirkel 1954. Damals lud Prinzgemahl Bernhard von den Niederlanden mehr als sechzig mächtige Männer aus den USA und Europa ins Hotel de Bilderberg im holländischen Oosterbeck ein. Der Kreis sprach drei Tage über die Entwicklung der Welt. Sie benannten sich nach dem Namen ihres Tagungsortes Hotel gaben sich den Namen *Die Bilderberger*. Zu den Erstlingen gehörten Leute wie der Multimilliardär David Rockefeller, Paul Rykers, Vorstandschef von *Unilever*, Belgiens Ministerpräsident Paul van Zeeland, als auch der Hamburger Bürgermeister Max Brauer. Die *Bilderberger*-Gruppe wurde rasch zu einem Who is Who der Mächtigen und ist es bis heute. Jährlich treffen sich die Mitglieder aus Wirtschaft, Adel und Politik. Auch gewählte Volksvertreter werden eingeladen, und anscheinend werden bei diesen Treffen wichtige politische Weichenstellungen vorgenommen. Man geht davon aus, dass die Deutsche Wiedervereinigung von den *Bilderbergern* vorbereitet worden ist, dass die Einführung des Euro hier besprochen und beschlossen wurde. Aber ob man daraus eine Verschwörungstheorie entwickeln kann, weiß ich nicht. Das ist mir irgendwie zu weit hergeholt.«

Eine kurze Zeit der Stille kehrte ein.

»Aber woher weißt du von den *Bilderbergern*?«, wollte Hartmann wissen. »Ich habe erst in den letzten Tagen im Sprechzimmer beim Zahnarzt in einem Magazin darüber gelesen.«

Dobermanns Gesichtsfarbe war noch etwas bleicher geworden. Sein Mund stand halb offen und er musste zweimal schlucken, bis er etwas sagen konnte. »Das hat mir vor ein paar Minuten der Professor erzählt.«

Der Kriminaloberkommissar hob mit großer Anstrengung den rechten Arm und deutete mit zittrigem Zeigefinger auf das Nachbarbett.

»Da lag aber niemand, ganz gewiss nicht. Du liegst allein in diesem Intensivzimmer und hast bis vor Kurzem tief geschlafen. Hast du nicht bemerkt, dass der Arzt bei dir war?«

»Ich weiß nicht genau, was gewesen ist«, gab der Kriminaloberkommissar kleinlaut zu. »Ich weiß kaum noch, was real ist und was ich träume. Erzähl mir, was passiert ist.«

Hartmann atmete tief durch. »Ist dir eigentlich bewusst, dass Muffinski tot ist?« Er erschrak selbst über die Frage, die er eben gerade gestellt hatte, und empfand plötzlich so etwas wie ein schlechtes Gewissen. Aber jetzt war es zu spät.

Dobermann riss die Augen auf, schnappte nach Luft. »Muffinski ist tot? Wie ist das passiert?«

Seine Menschenkenntnis sagte Hartmann, dass Dobermann tatsächlich erschrocken war. Das konnte nicht gespielt sein. Hartmann war sich vollkommen sicher, dass sein Kollege nichts mit dem Mord an Muffinski zu tun hatte, obwohl so viele Indizien dagegen sprachen. Ohne Rücksicht auf Dobermanns Zustand wollte er die Verdachtsmomente jetzt und hier mit ihm besprechen. Er brauchte Antworten und wollte herausfinden, was Benjamin wusste.

»Wir haben dich am Mittwoch früh auf dem Spielplatz am Orangeriegarten gefunden. Du warst nicht bei Bewusstsein. Die Ärzte hier im Klinikum diagnostizierten ein Schädel-Hirn-Trauma. Nach der riesigen Beule an deinem Kopf zu urteilen, musst du dich ziemlich angebumst haben. Die Ärzte machten sich ganz schön Sorgen. Sie versetzten dich in ein künstliches Koma. Aber da war noch eine andere Sache.«

Dobermann spürte Unheil aber auch Besorgnis in Hartmanns Stimme mitschwingen.

»Was für eine Sache? Daniel, lass mich nicht so zappeln.«

»Du lagst auf der Leiche des Pathologen. So hat man dich gefunden. Muffinski wurde obduziert und es ist klar, auch er wurde mit Kältespray erstickt. Die Spusi fand am Tatort eine Dose. Deine Fingerabdrücke sind darauf sichergestellt worden.«

Dobermann schwieg. Sein Blick verlor sich in einem imaginären Punkt, der sich irgendwo an der Decke des Krankenzimmers befinden musste. In seiner Halsschlagader pulsierte das Blut. Solange er Ermittler war, war er auf Verbrecherjagd gewesen. Jetzt plötzlich war alles anders. Er schien der Gejagte zu sein.

»Wo habt ihr mich gefunden?«, wollte er wissen.

»Du kennst doch den kleinen Spielplatz in der Orangerie gegenüber dem italienischen Restaurant.«

»Ja, kenne ich.«

»Auf dem Spielplatz steht mitten in einem Rindenmulchbecken ein Holzhaus. Darin haben wir dich gefunden.«

Benjamin zuckte zusammen. Bei dem Wort Rindenmulch hatte er plötzlich ein Bild vor Augen. Er sah eine Hand, wie sie nach ein paar Holzfitzelchen grapschte und spürte eine innere Kälte, die ihn auch jetzt wieder erschaudern ließ.

»Was hast du?«, fragte Hartmann, der jede Reaktion seines Kollegen genau beobachtete.

»Ach, nichts. Mir ist es nur kalt den Rücken runter gelaufen. Wer hat mich eigentlich gefunden?«

»Gute Frage, Kollege.« Hartmann war froh, endlich analytisch an den Fall herangehen zu können. »Mittwoch früh, so gegen 4:30 Uhr, rief ein Mann bei der Leitstelle an und meldete zwei leblose Körper auf dem Spielplatz an der Orangerie. Erst klang er sturzbetrunken und erzählte, er wäre ein Obdachloser, der auf der Suche nach einem Schlafplatz sei, dann aber schien er gar nicht mehr betrunken zu sein. Er wirkte eher aufgeregt und etwas verwirrt. Außerdem schien er seine Stimme verstellt zu haben. Sie klang verzerrt und blechern. Wir haben sie auf Band. Du kannst sie dir gerne anhören. Der Anrufer wollte partout anonym bleiben. Als die Leitstelle ihn nach seinem Namen fragte, legt er auf. Wir konnten nicht herausfinden, woher der Anruf kam. Die Nummernübermittlung war unterdrückt und das Telefonat zu kurz, um den Anruf zurückverfolgen zu können.«

Nachdenklich rieb sich Dobermann den Kopf, in dem es zu klopfen begonnen hatte. Der Schmerz hatte sich wieder herangeschlichen und verstärkte sich jetzt sekündlich.

»Hast du vielleicht eine Kopfschmerztablette für mich?«

»Oh, da kannst du Glück haben. Warte mal.«

Geschäftig kramte Hartmann in seiner Jackentasche und zog eine halb volle Packung Paracetamol hervor.

»Hier, hat mir gut gegen die Zahnschmerzen geholfen.«

Dobermann löste gleich zwei Tabletten aus der Plastikummantelung, warf sie sich in den Mund und würgte sie hinunter.

»Willst du nicht ein Glas Wasser dazu trinken?«

»Lass gut sein«, antwortete Dobermann. »Ich würde gerne die Aufnahme mit der Stimme hören.«

»Hast du einen Verdacht, wer das gewesen sein könnte?«

»Nein, nicht so direkt. Aber wäre es möglich, dass du mir das Telefonat vorspielst?«

»Grundsätzlich schon, ich muss dir allerdings noch ein paar Dinge mitteilen. Seit gestern ist endlich eine Soko eingerichtet. Die besteht aus vier Leuten, aber immerhin. Jetzt wird ermittelt. Wie du dir aber denken kannst, gibt es auch einige, die dich als Tatverdächtigen sehen wollen.«

»Habe ich mir schon gedacht, dass es auch in diese Richtung geht. Kann ich denen nicht krumm nehmen. Zurzeit sprechen schon ein paar Dinge gegen mich«, erwiderte Dobermann resigniert und lies sich auf das dicke weiße Kissen zurückfallen.

»Immerhin habe ich erreicht, dass du ab heute Nachmittag nicht mehr bewacht wirst. Der Kollege vor deinem Krankenzimmer wird wohl in ein paar Stunden abgezogen. Die Staatsanwältin hat alles Notwendige in die Wege geleitet.«

»Was? Ich werde bewacht!«, entrüstete sich Dobermann. Er richtete sich auf. Diese schnelle Bewegung wurde aber mit einem solchen Schmerz quittiert, dass sein Körper gleich wieder in das Kissen zurückfiel.

»Na, ja«, begann Hartmann zögernd, »da sind noch die zerbrochenen Büroklammern an beiden Tatorten, und auf einem der beiden Rotweingläser, die die Spusi in der Wohnung von Saskia Weiß gefunden hat, befinden sich deine Fingerabdrücke. Um sicher zu gehen, hat die Staatsanwaltschaft eine DNA-Analyse mit Speichelresten auf dem Glas angeordnet. Die DNA ist mit deiner identisch. Spannend in diesem Zusammenhang ist allerdings, dass auf dem anderen Glas keine Speichelreste gefunden wurden. Entweder hat aus diesem Glas niemand getrunken, oder der Rand wurde gesäubert.«

»Und wie soll es jetzt weitergehen?« fragte Dobermann leise und rieb sich wieder den Kopf.

»Na, du bist erst einmal außer Gefecht. Zum einen solltest du wieder fit werden, und zum anderen bist du zurzeit vom Dienst suspendiert.«

»Hab ich mir gedacht«, erwiderte Dobermann, »aber ich wollte eigentlich wissen, was ihr nun vorhabt.«

»Sieh es mal so«, sagte Hartmann. »Wir ermitteln in alle Richtungen.«

»Na, dann ist ja gut«, sagte Dobermann lakonisch, aber es klang auch irgendwie erleichtert.

»Wie hast du es eigentlich geschafft, dass mich die Staatsanwältin von der Leine gelassen hat?«, wollte er dann wissen.

»Ach, das ist eine ganz eigene Geschichte«, lachte Hartmann. Die erzähle ich dir, wenn wir den Fall gelöst haben und ich dich in das teure italienische Restaurant in der ehrwürdigen Orangerie einladen werde. Aber jetzt etwas ganz anderes. Kannst du dich noch an Dienstagnachmittag erinnern? Ich weiß, du hast einen alten Schulfreund in der Straßenbahn getroffen und bist bis zum *Café Godot* mitgefahren. Auf welcher Spur warst du? Kannst du mir sagen, was an diesem Tag geschehen ist?«

Dobermann überlegte lange. Er ließ seinen Blick über die Decke des Krankenzimmers gleiten.

»Ich war im *Café Godot*. Das weiß ich. Diesen gepiercten Möchtegern-Coolen werde ich wohl nicht mehr vergessen«, begann Dobermann zögernd. »Dann habe ich telefoniert, glaube ich.«

Der Kommissar überlegte lange, bis er weiterredete. Es schien ihn anzustrengen. Dann endlich sagte er: »Frag mich aber nicht, mit wem ich telefoniert habe.«

Nach einer kurzen Pause fügte er hinzu: »Das kann man aber herausfinden. Mein Handy muss ja irgendwo sein. Die Anrufe sind gespeichert.«

Wieder entstand eine Pause. Dobermann stierte die Decke an. Dann flüsterte er leise mit einem flehenden Unterton in der Stimme: »Danach verschwindet alles in Nebel. Ich bin, glaube ich, ein Stück gelaufen. Ja, ich bin gelaufen in Richtung der Orangerie. Irgendetwas hat mich dort neugierig gemacht. Das Gefühl spüre ich noch. Ich war neugierig und aufgeregt. Ich habe etwas gesehen. Ja, ich habe etwas gesehen, aber was war das? Verdammter Mist, ich kann mich nicht erinnern.« Er richtete sich auf. Sein Körper war angespannt, die Augen weit aufgerissen.

»Ich weiß nicht mehr, was ich gesehen habe. Da ist nur noch Nebel in meinem Kopf. Verdammter Mist.«

Tränen quollen aus seinen Augen. Hartmann stand von seinen Stuhl auf, setzte sich neben seinen Kollegen auf das Bett und legte ihm den Arm auf die Schulter. »Beruhige dich, Benjamin. Alles wird gut. Du musst dich noch ein wenig ausruhen. Dann kommt auch die Erinnerung wieder zurück.«

Die Nähe tat Dobermann gut. Langsam spürte er, wie es in ihm etwas ruhiger wurde. Plötzlich ließ er seinen Kopf auf Hartmanns Brust sinken und weinte heftig. Die Zeit verging. Hartmann war erleichtert, als sich Dobermann plötzlich von ihm löste, die Tränen abwischte und fragte: »Wo befindet sich dieser Professor Weiß jetzt, und wie geht es ihm?«

»Weiß liegt ebenfalls hier im Klinikum, allerdings auf einer anderen Station. Er hatte sich bei seinem Sprung von der Brücke die Hüfte gebrochen und wird wohl noch einige Tage hier bleiben müssen bis er in die Reha gehen kann. Ich glaube aber, der Professor hat nichts mit Saskias Tod zu tun. Er ist zwar ziemlich abgedreht, aber einen Mord traue ich ihm nicht zu. Ich kann auch kein Motiv erkennen.«

»Da hast du wohl recht«, erwiderte Dobermann, »abgedreht ist der wirklich.«

Hartmann musste lachen, als er an das Gespräch mit dem Klimaforscher dachte. Allerdings konnte er es sich nicht verkneifen zu sagen: »Na ja, ganz und gar Unrecht hat er nicht mit dem, was er sagt. Aber ich halte ihn eher für autoaggressiv als in der Lage, anderen Menschen etwas zu Leide zu tun. Zumal er Saskia Weiß geliebt hat.«

»Man kann in keinen Menschen hineinschauen«, sinnierte der Kriminaloberkommissar. »Aber wer könnte sonst hinter den Morden stecken, und warum dieses verdammte Kältespray?«

»Benjamin, wir stellen uns noch ganz andere Fragen.«

Aus seinem Gedanken herausgerissen, sah Dobermann seinen Kollegen an: »Welche Fragen meinst du?«

»Na, wie du in den Fall verwickelt bist. Was den Mörder antreibt, dich mit all dem in Verbindung zu bringen. Immerhin gibt es jetzt schon drei Tote innerhalb einer knappen Woche. Und an allen Tatorten finden wir Hinweise, die auf dich hindeuten.«

Dobermann rutschte unruhig in seinem Bett hin und her. »Dann müsste der Mörder aus meinem Umkreis kommen. Ich müsste ihn kennen. Das ist doch immerhin ein Ansatz.«

»Na, jetzt mal nicht gar so schnell«, erwiderte Hartmann. »Es könnte ja immerhin sein, dass sich die Spurensicherung getäuscht hat und sich dein Material gar nicht an den Tatorten befindet. Ich kenne da Fälle wie zum Beispiel den Fall Brandon Mayfield, der angeblich einen Anschlag auf vier Züge in Madrid verübt haben sollte. Dumm, dass er ein ehemaliger Leutnant und zum muslimischen Glauben konvertiert war. Dumm, dass am Tatort viele Fingerabdrücke gefunden wurden, die in 15 Punkten mit seinen übereinstimmten. Zwölf Übereinstimmungen reichen üblicherweise aus, um einen Täter zu überführen. Dumm nur, dass Mayfield nach längerer Haft wieder entlassen werden musste, da seine Unschuld nach genauer Recherche eindeutig feststand. Bei einem anderen Verdächtigen stimmten 21 Merkmale der Fingerabdrücke mit den Gefundenen überein.«

»Es ist nett von dir, dass du mir glaubst. Ich habe wirklich nichts mit der Sache zu tun«, erwiderte Dobermann mit einem schiefen Lächeln, »du hast gut aufgepasst in den Vorlesungen der Gerichtsmedizin. Aber kennst du auch den Fall von Eden Alwood?«

Hartmann musste passen. Missmutig schüttelte er den Kopf. Diese Geste veranlasste Dobermann, weiterzureden: »Sie hätte das perfekte Verbrechen verüben können. Sie hätte jemanden ermorden und Spuren hinterlassen können und wäre doch niemals gefasst worden. Ein Test ihrer Haare, Haarpartikel oder ihres Blutes hätte ergeben, dass ihre DNA ein X- und ein Y-Chromosom enthält. Jeder Kriminalist hätte einen Mann als Mörder gesucht. In Wirklichkeit ist Eden Atwood aber eine Frau. Sie ist eine von 30.000 Frauen weltweit, die als Fötus an einer bestimmten Krankheit litten. Diese bewirkt, dass sich ein eigentlich männlicher Fötus zu einer Frau entwickelt.«

»Na prima«, sagte Hartmann ironisch, »dann wissen wir ja, dass du es doch warst. Oder bist du in Wirklichkeit eine Frau?«

»Nee, bin ich nicht. Das weiß ich genau«, erwiderte Dobermann und war froh über den verbalen Schlagabtausch mit seinem Kollegen. »Aber ich glaube nicht, dass sich die Spusi vertan hat. Da vertraue ich auf unseren Karl. Die Wahrscheinlichkeit, dass er sich sowohl bei der DNA als auch bei den Fingerabdrücken getäuscht hat, ist sehr gering. Außerdem müsst ich dann unglücklich gestolpert sein, als ich den toten Muffinski gefunden habe. Ich müsste gleichzeitig mit meiner Hand auf die Dose Kältespray und mit meinem Kopf irgendwo so stark an irgendwas geknallt sein, um mich dann in voller Ohnmacht auf dem alten Pathologen auszuruhen. Und vor allem müsste ich mich an irgendetwas erinnern können. Ach, dabei fällt mir ein, wurde eigentlich mein Blut untersucht?«

»Wie kommst du denn da jetzt drauf?«, wollte Hartmann überrascht wissen.

»Na, vielleicht befinden sich darin Reste von irgendwelchen K-O-Tropfen oder etwas Ähnliches.«

Hartmann kramte in seiner Tasche herum und holte einen Zettel und einen Stift heraus: »Gute Idee, ich mache mir gleich eine Notiz und muss eingestehen, dass du schon wieder fast der Alte bist.«

»Das will ich doch hoffen. Außerdem wirken die Tabletten. Ich kann wieder klarer denken. Hast du eigentlich mit dem Arzt gesprochen und erfahren, wann ich entlassen werde? Ich bin zwar vom Dienst suspendiert, kann aber auch in meiner Freizeit recherchieren. Wäre vielleicht gar nicht so schlecht, oder?«

Hartmann grinste, wurde aber sogleich wieder ernst, als er aufstand. Dobermann konnte Besorgnis in seiner Stimme mitschwingen hören, als er sagte: »Ruh dich bitte noch ein paar Tage aus. Mit einem Schädel-Hirn-Trauma sollte man nicht spaßen.«

Das überzeugte den Kriminaloberkommissar, der realistisch genug war, um die begrenzte Wirkung der Schmerzmittel einschätzen zu können. Mit einem Seufzer ließ er sich zurück in das Kissen fallen.

»Kannst du mir einen Gefallen tun?«, fragte er.

»Gerne, was denn?«

»Hol bitte mein Handy aus meiner Jacke. Ich will noch schnell was nachschauen.«

Als Hartmann nicht gleich reagierte, fragte er: »Ist es etwa schon beschlagnahmt worden?«

»Karl hat es in seine Obhut genommen. Ich denke, er hat schon herausgefunden, mit wem du telefoniert hast. Ich werde ihn fragen und dir Bescheid geben. Ich werde veranlassen, dass du ein Festnetztelefon bekommst.«

»Danke, altes Haus, aber ich werde mich jetzt erst einmal ein wenig ausruhen. Ist ganz schön anstrengend mit dir.«

Hartmann lachte. »Und du hast genug von meiner wertvollen Zeit vergeudet. Da draußen läuft ein Mörder rum, und den muss ich wohl oder übel fangen, um dich zu rehabilitieren.«

»Mann, kannst du charmant sein«, sagte Dobermann und schnappte die Hand, die ihm entgegen gestreckt wurde. »Wann wirst du wiederkommen?«

»Tja, Benjamin. Ich weiß nicht so genau, was unsere Soko alles geplant hat und wann ich wieder abkömmlich sein werde, aber ich denke, dass ich dich morgen im Lauf des Tages besuchen kann. Dann bringe ich dir auch die Aufnahme mit und kann dir sagen, wer dich angerufen hat.«

»Okay«, erwiderte Dobermann und ließ die Hand seines Kollegen los. »Ach, zwei Dinge interessieren mich noch.«

Hartmann wusste, dass die Verabschiedungszeremonie wohl noch etwas dauern würde. »Welche?«

»Kannst du mir den Namen nennen, den sich die Soko gegeben hat? Immerhin hätte ich ja der Leitwolf sein sollen.«

»Ich habe mich für *weißkalt* entschieden«, antwortete Hartmann. »Das fand ich irgendwie passend.«

Dobermann erwiderte lakonisch: »Immerhin besser als Maiglöckchen.«

Hartmann musste schon wieder lachen. »Und deine zweite Frage?«

»Weiß mein Vater, was passiert ist?«

»Klar doch. Wir haben schon ein paar Mal über dich gesprochen. Außerdem ist er ja dicke mit dem Polizeipräsidenten Löwental. Es hat mich doch verblüfft, was so ein pensionierter Polizeibeamter alles in Erfahrung bringen kann.«

»Und?«, drang es kleinlaut aus Dobermanns Mund, »wie äußert sich mein alter Herr zu den Indizien?«

»Da musst du dir keine Gedanken machen. Dein Vater steht hinter dir. Der weiß, dass er keinen Mörder großgezogen hat. Ich denke, er wird dich bald besuchen.« Hartmann nickte Dobermann aufmunternd zu. »So, jetzt aber tschüß, und erhol dich gut. Ich komme wieder, keine Frage.«

»Wenn das keine Drohung sein soll«, erwiderte Dobermann und winkte seinem Kollegen nach. Dann war er alleine mit seinen Gedanken. Die Kopfschmerzen kamen zurück. Lange versuchte er, klare Gedanken zu fassen, seinen inneren Nebel zu durchdringen. Je mehr er es versuchte, desto stärker wurden allerdings die Schmerzen. Schließlich gab er es auf und stierte einfach nur in die Luft. Da geschah es. Plötzlich lichtete sich der Nebel. Ein Bild entstand, und der Kommissar wusste, wen er am Eingang der Orangerie gesehen hatte. Und im nächsten Augenblick wusste er auch, was er tun musste.

Du guckst mich an, und ich geh mit,
Und der ist ewig, dieser Augenblick.
Da scheint die Sonne, da lacht das Leben,
Da geht mein Herz auf, ich will's dir geben.
ich will dich tragen, ich will dich lieben,
Denn die Liebe ist geblieben.
Hat nicht gefragt, ist einfach da,
Weglaufen geht nicht, das ist mir klar.
»Liebe ist«, Nena

»Die Frau ist eine raffinierte Mischung aus Brandstifter und Feuerwehr.« *Marcel Aymé*

2.

»Fang mich, komm fang mich«, lachte Julia und stürmte auf das Baumhaus zu.

»Halt, warte. Das ist verboten. Hast du nicht das Warnschild gesehen?«

»Papperlapapp«, erwiderte die Rothaarige und stürmte weiter die schräge Holzrampe nach oben. Im nächsten Moment hatte sie den Eisenzaun überstiegen, das Verbotsschild abgerissen und wie eine Frisbee-Scheibe fortgeschleudert.

»Hey«, schrie ihr Begleiter, der sich ducken musste, um dem Schild auszuweichen.

Julia lachte wie eine Teenagerin, die zum ersten Mal geküsst werden wollte, und kletterte weiter. Das Baumhaus stand mitten auf einer riesigen mit Rindenmulch gefüllten Fläche in der Nähe eines kleinen Wäldchens. Vor drei Jahren hatte die Arbeiterwohlfahrt dieses ehrgeizige Projekt konzipiert und umgesetzt. Vierzig Baumstämme unterschiedlicher Stärke wurden im Boden verankert, und sieben Plattformen in verschiedenen Höhen darauf gebaut. Mit diesem spektakulären Spiel- und Klettergerät konnten fünfzig Kinder und Jugendliche im Rahmen der Ferienspiele 2007 zwei Wochen lang wie die Romanfigur Cosima auf den Bäumen leben. Es war ein voller Erfolg, und danach wurden die Holzplattformen für die Öffentlichkeit freigegeben. Mittlerweile hatte der Zahn der Zeit an der Konstruktion genagt, und das Spielgerät war von amtlicher Seite aus gesperrt worden.

Julia hatte die erste Plattform erreicht und schwang sich auf die Brücke, die zur nächsten Holzebene führte. Kokett warf sie ihren Kopf nach hinten und rief: »Na, du Weichei. Muss ich noch lange auf dich warten?«

Zähneknirschend schaute sich ihr Liebhaber um. Er lief los und rief: »Okay, ich komme. Warte einen Moment.«

Julia wartete nicht. Umständlich machte sich der Schlaksige mit den dünnen langen Haaren auf den Weg. Er passte von seinem äußeren Erscheinungsbild so gar nicht zu der gepflegt wirkenden und gut aussehenden Frau, die sich auf dem Holzgebilde grazil wie eine Bergziege bewegte. Das Einzige, womit ihr Liebhaber glänzen konnte, war der schlanke und athletisch wirkende Körperbau, auf den er auch sehr stolz war. Er hielt ihn mit langen Läufen fit. So hatte er zwar eine gute Ausdauer, aber es fehlte ihm an Körperkoordination. So flink Julia über die Absperrung gestiegen war, so langsam und schwerfällig gelang es ihm. Den rechten Fuß hatte er schon über den Zaun gehievt, und er versuchte, festen Grund zu erreichen. Das linke Bein hing noch über den Drahtspitzen. Die alte graue Jogginghose kämpfte mit dem Eisen und verlor. Der Baumwollstoff bekam erst ein Loch, dann riss er. Dem Schmerz, als die Eisenspitze auch in das Fleisch darunter eindrang, folgte ein leiser Fluch. Der junge Mann befreite sein Bein, und es gelang ihm tatsächlich, den Zaun zu übersteigen. In Schweiß gebadet verfolgte er Julia, die nun schon auf der nächsten Plattform stand, von der aus ein Aussichtspunkt über eine schmale Holzleiter zu erreichen war.

»Warte«, rief Julias Verfolger, aber die Rothaarige

hörte nicht darauf und stieg die morsche Leiter weitere drei Meter nach oben. Dort angelangt setzte sie sich und ließ ihre Beine an der Leiter herunterbaumeln. Kurz nur streifte ihr Blick über die weitläufige Wiesenfläche jenseits des Weges, der den Bürgerpark durchschnitt und zum Bayrischen Biergarten hin führte. Dahinter, in einiger Entfernung, lag die Zweizimmerwohnung ihrer Schwester, die nun wieder neu vermietet werden musste. Ein Lächeln umspielte Julias Mund.

Atemlos hatte der Langhaarige die letzte Plattform erreicht und sah ängstlich die Leiter hinauf. »Du weißt, dass ich Höhenangst habe.«

»Ach?«, erwiderte Julia. »Ich weiß zwar von deiner Angst, aber ich akzeptiere sie nicht. Ich will, dass du dich neben mich setzt und die Aussicht genießt.«

Langsam ließ sie ihre baumelnden Beine auseinander gleiten. Mehr Anreize benötigte der Schlabberhosenträger nicht, um alle Bedenken über Bord zu werfen. Der junge Mann machte sich an den Aufstieg. Stufe für Stufe, ganz vorsichtig. Auf halber Höhe fing er sich einen Holzsplitter ein, der sich tief in seine Handfläche bohrte. Er winselte nur kurz. Julia beäugte angewidert das Schauspiel, lächelte aber immer dann, wenn ihr Liebhaber zu ihr nach oben schaute.

Irgendwann hatte er es geschafft. Schwer atmend setzte er sich neben Julia und versuchte, den Holzsplitter aus seiner Handfläche zu pulen

Julia indes griff in ihre Handtasche und holte einen Flakon heraus. Im nächsten Moment sprühte sie ihr Gegenüber an und kommentierte: »Damit du riechst, wie ein zivilisierter Mensch und nicht mehr so, wie ein verängstigter Bulle.«

Der Mann sagte nichts. Mittlerweile hatten sich dicke Schweißperlen auf seiner Stirn gebildet, und hinter den Ohren lief ein schmales Rinnsal hin zu seinem Hals.

»Weißt du«, begann Julia und baumelte wieder intensiver mit den Beinen. »Weißt du, eigentlich bin ich ganz zufrieden mit dir.«

Langsam beruhigte sich der Schlaksige. Doch plötzlich begann Julia, ihren Körper intensiv nach vorne und hinten zu bewegen. Die Aussichtsplattform geriet ins Wanken. Der ängstliche Mann brauchte eine Zeitlang, um die Schockstarre zu überwinden, dann aber schrie er so laut, dass Julia abrupt mit der Bewegung aufhörte und ihren Liebhaber verwundert anschaute. Die Aussichtsplattform beruhigte sich und mit ihr irgendwann auch der schwitzende Mann.

»Bleib ganz ruhig sitzen«, sagte er endlich leise.

Julia gehorchte, obwohl es nicht ihre Art war. Dann spann sie den Faden weiter, den sie gerade ausgelegt hatte: »Du bist schon ein toller Typ und so gelehrig.«

Ihre Begleitung war überrascht, nun plötzlich wieder gelobt zu werden, aber er genoss es. Als Julia dann noch ihre Hand auf seinen Oberschenkel legte und er die Wärme durch den Stoff der Hose spüren konnte, entspannte er sich langsam. Seine Gedanken ließen ab von der Angst und schwangen hinüber zu anderen Dingen, wohltuenden und erregenden.

»Du warst mir eine große Hilfe, als wir diesem Schlaumeier Dobermann eine Falle stellten. Ja, du warst mir eine große Hilfe, und ich habe dich dafür belohnt.«

Der Schlaksige grinste wohlig, als er an die Belohnung dachte. Dafür hatte es sich gelohnt, obwohl er zum Glück nicht dabei sein musste, als ein anderer den Kommissar mit einem Baseballschläger vor die Schienbeine schlug, um ihm dann mit einem gezielten Schlag auf den Kopf das Bewusstsein zu nehmen. Er war erst später dazu gerufen worden, als Dobermann gut verschnürt in einem Kellerraum kauerte und sich nicht wehren konnte. Aber er musste mit anzusehen, wie Julia diesem Mann, über den sie so abfällig geredet hatte, eine Spritze verpasste. Später in der Nacht hatten sie den schweren

Körper in eine Schubkarre gehievt. Er hatte mitgemacht, um dieser Frau zu gefallen. Er wusste auch, was Julia sonst noch getan hatte. An seinen Fingern klebte Blut. Er wusste, Dobermann war nicht der Einzige, den er auf dem Gewissen hatte. Immer wieder hatte er getan, was von ihm verlangt worden war, ohne auch nur einmal über die Konsequenzen nachzudenken. Immer wieder wurde er dafür belohnt. War er deswegen ein schlechter Mensch? Nein, er war kein schlechter Mensch. Er hatte nur getan, was von ihm verlangt worden war, und er hatte es aus Liebe getan.

»Woher kam eigentlich der tote dicke Mann, auf dem wir den Kommissar abgelegt haben?«

Die Frage brach so plötzlich aus ihm heraus, dass er sich vorher nicht überlegt hatte, wie sie auf Julia wirken würde. Normalerweise überlegte er immer, was er ihr sagte, denn er wusste, wie leicht er sie verärgern konnte. Als er die Worte ausgesprochen hatte, wusste er, er hatte einen Fehler begangen. Erst zog Julia ihre Hand zurück, dann schwieg sie eine ganze Weile. Schließlich lachte sie heiser. »Weißt du, das war ein Pathologe. Er sollte herausfinden, wer meiner Schwester das Kältespray in den Rachen gesprüht hat. Leider war sie schon ohnmächtig, nachdem du sie mit ihrem schönen Hinterkopf an den Schrank geschleudert hattest. Du erinnerst dich?«

Der Schlaksige schluckte.

»Und da konnte ich doch nicht zulassen, dass dieser Mitarbeiter der Gerichtsmedizin auf deine Spur kommt. Zum Glück wusste ich, dass er manchmal eine Auszeit von dieser schnöden Welt nimmt. Er quartierte sich dann in einer billigen Frankfurter Absteige ein und ließ seine Lungen mit Cannabisdampf fluten.«

Ein kurzes Lachen durchzuckte Julia als sie daran dachte, in welchem Augenblick ihr damaliger Geliebter von den Eigenarten des Dr. Wilhelm Muffinski berichtet hatte. Solch ein Wissen war bei ihr immer gut aufgehoben. Sie wusste genau, wann sie es wieder herauskramen und nutzen konnte. »Ja, ich besuchte den Pathologen in seinem Hotelzimmer. Erst war er überrascht über meinen Besuch, dann hoch erfreut. Leicht konnte ich ihn um meinen Finger wickeln.«

Der Mann spürte einen brennenden Schmerz in seinem Herzen. Eifersucht kann auch körperliche Schmerzen bereiten. Er kniff den Mund zusammen, und seine rechten Hand verkrampfte sich wieder an dem Geländer.

»In der Tiefgarage des Hotels stieg er dann bereitwillig in den Kofferraum meines Autos. Erst war ich schon ein wenig verblüfft.« Julia lachte wieder. »Aber ich nutzte die Gelegenheit und sprühte ihm das Kältespray in den Rachen. Er konnte sich nur mäßig wehren.« Julia schwieg einen kurzen Moment. »Es war phänomenal. Es ist wirklich unvorstellbar geil, diese Macht zu spüren, wenn man das Lebenslicht eines Menschen ausbläst. Du musst das Gefühl kennen. Da hast du mir ja einiges voraus.«

Unweigerlich glitten die Gedanken des Langhaarigen zu jener Nacht, als er auf dem Oberkörper eines Obdachlosen gesessen und unter Tränen Kältespray in dessen Rachen entleert hatte. Immer wieder wurde er in Albträumen von diesen Bildern verfolgt.

Im nächsten Moment spürte er Julias Hand auf seinem Oberschenkel. »Nett von dir, dass du spät in der Nacht auf meinen Anruf reagiert hast, nach Frankfurt gekommen bist, um mein Auto nach Darmstadt zu fahren und, dass du den Toten aus dem Kofferraum gehievt hast. Ich allein hätte das nie geschafft und auch aus taktischen Gründen niemals gemacht.«

»Aus taktischen Gründen?«, fragte der Mann, obwohl er die Antwort schon zu kennen glaubte. Mittlerweile begann er zu verstehen, wie Julia dachte. Dennoch war er überrascht, als die Rothaarige prustete: »Tja, so sind deine Fingerabdrücke und DNA-Spuren in meinem Wagen, und wir werden immer mehr zu einem Dream-Team, das man nicht entzweien sollte.«

Der Langhaarige schluckte schwer. Die Wut, die in ihm aufgestiegen war, verflüchtigte sich so schnell wie Julias Berührung auf ihn wirkte. Er spürte ihre Hand nach oben wandern und wie sich ihre Finger in sein Fleisch bohrten.

»Hast du schon einmal daran gedacht, unsere Beziehung zu beenden?«

»Nein, wie kommst du denn darauf«, erwiderte der junge Mann und riss die Augen auf.

»Na, dann ist ja alles gut«, sagte Julia ruhig und zog die Hand zurück. Genüsslich stützte sich mit beiden Armen hinter dem Rücken ab, streckte die Brust vor und schüttelte den Kopf, so dass die rot glänzenden Haare ihren Nacken und die Schultern umspielten. Sie genoss den Augenblick. Die Sonne hatte noch immer genügend Kraft, dass sie angenehm wärmte, und auch das sanfte Lüftchen, das sie umwehte, lies noch nicht den kalendarischen Herbst erahnen. Neben ihr kauerte der junge Mann mit gesenktem Blick, festgeklammert am Holzgeländer und schwitzte, während Julia sich in keiner Weise um dessen Befinden kümmerte, sondern genüsslich ihren Gedanken nachging. Sie lächelte, und ihr Hochgefühl gipfelte darin, dass sie sich von der Aussichtsplattform abstieß und die knapp drei Meter nach unten auf das Holzpodest sprang. Weich und katzengleich federte sie den Sprung ab, indem sie geschmeidig in die Knie ging und im nächsten Moment aufrecht stand. Sie drehte sich zu dem jungen Mann um. »Komm runter. Ich möchte meinen neuen Plan mit dir besprechen.«

Dann hüpfte sie über die schmale Holzfläche, die zu einer kleinen Brücke führte. Der verschwitzte Langhaarige stöhnte. Langsam drehte er seinen Körper, sodass er auf der hölzernen Leiter zum Stehen kam, um dann Stufe für Stufe abzusteigen. Als er endlich unten angekommen war, zitterten seine Beine. Julia tänzelte über die schmale Brücke zur nächsten Plattform, als sie plötzlich innehielt. Eigentlich benötigte sie ihren Liebhaber nicht mehr. Sie hatte bei dem alten Pathologen bewiesen, dass sie es auch allein schaffen konnte. Jetzt endlich war sie Regisseurin und Hauptdarstellerin in einer Person. Julia lächelte. Sie drehte sich um und sah, wie ihr Geliebter verkrampft am unteren Ende der Holzleiter stand und schnaufte. Ein Ekelgefühl stieg in ihr hoch.

Ja, dachte sie, ich werde mich für jede Stunde rächen, die du mich gelangweilt hast. Aber, so weit sind wir noch nicht. Die eine oder andere Kleinigkeiten kannst du noch für mich tun.

Im nächsten Moment hatte sie das böse Lächeln in ein verführerisches umgewandelt.

Der junge Mann kam näher und entschuldigte sich für seine zerrissene Jogginghose. Julia sagte, diese Äußerlichkeit würde ihr nichts ausmachen und fragte, ob er sie zu einem kleinen Snack und ein paar kühle Bierchen in den nahe gelegenen Bayrischen Biergarten einladen würde. Der junge Mann war begeistert. Endlich ein Territorium, auf dem er sich wohl fühlte.

»Das Leben kommt auf alle Fälle
Aus einer Zelle!
Und manchmal endet`s auch,
bei Strolchen,
in einer solchen.«
Heinz Erhardt

3.

Die Sonne verschwand langsam hinter dem Sparkassengebäude. Der glühende Ball wurde zusehends kleiner. Daniel Hartmann stand breitbeinig auf dem Luisenplatz, den Langen Lui schützend im Rücken, und schaute dem Sonnenuntergang zu. Er nahm sich die Zeit, um nachzudenken. Schon war die goldene Kugel zur Hälfte verschwunden, und der Kommissar bemerkte, dass sie nicht nur das Licht mitnahm, sondern auch die Wärme des schönen Spätsommertages.

Schade, dachte Hartmann, als neben ihm quietschend eine Straßenbahn zum Stehen kam und ihn aufschrecken ließ. Sofort war er wieder hellwach und sich seiner Aufgabe bewusst, die er sich vor ein paar Stunden gestellt und dessen Erledigung er mit einem Anruf vorbereitet hatte. Die Linie 3 hielt, und nicht nur die Fahrgäste strömten aus den Wagons, sondern auch der Fahrer verließ seinen Stand. Er war bekleidet mit einer blauen Dienstjacke. Natürlich trug er seine Schirmmütze. Er trug sie so selbstverständlich, als sei er damit zur Welt gekommen. In seinen Händen hielt er eine kleine verschlissene Ledertasche. Der Kommissar kombinierte, dass sich darin mittags noch ein oder zwei Brotscheiben und vielleicht ein Stück Obst befunden hatten. Jetzt schien sie leer zu sein, denn sie baumelte locker hin und her. Zielstrebig ging Hartmann auf den Trambahnfahrer zu und begrüßte ihn. »Hallo, Herr Heiner. Sie sind doch Herr Heiner, oder?«

»Lieber ein Heiner, als gar keiner«, antwortete der Straßenbahnfahrer und fügte hinzu: »Dann sind Sie Kommissar Hartmann und hatten mich in meiner wohlverdienten Mittagspause angerufen?«

»Jawohl«, antwortete Hartmann, »da wir uns gestern leider nicht treffen konnten, als sie den Ausweis meines Kollegen im Polizeipräsidium abgegeben haben, musste ich Sie heute einfach anrufen. Ich habe einige Fragen und hoffe auf Antworten, die mir weiterhelfen.«

»Da haben Sie Glück. Ich habe heute nur einen halben Dienst schieben müssen und kann schon den Fahrerstand verlassen«, sagte Heiner verschmitzt, »ich muss nur kurz in unserem Diensthäuschen verschwinden, meinem Nachfolger die Tram übergeben und bin dann ganz und gar für Sie da.«

Ohne ein weiteres Wort zu verlieren entfernte sich der Mann. Hartmann nutzte die Wartezeit, um sich auf dem Luisenplatz umzusehen. Mittlerweile waren noch weitere Straßenbahnen als auch Busse eingefahren und hatten Massen an Menschen ausgespuckt.

Die Südhessen sind ein buntes Häufchen, dachte der Kommissar und ließ seinen geschult Blick über die Menschenmenge gleiten. Einige fein gekleidete junge Männer mit auffallend glänzenden Schuhen und akkurat gegelten Haaren stürmten über den Platz in Richtung der nahe gelegenen Sparkasse.

Er bemerkte einen Straßenzeitungsverkäufer, der vergeblich versuchte, den Bankmitarbeitern eine Obdachlosenzeitung anzudrehen und eine Spende abzuluchsen. Hartmann ließ seinen Blick weiter gleiten. Direkt hinter dieser Szene sah er die Menschenansammlung auf den Stufen unterhalb des Podestes, auf dem Ludwig I. thronte. Dort tummelte sich eine Gruppe vom Leben gezeichneter Menschen. Sie grölten, klatschten sich gegenseitig auf die Schultern oder beschimpften sich. Große nicht angeleinte Hunde balancierten zwischen den unzähligen Bierflaschen, immer auf der Suche nach ein paar Leckereien und der einen oder anderen Streicheleinheit.

Hartmann strich sich über das Kinn. Schau mal einer an, da steht doch unser alter Bekannter, der Siegfried Hannes, und gestikuliert mit einer Bierflasche im Anschlag. Ich dachte, der würde noch einsitzen. Ist der wegen guter Führung schon wieder auf freiem Fuß? Ob das gut geht? Ach und da. Das gibt es doch nicht! Die Gedanken in Hartmanns Kopf überschlugen sich. Das würde die Kollegen von der Sitte interessieren. Vivien ist wieder auf Beutefang. Sie hängt am Arm eines stadtbekannten Magistratsmitglieds. Ob er weiß, was ihn erwartet? Hartmann verlor die beiden aus den Augen, als er plötzlich erschrak. Das gibt es doch nicht, dachte er und zog ein zusammengefaltetes Bild aus seiner Jackentasche. Darauf war eine Person abgebildet, die heute Mittag zur Fahndung ausgeschrieben worden war. Prüfend hielt der Kommissar das Bild hoch und verglich es mit der Person, die aus der Linie 6 ausgestiegen war und etwas unschlüssig herumstand. Hartmann verstaute das Bild in seiner Jackentasche und holte sein Smartphone heraus.

»Isabel hier. Daniel was gibt es?«

»Unsere Zielperson befindet sich auf dem Luisenplatz am Ausstieg der Linie 6. Kommt schnell. Ich kann leider nicht weg.«

»Okay, sind unterwegs. Du bist dir sicher, dass es der gesuchte Jens Jansen ist?«

»Ziemlich«, antwortete der Kommissar, »aber ich muss Schluss machen. Meine Verabredung kommt.«

Ohne ein weiteres Wort beendete der Kommissar das Telefonat und überlegte, ob dieser Jens etwas mit der ganzen Sache zu tun hatte. Immerhin hatte er anscheinend mit verstellter Stimme beim Ersten Polizeirevier angerufen und gemeldet, dass zwei leblos wirkende Personen auf dem Spielplatz im Orangeriegarten lagen. Deswegen hatte die Soko beschlossen, diesen Jens Jansen zu befragen. Dumm nur, dass er nicht auffindbar war und deswegen zur Fahndung ausgeschrieben werden musste.

Hartmann postierte sich so, dass er Ferdinand und Jens gleichzeitig im Blick behalten konnte.

»Hallo Herr Kommissar«, sagte der Straßenbahnfahrer, »jetzt bin ich ganz und gar für Sie da.«

»Prima, Herr Heiner. Schön, dass Sie sich Zeit genommen haben.«

Hartmann musste schmunzeln, als er den Nachnamen seines Gegenübers ausgesprochen hatte und den Mann beobachtete, der vor ihm stand. Er hatte die blaue Straßenbahnfahrerjacke in eine graue ärmellose getauscht. Darunter trug er ein Flanellhemd, Jeans und einfache schwarze Schuhe. Dazu die Schirmmütze, die etwas schief auf dem Kopf saß und ihn tatsächlich so aussehen ließ, wie man sich früher einen waschechten Heiner vorgestellt hatte.

»Sagen Sie, wie kommt man denn zu so einem Namen, und dann noch als Darmstädter Straßenbahnfahrer?«

»Das fragt mich jeder hier. Aber, obwohl ich natürlich in Darmstadt geboren bin, wirst du nie erraten, von wem ich abstamme.«

»Duzen Sie eigentlich jeden gleich, wenn Sie ihn zum ersten Mal gesehen haben?«, ereiferte sich der Kommissar. Er musste einen Schritt zur Seite gehen, da der Straßenbahnfahrer Jens Jansen verdeckte, der noch immer an der Haltestelle auf irgendetwas zu warten schien.

»Oh, Entschuldigung, ist mir als alter Heiner einfach so rausgerutscht«, sagte Ferdinand, und als er merkte, dass der Kommissar unaufmerksam zu sein schien, fügte er hinzu: »Aber jetzt mal ein ernsthaftes Ratespiel, woher habe ich meinen Namen?«

»Das weiß ich nicht, aber wie ich Sie kennen gelernt habe, werden ich es nicht vermeiden können, dass Sie es mir gleich sagen.«

Der Kommissar blickte nervös an Ferdinand vorbei. Jens Jansen schien plötzlich einen Entschluss gefasst zu haben. Nachdem er sich ein paar Mal umgeschaut hatte, lief er in Richtung Marktplatz.

Mist, dachte Hartmann, sah aber im nächsten Moment Isabel und Hans-Jürgen, zwei Kollegen der neu gegründeten Soko, wie sie aus einer Seitenstraße auf den Luisenplatz stürmten. Hartmann war beruhigt und konnte sich wieder dem Gespräch mit dem Darmstädter Straßenbahnfahrer widmen.

»Mein Urgroßvater war Ludwig Heiner, ein bekannter österreichischer Konditor, der in Wien und anderswo eine der weltweit ersten Konditoreiketten betrieb.«

Hartmann war verblüfft und benötigte einen Augenblick, um diese Information einordnen zu können. Doch seine Synapsen arbeiteten schnell, und so erwiderte er nach kurzem Nachdenken: »Na prima, dann kann ich mir auch Ihren Vornamen erklären.«

Jetzt war allerdings der Straßenbahnfahrer überrascht. »Wie meinen Sie das?«, fragte er erstaunt.

»Jetzt bin ich aber enttäuscht«, erwiderte der Kommissar mit gespieltem Entsetzen, »wussten Sie nicht, dass Ferdinand ein häufig verwendeter Vorname in der Kaiserzeit war, ähnlich häufig wie bei uns Ludwig? Unsere Stadt platzt vor lauter Ludwigs aus allen Nähten. Ludwigplatz, Ludwighöhe, Ludwigstraße, Ludwig auf dem Pferd, Ludwig auf der Säule. Ludwig, Ludwig überall. Tja, so ist das in Darmstadt. Aber jetzt eine ernsthafte Frage. Wie verkommt ein Mann, dessen Urgroßvater die erste Konditoreikette betrieb und obendrein noch Ludwig hieß, zu einem Darmstädter Trambahnfahrer?«

Hartmann linste nochmals an Heiner vorbei und stellte fest, dass sowohl Jens Jansen als auch seine Kollegen verschwunden waren. Er deutete dies als Fahndungserfolg und konzentrierte sich wieder auf sein Gegenüber.

»Ach wissen Sie, Herr Kommissar, das ist eine längere Geschichte. Um die zu erzählen, müssten wir uns auf ein paar Bier verabreden. Und ob Sie das wollen, weiß ich nicht.«

»Na, dann lieber nicht, aber ich würde Sie gerne zu einem Kaffee einladen.«

»Überredet«, sagte Heiner lächelnd, »ich hoffe aber, die Einladung geht auf Staatskosten.«

»Sicher doch«, antwortete der Kommissar und ging in Richtung *Minicafé* am Rande des Platzes.

Ferdinand folgte ihm und sah sich genötigt, sein Wissen um den Namen Heiner loszuwerden. »Wussten Sie, dass noch Ende des 19. Jahrhunderts kein Mensch mit ein bisschen Anstand auch nur annähernd auf die Idee gekommen wäre, mit dem Namen Heiner in Verbindung gebracht zu werden? Die Heiner waren verpönt. Sie wohnten in der Darmstädter Altstadt, wo die arme Bevölkerungsschicht hauste. Sie galten als Schlägertypen, als Asoziale.«

»Das wusste ich nicht.« Hartmann hielt kurz inne.

Dies ermutigte seinen Gesprächspartner, weiterzureden: »Erst viel später, etwa in den vierziger oder fünfziger Jahren, kam es dann zu dem Bedeutungswandel, und Heiner wurde vom Schimpfwort zum Ehrennamen. Es gibt ein paar Erklärungsversuche, was der Name bedeutet. Ich unterstütze die Erklärung von Peter Engels, dem Leiter des Darmstädter Stadtarchivs, der sich auf den ehemaligen LGG-Lehrer Rudolf Becker bezieht. Das ist mir auch deswegen sympathisch, da ja auch ich die gerechte Strenge des LGGs genießen durfte. Dieser Rudolf Becker leitete den Namen Heiner von dem Dialektwort Hoine ab, das Hüne bedeutet. Das passt doch ganz gut zu mir. Oder was meinen Sie?«

Ferdinand beschleunigte seine Schritte, überholte Hartmann, baute sich vor dem Kommissar auf und posierte mit seinen nicht vorhandenen Muskeln.

»Sie haben wohl gar keinen Respekt vor der Staatsgewalt«, sagte Hartmann amüsiert.

»Na, als alter Heiner darf man sich das wohl erlauben«, kokettierte Ferdinand, wurde aber gleich wieder ernster. »Darf ich mich eigentlich Heiner nennen? Lange Zeit galt im Volksmund nur als Heiner, wer in Darmstadt geboren worden war und dessen Eltern hier ebenfalls das Licht der Welt erblickt hatten. Eine ziemlich elitäre Sippe also. Diese strengen Vorgaben lockern sich aber. So findet Sabine Welsch vom Darmstädter Heimatverein, dass sich auch Heiner nennen darf, wer Zugezogener ist, sich aber auf irgend eine Art und Weise verdient gemacht hat. Und so hoffe ich doch auf den Ritterschlag, wenn ich hier und heute helfen und einem Staatsdiener wichtige Fragen beantworten kann. Vielleicht kann ich dazu beitragen, den Fall zu lösen, an dem Sie arbeiten.«

»Na, dann schauen wir mal, wie Sie mir helfen können.« Hartmann spürte, dass er diesen Heiner sympathisch fand. Er deutete auf einen kleinen Tisch. »So, nun nehmen wir erst einmal Platz.«

Unter den weitläufigen Sonneschirmen konnte man schnell dem Stress der City entrinnen, obwohl in kurzen Abständen die Straßenbahnen vorbeiquietschten und sich etliche Menschen zur nahe gelegenen Apotheke oder in die Passage zum Programmkino vorbeiquetschten. Der perfekte Ort, um zu sehen und gesehen zu werden.

Heiner kannte das kleine Café noch aus seiner Schulzeit. Er folgte der Aufforderung des Kommissars und setzte sich.

»Also, was wollen Sie wissen?«, begann er neugierig und schaute dem Kommissar offen in die Augen.

Hartmann winkte der Bedienung, die nebenan den Tisch abwischte. »Ich hätte gerne einen Latte. Und Sie?«

Ferdinand überlegte nicht lange: »Einen Spritz, der beste Einstieg in einen gelungenen Feierabend.«

»Okay, und einen Spritz«, wiederholte der Kommissar, und die Bedienung lief hinüber zu dem kleinen Glashäuschen.

»Sie haben Benjamin Dobermann am Dienstagnachmittag zufällig hier auf dem Luisenplatz getroffen und mit ihrer Straßenbahn aufgegabelt.«

»Ja«, bestätigte der Mützenträger und schaute sich um. Es war seine Angewohnheit, immer erst einmal die Lage peilen. Vielleicht saß am Nebentisch eine Schönheit, mit der ein kleiner Flirt lohnenswert erschien. Dieses Verhalten verlangte seine Männlichkeit von ihm, obwohl er sich vor ein paar Wochen frisch verliebt hatte, und dies der eigentliche Grund war, warum er nach Darmstadt zurückgekommen war. An den angrenzenden Tischen saßen jedoch nur ältere Herrschaften, und Ferdinand konnte sich vollends auf die Fragen des Kommissars konzentrieren.

»Ja, vorgestern Nachmittag. Plötzlich betrat Benjamin meine Linie 3. Ich war überrascht, da ich ihn jahrelang nicht gesehen hatte. Habe ihn aber gleich wiedererkannt.«

Der Kommissar hatte sich kurz der Bedienung zugewandt, die die Bestellung brachte. Gleichzeitig vibrierte sein Handy und Hartmann las die SMS. Mist, da war denen dieser Jens Jansen durch die Lappen gegangen.

Schnell blickte er auf und fragte: »Wie war er denn so drauf, mein Kollege? Ist Ihnen irgendetwas Besonderes aufgefallen?« Sogleich schaute er wieder auf sein Handy, um auch noch den Rest der SMS lesen zu können.

»Benjamin war überrascht, mich zu sehen. Ja das stimmt, er war überrascht, er freute sich aber auch«, antwortet Heiner nachdenklich. Dann fügte er hinzu, seine Schirmmütze zurechtrückend: »Ich hatte aber auch das Gefühl, dass er irgendwie unter Strom stand. So stelle ich mir einen Kommissar auf Verbrecherjagd vor.«

»Hat er erwähnt, warum er nach Bessungen fahren wollte?«

Der Straßenbahnfahrer rückte erneut seine Schildkappe zurecht und überlegte lange, bevor er antwortete: »Nein, ich glaube nicht. Wir redeten über die gemeinsame Schulzeit im LGG und amüsierten uns köstlich. An der Haltestelle in der Karlstraße gegenüber dem *Café Godot* wollte er plötzlich aussteigen. Er gab mir seine Karte und wir vereinbarten, dass wir miteinander telefonieren, um uns auf ein Bier zu treffen. Das wars.«

»Und wie kamen Sie in den Besitz seines Dienstausweises?«, wollte der Kommissar wissen, nachdem er sein Handy in der Jackentasche verstaut hatte.

Heiner schnaubte: »Diese Frage habe ich nun schon ein paar Mal beantwortet. Und ich gehe davon aus, dass ihr euch über solche Informationen austauscht.«

»Hören Sie, Herr Heiner, Sie müssen schon ...«

Plötzlich sprang der Mützenträger so schnell auf, dass beinahe der Stuhl umkippte, und lief winkend auf den Eingang der gegenüberliegenden Frittenbude zu. »Das gibt es doch nicht«, rief er.

Hartmann tippte eilig eine Nummer in sein Handy.

»Dich habe ich ja ewig nicht gesehen«, sagte Ferdinand zu einem Langhaarigen, der über das Kopfsteinpflaster schlurfte.

Der Angesprochene benötigte einige Augenblicke, bis er seinen alten Schulfreund wiedererkannte. Im nächsten Moment lagen sich beide in den Armen. Von drei Seiten stürmten plötzlich Polizeibeamte in Zivil auf die beiden zu, schnappten den Langhaarigen an den Armen, und Sekunden später wurde er abgeführt. Das Polizeifahrzeug kam mit quietschenden Reifen zum Stehen, und einer der herbei geeilten Zivilbeamte riss die hintere Fahrzeugtür auf. Ohne Gegenwehr wurde Jens zur dem Fahrzeug begleitet. Die Tür fiel krachend ins Schloss, und schon rollte die »blaue Minna« über den Platz und nahm in Richtung Mathildenplatz Fahrt auf. Alles ging so schnell, dass kaum ein Passant Notiz von dieser Aktion nahm. Nur Heiner stand wie angewurzelt da.

»Herr Heiner, ich glaube, ich bin Ihnen eine Erklärung schuldig.« Hartmann stand jetzt neben dem verdatterten jungen Mann.

»Was war das?« fragte er stockend.

»Na ja«, begann der Kommissar mit ruhiger Stimme, »es musste schnell gehen, damit keiner zu Schaden kommt.«

»Warum sollte jemand zu Schaden kommen? Ist Jens etwa gefährlich?«

»Das glauben wir nicht.«

»Aber genau so wurde er behandelt«, ereiferte sich Heiner.

»Jens Jansen ist zur Fahndung ausgeschrieben, da Verdachtsmomente gehen ihn vorliegen. Anscheinend hat er sich seiner Verhaftung entzogen, so haben es zumindest meine Kollegen gemeldet.«

»Was wird ihm denn vorgeworfen?«, fragte Heiner.

Hartmann atmete tief durch und sagte in versöhnlichem Ton: »Das kann ich Ihnen leider nicht sagen. Aber ich möchte Ihnen einen Vorschlag machen. Haben Sie noch etwas Zeit?«

»Klar, ich habe Feierabend.«

»Na, dann begleiten Sie mich. Ich will Benjamin besuchen. Der wird sich bestimmt freuen, wenn er seinen alten Schulfreund sieht.«

»Gern, aber wo besuchen wir Benjamin?«

»Er liegt im Klinikum.«

Heiner erschrak. »Ist ihm etwas zugestoßen?«, fragte er zurückhaltend

»Nichts Schlimmes.«

Heiner nickte ansatzweise, schob seine Bedenken zur Seite und setzte sich in Bewegung. Gemeinsam mit dem Kommissar lief er über den Platz und wollte gerade an den Tischen des Mini-Café vorbeigehen, als eine Bedienung wild gestikulierend auf die Männer zueilte. »Halt, Sie müssen noch zahlen. Oder soll ich etwa die Polizei holen?«

Erschrocken machte Hartmann ein paar Schritte in ihre Richtung und beruhigte sie mit einem fürstlichen Trinkgeld.

Auf dem Weg zum Klinikum trotteten die beiden Männer nebeneinander her und redeten über Belangloses. Hartmann war gespannt darauf, wie sein Kollege reagieren und vor allem natürlich, was Dobermann zu der Festnahme von Jansen sagen würde. Heiner dagegen wollte unbedingt wissen, warum Jens festgenommen worden war. Schweigend gingen sie auf das Hauptgebäude zu. Sie mussten in den zweiten Stock und nutzten die Treppen, da noch immer Besuchszeit war und die Aufzüge intensiv belagert wurden.

Oben angelangt, fragte Heiner: »In welchem Zimmer liegt er denn, unser Benjamin?«

»202«, stieß Hartmann keuchend hervor und fügte hinzu: »Gehen Sie schon vor. Ich komme gleich.«

Er wollte seinem Kollegen nicht verschwitzt und außer Atem unter die Augen treten, blieb stehen und blickte wehmütig dem sportlichen Heiner nach, der obendrein etwas älter war als er.

Ich muss wirklich bald etwas für meine Kondition tun, dachte Daniel, schnaufte tief durch und richtete seinen Körper auf. Im gleichen Augenblick öffnete Ferdinand die Tür zum Krankenzimmer und trat ein. Der Kommissar machte zwei Schritte in den Flur hinein, als die Tür wieder aufgerissen wurde und Ferdinand auf ihn zu stürmte. »Benjamin ist nicht mehr in seinem Zimmer.

Ich habe gerade mit der Krankenschwester gesprochen. Die sagte, Benjamin hat heute Nachmittag das Krankenhaus verlassen.«

Finger weg von meiner Paranoia
Die war mir immer lieb und teuer
Nie ließ sie mich so kalt im Stich wie du
Einer hält den Spaten und zwei schauen sich beim Halten zu.
»Finger weg von meiner Paranoia«,
Element of Crime

»Die Erinnerungen verschönen das Leben,
aber das Vergessen allein macht es erträglich.«
Honoré de Balzac

4.

Dobermann behandelte mit kreisförmigen Bewegungen die schmerzenden Schläfen. Er stand im Eingangsbereich des Klinikums und grübelte, was er tun sollte. Eben noch hatte er einen Plan gehabt. Hier unten vor der Glastür allerdings genoss er zwar für kurze Zeit den kühlen Windzug, aber seine Zuversicht und die Klarheit seiner nächsten Schritte waren von dichtem Nebel umgeben.

In seinem Kopf hämmerte es, und er wusste auch warum. Alles im Fall Saskia Weiß führte zu Julia. In welchem Zusammenhang sie mit allem stand, wusste er nicht. Er fror und kam sich schäbig vor in der verschmutzten Hose und der abgewetzten Lederjacke, aber er hatte in seinem Krankenzimmer keine anderen Kleidungsstücke gefunden.

Er setzte einen Fuß vor den anderen. Das Laufen strengte ihn an. Zeit hatte er genügend, und alles war besser, als in einem Krankenbett zu liegen und eine weiß getünchte Decke anzustarren. Am Klinikausgang bog er links ab und lief in Richtung des Ersten Polizeireviers, das erst vor ein paar Wochen eingeweiht worden war. Beim Umzug hatte er helfen müssen, und er kannte natürlich ein paar Polizeibeamte, denen er gerne einen *Guten Tag* gewünscht hätte. Aber, er war vom Dienst suspendiert worden, und ungern wollte er zu den Ereignissen befragt werden, die sich am vergangenen Mittwoch frühmorgens zugetragen hatten. Diese Fragerei würde noch früh genug einsetzen, das wusste er, und er hoffte, dass er dann noch Kriminaloberkommissar sein würde.

War er beteiligt? Hatte er etwas mit Muffinskis Tod zu tun? Wäre er wirklich in der Lage, einen Mord zu begehen?

Nein, schrie es in ihm, aber da blieb ein Rest Zweifel, wie bei jedem reflektiert denkenden Menschen, der nicht immer nur die Schuld bei den anderen sucht. Jeder Mensch war in der Lage, einen Mord zu begehen. Manchmal reichte ein kleiner Auslöser, und ein Mensch, der sein Leben lang angepasst und gesetzeskonform gelebt hatte, brach durch moralische Schranken und tat Dinge, die keiner vermutet hätte.

Warum sollte er, der Kriminaloberkommissar Benjamin Dobermann, anders sein?

Nein, schrie die Stimme in ihm erneut auf. Nein, nein, ich habe mit dem Tod des alten Pathologen nichts zu tun.

Aber ich war dabei. Ich bin liegend auf Muffinski gefunden worden.

Ich muss mich nur erinnern. Ich trage des Rätsels Lösung in meinem Kopf. Ich muss mich erinnern, ich muss...

Dobermann ertappt sich dabei, wie er am Eingang des Herrngartens stand und sich mit beiden Händen, die zu Fäusten geballt waren, auf den Kopf einschlug, als wolle er dadurch den Nebel vertreiben, der sich darin breit gemacht hatte. Es nutzte aber nichts. Damit bewirkte er lediglich das Gegenteil. Der Schmerz, der sich intensivierte, hinderte ihn am Denken.

Dobermann wurde bewusst, dass er alleine der Lösung nicht näher kommen konnte. Er benötigte jemanden zum Reden. Und in diesem Moment fiel ihm sein Vater ein. Er dachte darüber nach und fühlte, sein Vater konnte ihm tatsächlich weiterhelfen. Behände fingert er in der Tasche seiner Lederjacke herum und suchte nach dem Handy. Leider ohne Erfolg, denn sein Smartphone war bei der Spusi.

Okay, dann gehe ich erst mal nach Hause, dachte der Kommissar, und sofort gesellte sich zu diesem Gedanken die Aussicht auf einen guten Espresso aus seinem geliebten Kaffeeautomaten. Etwas schneller lief er durch den Herrngarten. Bald hatte er die Mauerstraße erreicht, in der seine Wohnung lag.

Er betrat das Treppenhaus und erklomm mühsam die wenigen Stufen zu seiner Wohnungstür, froh, niemandem zu begegnen. Der Schlüssel klapperte im Schloss, und er musste zweimal herumgedreht werden, bis sich die Tür öffnen ließ. Er wunderte sich nur kurz darüber. Normalerweise war es nicht seine Art, abzuschließen. Als er in den kleinen Flur eintrat, war das erste, was ihm ins Auge fiel, der blinkende Anrufbeantworter.

Sein erster Gang führte ihn zu seiner Kaffeemaschine, deren Einschaltknopf er drückte und dann feststellen musste, dass er zuerst die Tropfschale leeren musste. Nachdem er dies getan hatte und endlich einen Espresso genießen wollte, meldete ihm die Maschine, dass er den Wassertank füllen musste. Danach erfuhr Benjamin noch, dass keine Kaffeebohnen im Behältnis waren und anschließend auch, dass die Maschine dringend entkalkt werden müsste. Fluchend ignorierte er das letzte Bedürfnis des Kaffeevollautomaten und drückte die Starttaste für einen doppelten Espresso. Endlich dampfte es aus den Düsen und die Tasse füllte sich langsam mit einer schäumend braunen Flüssigkeit.

Der Kommissar genoss Kaffee immer schwarz und

ganz ohne Zucker, und als er ihn in zwei, drei kleinen Schlucken geschlürft hatte, stellte er die Tasse zurück unter die Düsen, um sich gleich noch einen Doppelten zu ziehen.

Die Zeit des Dampfens nutze er, um die Anrufe abzuhören. Die ersten fünf Anrufe und auch Anruf Nummer acht, neun und elf waren von Daniel Hartmann. Anruf sechs von seinem Vater, der aber sehr ruhig klang, Anruf sieben und zehn von Jens, der sich dringend auf ein Bier verabreden wollte. Zwölf und dreizehn waren besprochen worden von Ferdinand Heiner. Der letzte Anruf wurde wie üblich von einem Piepser eingeleitet und dann fühlte sich Dobermann, als stände er unter Strom. Julias Stimme säuselte in sein Ohr und er lauschte den Worte gleich nochmal, um sicher zu gehen, dass er sich nicht verhört hatte. Julia teilte ihm mit, sie wolle sich mit ihm treffen.

Ihr Anruf war erst wenige Stunden alt. Sie vermisse ihn, ja, das hatte sie tatsächlich gesagt. Er musste sich zurückhalten, nicht gleich ihre Nummer zu wählen. Er wusste, dass er zuerst seinen Vater anrufen musste. Das war sein ursprünglicher Plan gewesen, und den wollte er jetzt auch umsetzen.

Die Nummer war schnell gewählt. »Hallo, Benjamin«, erklang die tiefe Stimme schon nach dem zweiten Klingeln. »Schön, von dir zu hören. Ich dachte, du bist noch im Krankenhaus. Eigentlich wollte ich dich morgen früh besuchen. Daniel Hartmann hat mich schon über alles informiert.«

»Ich habe mich selbst entlassen. Bis auf die Kopfschmerzen geht es mir gut.« Dobermann machte eine kurze Pause. Sein Vater merkte, dass er nach Worten rang.

»Vater, ich brauche deine Hilfe«, sagte er endlich.

»Okay, soll ich zu dir kommen?«

Benjamin überlegte kurz, bevor er fragte: »Können wir

uns im *Da Nino* treffen? Ich muss 'ne Pizza essen. Ich komme um vor Hunger. Dabei können wir über alles reden.«

»In einer halben Stunde kann ich da sein.« Der Vater verabschiedete sich kurz und legte auf.

Dobermann war froh, dass er in der Stimme des alten Mannes nicht den Hauch von Vorwurf oder Besorgnis gehört hatte.Jetzt musste er sich allerdings noch etwas frisch machen. Eine kleine Rasur war dringend notwendig, die Kleider mussten gewechselt und dieser Anruf geführt werden.

Eigentlich verspürte Dobermann Angst bei dem Gedanken, sich bei Julia zu melden. Doch er musste nun handeln.

Das Freizeichen erklang lange, bevor sich jemand am anderen Ende meldete.

»Julia?«

Dobermann hörte nur ein leises Atmen.

»Julia bist du da?«

»Hallo, Benjamin.«

Die Stimme traf ihn wie ein angenehm warmer Strahl aus der Dusche.

»Hallo Julia, na, wie geht es dir? Du hattest mich angerufen«, versuchte Dobermann einigermaßen ruhig zu klingen.

»Ich dachte, du wärst noch im Krankenhaus.«

»Ich habe mich selbst entlassen«, sagte Dobermann und wunderte sich darüber, dass er nicht gleich die naheliegende Frage stellte: »Woher weißt du, dass ich im Krankenhaus war?«

Ohne zu zögern antwortete sie: »Hat mir Jens erzählt. In der letzten Zeit habe ich ihn ein paar Mal getroffen. Er ist ganz amüsant, aber ein richtiger Mann, das ist etwas anderes.«

Julia kannte Jens, sie hatte sich mit ihm getroffen. Jens und Julia hatten über ihn gesprochen. Julia hatte sich

Sorgen um ihn gemacht. Sie hatte bei ihm angerufen. Sie hatte vielleicht sogar Sehnsucht nach ihm.

»Ja, ich will mich mit dir treffen. Ich glaube, wir haben einiges zu besprechen.«

Dobermann schluckte. »Ja. wann?«

»Von mir aus gleich heute Abend. Ich könnte dich besuchen.«

Die Stille nach Julias letzten Worten zog sich in die Länge. Er wusste nicht, was er sagen sollte. Da war ein Gefühl in ihm, ein Unbehagen, eine Art Angst vor etwas, was er nicht definieren konnte. Er musste mit seinem Vater reden.

»Heute Abend habe ich noch etwas vor«, hörte er sich plötzlich selbst sagen.

»Schade.«

In diesem Moment glaubte er ihr und wusste, dass sie wirklich Sehnsucht nach ihm verspürte.

»Willst du es dir nicht noch mal überlegen?«

Sein innerer Kampf tobte, aber plötzlich gesellte sich noch ein anderes Gefühl dazu. Stolz.

Julia hatte ihn in der Vergangenheit häufig verletzt und fallen gelassen wie eine heiße Kartoffel. Sie hatte sich mit seinem Laufgefährten getroffen. Dann konnte sie auch noch ein wenig warten. Eine kleine Strafe musste sein.

»Julia, heute Abend geht es bei mir wirklich nicht. Aber was hältst du von morgen?«

Erneut trat eine Pause ein. Gerade, als er glaubte, er könne die Stille nicht mehr ertragen, hörte er ihre Stimme: »Was hältst du davon, wenn wir morgen Vormittag einen Waldspaziergang machen. Das Wetter soll ganz schön werden.«

»Wo?«

»Lass uns um 10 Uhr auf dem Parkplatz vor dem Bölle treffen. Von da aus gibt es einen schönen Weg über den Herrgottsberg bis hin zum Prinzenberg.«

»Klar«, hört er sich sagen und gleich darauf beendete Julia das Gespräch.

Ein Klicken in der Leitung, und die Stille machte sich wieder breit. Wie versteinert stand er in dem kleinen Wohnzimmer und hielt noch immer den Hörer an sein Ohr. Als er es endlich schaffte, in die Küche zu schlurfen, war der zweite Espresso kalt geworden. Dobermann setzte sich auf den Küchenstuhl und trank ihn dennoch.

In seinem Kopf wummerte es noch aus der Ferne, aber es war erträglich. Dann fiel sein Blick auf die Küchenablage. Ein Papier, das anscheinend von dem darüber hängenden Pinnbrett heruntergefallen war. Gleichzeitig fiel ihm auf, dass die Schublade, in der sich Stifte und anderer Krimskrams befanden, einen Spalt weit offen stand. In diesem Moment beschlich ihn das Gefühl wieder, das er beim Eintreten in seine Wohnung gehabt aber nicht beachtet hatte. Da war ein fremder Geruch. Ganz leicht nur hatte er ihn vernommen, aber er war da.

Dobermann erhob sich mit einem Ruck von dem Küchenstuhl. Er sah vorsichtig in den halb offen stehenden Schubkasten. Nichts Auffälliges war zu erkennen. Anscheinend war er nicht durchwühlt worden. Zwei Schritte entfernt hing das Geschirrtuch an einem Haken. Benjamin nahm es, wickelte es sich um die rechte Hand und öffnete dann vorsichtig den Schubkasten. Es herrschte die alte Ordnung, ob etwas herausgenommen worden war, konnte er nicht erkennen. Nachdenklich drehte er sich um und lehnte sich gegen die Ablage. Geübt ließ er seinen Blick durch die Küche und das angrenzende Wohnzimmer streichen. Erst fiel ihm nichts Besonderes auf, dann plötzlich sah er den Fleck auf dem Teppich direkt neben dem Beistelltischchen. Die Bierflasche, die er vor Tagen darauf vergessen hatte, stand noch immer auf der verstaubten Tischplatte, aber er wettete mit sich selbst, dass der Fleck aus Bier bestand. Er ging hin und ließ sich auf die Knie fallen. Vorsichtig roch er an dem Fleck. Es war eindeutig dieser süßlich hopfige Geruch, der nur von einem Pfungstädter Pils stammen konnte.

Mein ungebetener Gast muss gegen den Tisch gestoßen sein, dämmerte es ihm. Danach hat er in der Küche nach etwas gesucht, um das verschüttete Bier aufzutupfen. Aber warum hat er nicht das Geschirrtuch verwendet? Egal, ich muss herausfinden, wo er noch überall gewesen ist und was er in meiner Wohnung vorhatte. Wie kam er eigentlich hier herein?

Flink bewegte sich der Kommissar zur Wohnungstür und untersuchte sie. Keine Einspruchsspuren. Die Tür war verschlossen, als ich vorhin die Wohnung betrat. Ein Dietrich nutzt bei meinem Schloss nichts, analysierte er kurz.

Entweder, der Eindringling hatte einen passenden Schlüssel oder er kam durch ein Fenster oder die Balkontür. Dobermann eilte in sein Schlafzimmer. Beides, Fenster und Balkontür waren fest verschlossen. Grübelnd rieb er sich das Kinn. Sehr eigenartig, dachte der Kommissar. Im Schlafzimmer stellte er auf den ersten Blick keine Veränderungen fest. Das Bett war wie immer in Unordnung, ein Bild hing schief, das war ihm schon vor Tagen aufgefallen. Socken, die auf dem Boden verstreut waren, die Hose und das T-Shirt, welche sich am Fußende des Bettes immer mit der Gefahr konfrontiert sahen, auf den Teppichboden zu rutschen. Der Stapel Bücher auf dem Boden neben dem Bett. Der Kleiderschrank war verschlossen, und in der Tür hing ein Stofffetzen fest. Daneben stand der kleine Schreibtisch mit dem Flachbildschirm der Tastatur. Darüber die hölzerne Ablage mit dem Papierstapel darauf, der unbedingt einmal sortiert und weggeheftet werden musste.

Moment, kam es Dobermann in den Sinn. Ein Stofffetzen in der Tür, ein Stofffetzen eingeklemmt in der Tür des Kleiderschrankes. War das ein Hinweis, oder hatte er beim letzten Schließen der Schranktür ein Kleidungsstück eingeklemmt? Dobermann wusste es nicht, also blieb ihm nur eins, er musste sich Klarheit verschaffen. Er öffnete die Tür, und zwei Dosen Kältespray kullerten ihm entgegen. Angewidert wich er zurück. Was hatte das zu bedeuten? Scheppernd fielen die Dosen auf den Boden, rollten herum und stießen gegeneinander. Es dauerte eine Zeit bis er sich gefasst hatte. In der letzten Zeit passierte etwas mit ihm, das er so nicht kannte. Immer wieder drängten Gefühle in den Vordergrund und verhinderten seine klaren analytischen Gedankengänge. Die Gefühle belasteten ihn, damit konnte und wollte er nicht konfrontiert werden. Sie waren ihm zu mächtig. Er war in den vergangenen Jahren sehr gut ohne diese Innereien ausgekommen. Anerkennung hatte er in der Ausübung seines Berufes erfahren. Menschliche Nähe von der einen oder anderen Frau, er hatte seine kleine Wohnung, war zufrieden mit sich und der Welt, was wollte er mehr?

Aber jetzt schien alles in Wanken zu geraten, und alles gipfelte darin, dass nun auch noch jemand in seine Privatsphäre eingedrungen war und Kältespraydosen in seinen Kleiderschrank verstaut hatte, die beim ersten Öffnen herausfallen mussten. Sie sollten ihn mit den Morden in Verbindung bringen, die in der vergangenen Woche die Kriminalitätsstatistik in Darmstadt in die Höhe trieben. Obwohl Darmstadt neben Wiesbaden zu den sichersten Städten in Hessen gehörte, noch vor Fulda und allemal vor Offenbach.

Benjamin erschrak, als ihm bewusst wurde, dass vielleicht nach der Auswertung der diesjährigen Kriminalitätsfälle Offenbach besser dastehen würde als ... Mit Gewalt riss er sich fort von diesem Gedanken und tauchte wieder in die Realität seines Schlafzimmers ein. Für alles gab es eine logische Erklärung. Jemand war in meine Wohnung eingedrungen. Es war kein gewöhnlicher Einbrecher. Er wollte allem Anschein nach nichts mitgehen lassen. Sein einziges Interesse bestand darin, ihn mit den Morden in Verbindung zu bringen.

Dobermann ließ seine Gedanken fließen. Immerhin kann ich mich an mehrere Stunden nicht erinnern. Genau in dieser Zeit wurde Muffinski ermordet, wahrscheinlich ebenfalls mit Kältespray, genau wie Saskia Weiß und der Obdachlose.

»Quatsch«, hörte sich der Kommissar laut sagen. »Alles Quatsch. Ich bin kein Mörder. Irgendjemand hat schon an den Tatorten Hinweise verstreut, die auf mich hinweisen, und jetzt ist diese Person auch noch in meine Wohnung eingedrungen und hat die Dosen hier versteckt. Wahrscheinlich befinden sich sogar meine Fingerabdrücke darauf, wie auch immer die dorthin gekommen sind. Irgendjemand will mich ans Messer liefern. Irgendjemand hat ein Verlangen danach, mich leiden zu sehen.

Er musste sich setzen. Der Schreibtischstuhl bot sich an, und der Kommissar ließ sich in ihn fallen. Seine Gedanken drehten sich immer schneller. Er wollte das Karussell aufhalten. Es gelang ihm nicht. Er spürte die Wut darüber ansteigen, die sich in einem Faustschlag auf den kleinen Schreibtisch entlud. Ein weiterer Schlag war unkontrollierter und streifte die hölzerne Ablage. Der Papierberg, der darauf geruht hatte, glitt herunter, und die vielen Rechnungen und Briefe verteilten sich auf Tastatur und Maus.

Aber ein Blatt passte nicht dazu. Der Kommissar starrte darauf, als wäre ein Geist auf seinem Schreibtisch erschienen. Wie in Trance nahm er das Stück Karopapier an sich und erkannte darauf seine Handschrift. Mit aufgerissenen Augen las er seinen Abschiedsbrief. Er enthielt Geständnisse der drei Morde und eine Abhandlung darüber, dass das Leben nun keinen Sinn mehr mache und er, Kriminaloberkommissar Benjamin Dobermann, sich das Leben nehmen werde. Wie, stand nicht in dem Brief, aber er war unterzeichnet mit seinem Namen in seiner Handschrift.

*

»Was? Das glaube ich nicht!« Hartmanns Kopf schien zu glühen. »Mit der Information rückst du jetzt erst raus, du kleiner ...?« Hartmann verkniff sich das Schimpfwort, das er so gerne losgeworden wäre. Er wusste, dass das Verhör auf Band aufgenommen wurde und auch, dass irgendein Kollege hinter der Glasscheibe stand und ihn beobachtete. Die Prozedur dauerte nun schon ein paar Stunden.

Hartmann genoss die Möglichkeit, jede Stunde den Verhörraum zu verlassen, einen heißen und starken Kaffee genießen zu können und einen Augenblick die Seele baumeln zu lassen. In dieser Zeit wurde Jens von einem anderen Kollegen der SOKO befragt.

Immer wieder wurden dem Verdächtigen die selben Fragen gestellt und immer wieder wurde überprüft, ob die Aussagen übereinstimmten. Mittlerweile war Jens gezeichnet von den Stunden in dem kleinen Raum, in dem lediglich ein Tisch und drei Stühle standen. Alle Wände waren kahl und grau. Nur eine Wand war mit einem riesigen Spiegel versehen. Jens saß so an dem Tisch, dass er immer in den großen Spiegel schauen und sich selbst sehen musste, wenn er aufblickte. Er wusste aus verschiedenen Fernsehkrimis, dass die Glaswand dazu diente, ihn von einem angrenzenden Raum beobachten zu können. Allein dieses Wissen und die Abneigung, sich immer anschauen zu müssen, veranlassten ihn zu einer ungesunden Körperhaltung. Jens saß vornübergebeugt, den Kopf mit beiden Händen abgestützt. Die Ellenbogen bohrten sich förmlich in die dicke Holzplatte des schmucklosen Tisches. Seine braunen Haare hingen bis zur Tischplatte hinunter. Schweiß hatte sie durchdrungen, und sie glänzten strähnig.

»Wiederhole, was du mir eben gesagt hast. Ich will sichergehen, dass ich mich nicht verhört habe«, begann Hartmann, nachdem er mehrmals tief durchgeatmet hatte.

Jens blickte weiterhin stur auf die Tischplatte und wirkte eingefallen und klein. Hartmann wusste, dass Jens′ Kopf Informationen enthielt, die vielleicht seinem Kollegen und Freund Dobermann vor Schlimmerem bewahren konnten.

»Also«, begann er erneut, nachdem er sich auf seinen Stuhl gesetzt hatte und nun Jens gegenüber saß, lediglich getrennt durch den quadratischen Tisch. Er beugte sich weit nach vorne, sodass sein Oberkörper fast auf der Tischplatte lag. »Also, du bist von dieser Julia genötigt worden, Benjamin Dobermann auszuspionieren.«

Jens wirkte in sich gekehrt.

»Jens, komm schon. Du hast es doch eben schon zugegeben. Es ist doch nichts dabei, wenn man einer tollen Frau einen Gefallen tut, oder?« Hartmann lächelte aufmunternd. Jens blickte auf, und der Kommissar konnte ein leichtes Nicken erkennen.

»Gut, und dann erzählte Julia, dass sie Benjamin hasst und ihm am liebsten etwas antun würde.«

Wieder ein Nicken.

»Du bist doch Benjamins Freund. Wie lange joggt ihr schon zusammen?«

Jens wirkte verwundert. Endlich eine Frage, die weit ab von all diesen Dingen lag, die er allzu gern verdrängt und vergessen hätte. Er blickte auf und sagte mit brüchiger Stimme: »Wir laufen schon seit zwei Jahren gemeinsam. Irgendwann werden wir beim Darmstädter Marathon mitmachen. Auch im nächsten Jahr wird wieder ein Marathonlauf in Darmstadt veranstaltet werden, glaube ich.«

»Und da willst du dich gemeinsam mit Benjamin beteiligen?«

»Wir wollten schon in diesem Jahr die ganze Distanz laufen, haben uns aber kurzfristig anders entschieden und sind nur einen Halben gelaufen. Das ging aber gut. Im nächsten Jahr werden wir, werden wir ...«

Die letzte verbliebene Kraft schien aus Jens zu entweichen. Endlich begann er davon zu erzählen, was ihn seit langem schon beschäftigte. »Ja, ich habe mich in diese Frau verliebt, und ich habe alles getan, was von mir verlangt wurde.«

»Gut«, sagte Hartmann ruhig und freundlich. »Jetzt erzähl mir mal, was du alles für Julia getan hast.«

Jens schluckte. Man merkte förmlich, wie sich sein schlechtes Gewissen zu manifestieren schien und plötzlich zwischen ihm und dem Kommissar stand. Vielleicht hatte sich Hartmann auch aus diesem Grund etwas aufgerichtet und von Jens entfernt.

»Ich habe den Wohnungsschlüssel von Benjamin heimlich nachmachen lassen. Benjamin hatte ihn mir vor seinem letzten Urlaub gegeben. Er hatte mich gebeten, seine Blumen zu gießen. Ich habe den Schlüssel Julia gegeben.«

»Wusstest du zu diesem Zeitpunkt schon, dass Julia Benjamin hasste und ihm etwas antun wollte?«

»Nein, das wusste ich damals noch nicht. Sie sagte nur, sie wolle noch ein paar persönliche Dinge aus Benjamins Wohnung holen und ihm dabei nicht begegnen. Er sei so gemein zu ihr gewesen, dass ...«

»Es ist mir egal, was Julia dir erzählt hat«, unterbrach Hartmann barsch. »Du hast ihr die Möglichkeit gegeben, in Benjamins Wohnung einzudringen. Das ist Fakt.«

»Ja, ich weiß«, erwiderte Jens kleinlaut. »Ich habe immer wieder versucht, Benjamin davon zu erzählen. Ich habe es aber nicht geschafft.« Jens ließ den Kopf auf seine Arme sinken und begann zu weinen.

Hartmann wusste, er konnte das Verhör für heute beenden. Vierundzwanzig Stunden durfte er einen Verdächtigen festhalten, danach brauchte er einen Haftbefehl. Diesen zu besorgen hatte also noch Zeit. Nun gab es Wichtigeres zu tun. Ohne Jens weiter zu beachten stand er auf und nickte dem korpulenten Beamtenkollegen zu, der auf dem Stuhl in der Raumecke saß und die Arme vor der Brust verschränkt hielt. »Unser Freund hier bleibt heute Nacht unser Gast.« Dann eilte er zur Tür.

*

Dobermann war noch immer in Gedanken versunken, als er die schwere Tür des Italieners in der Dieburgerstraße öffnete. Seinen Vater hatte er schon von draußen durch die große Fensterfront hinten im Eck sitzen sehen. Schnell trat er ein, umschiffte den Ober, der ihn freundlich fragen wollte, ob er denn einen Tisch vorbestellt hätte, und eilte auf seinen Vater zu. Dieser blickte nicht von der Speisekarte auf und sagte nur kurz »Hallo«. Benjamin setzte sich seinem Vater gegenüber, nahm die schon bereit liegende Speisekarte. Er entschied sich für einen italienischen Salat und eine Pizza mit Sardellen und Peperoniwurst. Bei dieser Wahl hatte er die Gewissheit, dass sein Vater kein Stück abhaben wollte. Der alte Dobermann verabscheute Sardellen. Auch sein Vater klappte die Speisekarte zu, schaute kurz auf und fragte: »Na, wie?«

»Hunger«, antwortete der Sohn. Im nächsten Moment kam der Ober herangeeilt und nahm die Bestellung auf. Als er sich wieder entfernt hatte, stützte Lothar Ludwig Dobermann seine beiden Ellenbogen auf dem Tisch auf und legte den Kopf in die geöffneten Handflächen. Mit seinen hellen wachen Augen schaute er seinen Sohn an. Endlich sagte er: »Ich habe einiges gehört in den letzten beiden Tagen. Ganz schön großer Mist, was da gerade um dich herum passiert. Kannst du dir einen Reim darauf machen?«

»Kann ich nicht«, sagte Dobermann resigniert, war aber froh, dass er in der Stimme seines Vaters keinen Vorwurf hörte.

»Weißt du, was vorgestern passiert ist?«, wollte der alte Hauptkommissar wissen.

»Ich habe einen totalen Blackout.«

»Okay. Erzähl mir alles, was du vorgestern im Laufe des Tages erlebt hast.«

Dobermann begann zögernd, dann mit immer festerer Stimme. Er erzählte solange, bis das Essen aufgetischt wurde. Dann schwiegen beide und ließen es sich schmecken. Erst nach dem Espresso berichtete der Vater, was er in Erfahrung gebracht hatte.

»Die ermitteln also wirklich gegen mich?«, fragte Dobermann.

»Klar. Bei der Sachlage müssen die auch in deine Richtung ermitteln. Aber sag mal, hast du einen Verdacht, wer dich da ins offene Messer laufen lässt? Wer könnte dich so hassen?«

Dobermann dachte nach und bemerkte plötzlich, wie müde er war. Er fühlte, er konnte seinem Vater alles erzählen. Er wusste nicht, warum er nichts von dem Einbruch in seine Wohnung und seinem Verdacht gegen Julia preisgab. »Ich bin einfach nur müde«, sagte er endlich.

Der alte Dobermann reagierte sofort. Er ließ es sich nicht nehmen, die Rechnung zu begleichen, und lud seinen Sohn für diese Nacht in seine Bessunger Wohnung ein. »Veronika würde sich sicher freuen, dich zu sehen«, sagte der alte Dobermann.

»Wie geht es Mutter?«

»Na ja, du kennst sie. Sie ist eine Kämpferin. Die letzte Chemo hat sie gut weggesteckt. Zuhause trägt sie keine

Perücke. Ich finde es sexy. Sie hat halt ein schönes Gesicht.«

»Ich weiß«, sagte Dobermann, den Blick auf die Tischplatte geheftet. »Grüße sie von mir. Ich komme bald wieder einmal zu Besuch.«

»Da wird sie sich sicher freuen«, erwiderte Lothar Dobermann und klopfte seinen Sohn auf die Schultern.

»Wenn dieser Fall abgeschlossen ist, dann lade ich euch beide zum Essen ein, versprochen«, sagte der junge Kriminaloberkommissar und erhob sich.

Als Vater und Sohn das Lokal verließen, stand schon das gerufene Taxi vor der Tür. Dobermann umarmte seinen Vater. Das hatte er schon seit Monaten nicht mehr getan, und er merkte, wie gut es ihm und auch seinem Vater tat.

»Tschüß«, sagte er, dann stieg Lothar Ludwig Dobermann in das Taxi ein. »Du wirst es schaffen. Und wenn du meine Hilfe benötigst, ruf einfach an.« Dann schlug die Beifahrertür zu und das Taxi fuhr in die Nacht.

Dobermann genoss die wenigen Schritte bis zu seiner Wohnung. Er überlegte, wie er sie heute Nacht sichern konnte. Er legte sich einen Plan zurecht. Er würde an die Türklinke eine Schnur anbringen, diese mit dem Henkel eines Metalleimers verbinden, der gefüllt mit einigen Gläsern auf dem Wohnzimmerschrank stehen würde. Wenn heute Nacht ein ungebetener Gast kam, würde er von lautem Geschepper geweckt werden, so war zumindest seine Hoffnung.

*

Daniel Hartmann hatte Dobermann auf den Anrufbeantworter gesprochen. Er solle sich sofort bei ihm melden. Jetzt wählte er Dobermanns Handynummer und war erst einmal überrascht, als Karl Leuthner abnahm. Dann fiel ihm ein, dass das Handy beschlagnahmt worden war.

»Na, habt ihr noch etwas Verwertbares herausgefunden?«, fragte Hartmann müde.

»Nur, dass der letzte Anruf, den Benjamin angenommen hat, von diesem Jens kam. Das habe ich dir aber schon gesagt.«

»Na prima. Immerhin haben wir diesen Jansen jetzt unter Verschluss.«

Nach diesen Worten beendete Hartmann das Telefonat und verließ das Büro. Auf dem Nachhauseweg rief endlich Dobermann an, und Hartmann informierte ihn kurz über die Aussagen von Jens Jansen.

Was beide nicht wissen konnten: Die Kollegen hatten Jansen vor ein paar Stunden mit der Auflage, er solle sich zweimal die Woche bei der Polizei melden, entlassen.

»Solange man hinter einer Frau herläuft,
hat man nichts zu befürchten.
Gefährlich wird es erst,
wenn man sie eingeholt hat.« *Burt Lancaster*

5.

»Schön, dass du so schnell gekommen bist.« Mit diesem Satz begrüßte Julia ihren Gast. Der junge Mann genoss jedes Wort und obendrein das offene Lächeln, das ihm geschenkt wurde und auf das er gewartet hatte. Sie war sein Lebenselixier. Er wollte von ihren Augen berührt werden, und er wollte mehr.

Manchmal bekam er es auch. Immer dann, wenn er Julias Erwartungen entsprochen hatte. Aber die Aufgaben, die er erfüllen musste, wurden immer schwerer und belastender. Dennoch tat er, was sie von ihm verlangte. War er süchtig nach Julia? War er ihr verfallen? Er kannte die Antwort, aber er wollte sie noch nicht wahrhaben.

Julia trug den engen roten Rock und darüber ihre nahezu transparente Bluse. Der Langhaarige hatte sich schon oft gefragt, ob ihr Kälte gar nichts anhaben konnte.

»Hast du den Bolzenschneider dabei?«, wurde er aus seinen Gedanken gerissen.

»Ja, klar«, sagte er stockend, holte den Rucksack von seinem Rücken, öffnete ihn und holte das Werkzeug heraus, das mit einer mechanischen Übersetzung ausgestattetet war, wodurch eine Eisenkette mit geringem Kraftaufwand durchtrennt werden konnte.

»Hier ist der Bolzenschneider«, sagte er. »Was hast du damit vor?«

Julia lachte. »Ich habe dich nicht umsonst zum Ludwigsturm bestellt. Wie du weißt, kann man von hier oben ganz Darmstadt überblicken. Ich möchte dich hier etwas ganz besonderes erleben lassen. Ich werde dich auf den höchsten Punkt dieses Turmes bringen und ...«

Der Langhaarige musste jetzt schon ein Stöhnen unterdrücken und schluckte, denn in seinem Hirn verbanden sich die Worte *höchsten* und *Punkt* lustvoll miteinander, und er wusste jetzt schon, dass er wieder alles tun würde, was diese Frau von ihm verlangte.

»... dazu musst du uns den Weg freimachen. Wie du siehst, sind die Betreiber der Ludwigsklause Spielverderber. Sie wollen nicht, dass wir den Turm besteigen.«

Mit ihren aufwändig verzierten Fingernägeln deutete Julia auf das große Eisentor, das mit einer Kette und einem Vorhängeschloss gesichert war.

Der junge Mann wusste, was zu tun war. Beherzt schulterte er den alten Bolzenschneider, den er sich bei einem Freund ausgeliehen hatte, und stiefelte los. Er kannte den Ludwigsturm gut. In seiner Kindheit war er häufig hier oben gewesen, um gemeinsam mit seinen Eltern die historische Aussichtsterrasse unterhalb des Turmes zu besuchen. Von hier aus eröffnete sich ein imposanter Blick auf ganz Darmstadt, in die Rheinebene hinein bis nach Frankfurt und hin zum Taunus. Als Jugendlicher war er oft mit Freunden hier oben gewesen.

Der achtundzwanzig Meter hohe Aussichtsturm krönt schon seit einhundertfünfundzwanzig Jahren das Ausflugsziel der Darmstädter auf dem so genannten Bessunger Hausberg. Wilhelm Schwab, ein Gründungsmitglied der *Darmstädter Bauverein AG*, spendete Geld und ließ ihn bauen. Seitdem haben die Besucherströme stetig zugenommen. Der steinerne Turm wirkt als Magnet für Spaziergänger von nah und fern, obwohl er kaum Verzierungen hat. Lediglich zwei Fenster und ein kleiner Balkon auf halber Höhe schmücken ihn. Er ist umgeben von Säulen, die im Kreis aufgestellt sind. Rundbögen verbinden die einzelnen Säulen und bilden dadurch eine Plattform in einer Höhe von etwa vier Metern, die sich rund um den Turm erstreckt. Auf diese Plattform führen links und rechts zwei geschwungene Treppen. Auf der gegenüberliegenden Seite erreicht man eine Tür, die in das Inneres des Turms führt. Diese Tür steht immer offen. Allerdings ist das eiserne Tor am Fuße des Turms verschlossen und nachts mit einer dicken Kette gesichert.

Der Langhaarige hatte die Tür erreicht. Fachmännisch setzte er den Bolzenschneider an und durchtrennte die eiserne Kette. Er war überrascht wie einfach es ging und ließ sich mit einer sanften Berührung an der Schulter zur Seite schieben.

»Um das Türschloss kümmere ich mich«, sagte Julia. Mit einem Dietrich öffnete sie geschickt das Schloss und zog die Tür mit einem leisen Quietschen auf.

»Nach dir«, sagte sie und machte Platz. Als der junge Mann an ihr vorbei durch die Tür ging, tätschelte sie ihm mit der flachen Hand den Po und lachte. Der Langhaarige beeilte sich. Der Weg nach oben war düster. Der junge Mann stolperte mehrmals. Die steinernen Treppenstufen waren nicht gleichmäßig hoch, und so blieben seine Fußspitzen ab und zu an einer Kante hängen. Irgendwie gelang es ihm nur schwer, sich auf den Weg zu konzentrieren. Julia blieb ein paar Schritte hinter ihm. Leichtfüßig tänzelte sie hinter ihm her, und er fühlte sich von ihr angetrieben. Bald hatten beide die Plattform erreicht und gingen um den Turm herum, hin zu der offenen Tür, die in den Turm hineinführte. Nun musste eine Wendeltreppe erklommen werden.

Es war vollkommen dunkel und die Treppe war steil. Trotz seiner guten Kondition kam der Langhaarige außer Atem, und das ärgerte ihn. Er war froh, als er endlich oben angekommen war. Die Luke, die auf die Aussichtsplattform führte, stand offen und gewährte einen Blick in den Sternenhimmel. Der junge Mann nahm die letzten Stufen voller Elan und genoss die frische kühle

Luft. Kurz darauf stand Julia hinter ihm und zeigte auf die erleuchtete Stadt, die ihnen zu Füßen lag.

»Schau mal, dein Darmstadt.« Sie lehnte ihren geschmeidigen Körper gegen die steinerne Brüstung. Der Schlaksige wusste nicht, wohin er schauen sollte. Das Panorama, das sich vor ihm erstreckte, hätte er gerne länger genossen. Die Frau reizte ihn allerdings mehr. Julia legte ihren Kopf etwas schief und öffnete den Mund. Langsam hob sie beide Hände, stützte sie seitlich ab und sprang in die Höhe, sodass sie im nächsten Moment auf der Brüstung saß. Ihre Beine kreuzte sie übereinander und ließ beide Hände auf ihre Oberschenkel gleiten. Der junge Mann beäugte Julia wie ein Kater eine läufige Katze, die sich vor seinen Augen putzte. Erst jetzt fielen dem jungen Mann die schwarzen Handschuhe auf, die sich bis zu ihren Ellenbogen hochzogen. Er hatte noch niemals gesehen, dass Julia Handschuhe trug. Sie legte beide Hände auf den Saum des roten Rocks und umfasste ihn mit Zeigefinger und Daumen. Dann verharrte sie in dieser Stellung eine ganze Weile, um danach den Stoff langsam nach oben zu ziehen. Immer weiter glitt der Rock nach oben, so weit, bis der Mann erkannte, dass sich unter dem Rock kein weiteres Kleidungsstück befand. Mit einem Schlag setzte sein Denken aus. Er beugte seinen Kopf wie ein Stier, der zum Angriff überging, und vergrub ihn in ihrem warmen Schoß. Julia ließ ihn nur kurze Zeit gewähren, dann packte sie seine Haare und zog seinen Kopf langsam nach oben. Sie drängte ihn zur Seite und sprang von der Brüstung. Dann drückte sie ihn gegen die steinerne Brüstung.

»Komm, setzt dich oben drauf«, flüsterte sie. »Ich will dich verwöhnen.«

Der Langhaarige begann zu schwitzen. Nichts wollte er mehr in diesem Moment. Schnell stützte er beide Hände auf der Mauer ab und zog sich in die Höhe. Als er auf der Brüstung saß, spreizte er seine Beine. Julia schob ihre Hände unter seine Kniekehlen und hob gleichzeitig seine Beine an. Plötzlich wusste er, sie würde seine Unterschenkel auf ihre Schultern legen, um dann mit den sinnlichen Lippen …

Bei diesem Gedanken schauderte es ihn. Mit beiden Händen fingerte er an dem Hosenbund herum. Er merkte erst, was Julia vorhatte, als sie seine Beine so weit nach oben gerissen hatte, dass er das Gleichgewicht verlor. Dann fiel er in die Dunkelheit. Er war so erschrocken, dass er vergaß, zu schreien.

Julia zählte langsam bis zwei, dann hörte sie einen dumpfen Aufschlag. Das Hochgefühl war kurz und ebbte bald wieder ab. Es war alles zu schnell gegangen. Ihr Liebhaber war einfach nur verschwunden, in die Nacht gefallen, ohne sich zu wehren, ohne zu schreien.

Beim nächsten Mann wird alles anders, dachte Julia beim Abstieg, und sie wusste auch schon, wer ihr nächstes Opfer sein würde. Beschwingt verließ sie den Turm und gelangte auf die Plattform. Hier musste er irgendwo liegen. Ein paar Meter entfernt fand sie den gekrümmt daliegenden Körper. Sie hatte mehr Blut erwartet. Mit tiefer Verachtung und auch mit einem gewissen Ekel schaute sie auf den Toten herab. Selbst in seinem letzten Moment hatte er sich dem Schicksal hingegeben. Ohne sich zu wehren. Er hatte es nicht anders verdient.

Die rothaarige Frau fühlte Stolz in sich aufsteigen. Wieder einmal hatte sie einen perfekten Mord ausgeklügelt. Sie strich ihren Rock glatt und spürte zum ersten Mal, wie die Kälte an ihren nackten Beinen empor kroch. Einen Moment noch wartete sie ab, dann holte sie den Abschiedsbrief, den sie nach einer gemeinsamen Nacht auf seinem Drucker ausgedruckt hatte, aus ihrer Umhängetasche und verzierte das Blatt gekonnt mit den Fingerabdrücken ihres Opfers. Anschließend faltete sie den Brief und steckte ihn in die Jackentasche des Toten.

Einen Augenblick verharrte sie noch bei der Leiche, dann kam ihr eine Idee. Geschickt fingerte sie so lange in der Jackentasche herum, bis sie eine Geldbörse in Händen hielt. Darin befanden sich ein paar Scheine, die sie gut gebrauchen konnte, sowie ein Personalausweis nebst Kontokarte. Sie kannte die PIN-Nummer.

Langsam stöckelte sie über die Plattform und schlenderte dann die Treppe hinunter, schloss das eiserne Tor und lief in Richtung der Ludwigsklause.

Den Bolzenschneider und den Rucksack ließ sie achtlos neben der zerteilten eisernen Kette liegen.

Julia ließ einen letzten Blick über die Anhöhe gleiten und ging dann zurück zu ihrem Auto. Sie öffnete die Tür und setzte sich auf den Fahrersitz. Sie startete den Motor nicht. Sie fragte sich, was sie mit dieser angefangen Nacht anstellen sollte. Ihr fehlte die Müdigkeit, um einschlafen zu können und ihr fehlte der innere Kick, um noch irgendetwas Aufregendes zu unternehmen. Plötzlich lächelte Julia verschmitzt, und sie entschied, in ihr angemietetes Hotelzimmer zu fahren. Morgen war ein neuer Tag, und der morgige Tag versprach viel Freude. Sie würde ihren alten Lover Benjamin sehen, und diesmal würde sie garantiert viel Spaß mit ihm haben. Der Kommissar war nicht so leicht zu Fall zu bringen wie dieser Langhaarige. Dobermann war ein ebenbürtiger Gegner. Bei ihm würde sie diesen lang anhaltenden Kick endlich spüren können, den sie heute Abend vermisst hatte. Mit einer geschmeidigen Bewegung schaltete sie das Radio ein, startete den Motor und verließ den Waldparkplatz. Vergnügt pfiff sie das Lied mit, welches das Nachtprogramm ihr bot.

Kapitel IV

»Die Polizei will alles wissen;
und besonders Geheimnisse.«
Gotthold Ephraim Lessing

»Der größte Feind des Menschen ist seine
grenzenlose Leidenschaft für sein Ich.«
Dalai Lama

1.

Den ganz in schwarz gekleideten Männern machte es nichts aus, schon frühmorgens um halb fünf in ein Haus einzudringen. Es war ihr Job, und dafür wurden sie bezahlt. Außerdem machte es Sinn, den frühen Vogel zu spielen. Die Zielpersonen schliefen in aller Regel noch, und dadurch würde sich der Zugriff vereinfachen.

Heute morgen war es allerdings anders. Bisher war einiges schief gelaufen. Die Anfahrt von Wiesbaden hatte sich verzögert. Das Einsatzfahrzeug war auf der Autobahn kurz vor der Ausfahrt Rüsselsheim liegen geblieben und musste nach langwierigen Telefonaten ersetzt werden. Zum Glück war noch wenig los, und nur wenige Pendler nahmen den Trupp bis an die Zähne bewaffneter Männer wahr.

Mittlerweile war es halb sieben, und der Einsatzleiter hatte das Haus zum Stürmen freigegeben. Das alte städtische Gebäude, das zwar unter Denkmalschutz stand aber dennoch in keiner Weise gepflegt oder saniert wirkte, war bewohnt von sozial benachteiligten Menschen, die auf billigen Wohnraum angewiesen waren. Die Vernachlässigung des städtischen Eigentums ging jedoch so weit, dass etwa die Hälfte der kleinen Wohnungen gar nicht mehr vermietet werden konnten. Es fehlten Toiletten, oder es gab keine Wasserversorgung, ganz zu schweigen von der Elektrik.

All das interessierte die Schwarzgekleideten nicht. Sechs gut trainierte Männer, die auf alles vorbereitet waren. Schnell hatten sie die Tür gefunden, die zur Wohnung der Zielperson führte. Jeweils ein Mitglied der Truppe verschanzte sich neben der Türzarge, während sich der so genannte Rammbock direkt vor der Tür postierte. Ein kurzer Augenkontakt zum Einsatzleiter genügte, und der Uniformierte schnellte nach vorne und trat die Tür mit einem lauten Krachen ein. Danach stürmte er in die Wohnung, die beiden anderen folgten und danach noch weitere drei Einsatzkräfte.

»Gesichert«, rief der erste aus der Küche, als er sich sicher war, dass sich darin niemand befand. Ein zweiter stürmte an ihm vorbei in das angrenzende Zimmer, in dem ein Bett mit vielen Kissen und Decken den Raum dominierte.

»Gesichert«, erklang es auch hier, nachdem der Beamte die Tür des Schrankes geöffnet und kontrolliert hatte. Kurze Zeit später erklang ein erneutes »Gesichert« aus dem gegenüberliegenden Bad. Der Leiter des Einsatzes gab die Wohnung frei und sprach ein paar Worte in sein Headset. Die Kommissare Brigitte Hofmann und Horst Franzen von der eingesetzten Soko *weißkalt* kamen durch den lang gezogenen dunklen Flur geeilt und betraten die kleine Wohnung. Sie wurden begleitet von Karl Leuthner und Franz Jungherz, beide ganz in weiß gekleidet und diesmal peinlich darauf bedacht, dass auch ihr Kopfhaar mit den weißen Kapuzen bedeckt war. Franz schaute genervt, Karl erging es nicht anders. Die Kollegen der Spurensicherung waren eher Morgenmuffel, und gestern Abend hatte ihr Dienst erst gegen 22 Uhr geendet, sodass nur wenig Zeit zum Schlafen geblieben war. Die Kommissare schauten sich um. Sie hatten sich Einmalhandschuhe übergezogen und waren immer wieder überrascht darüber, wie die Jungs vom Sondereinsatzkommando nun starr und roboterähnlich in den einzelnen Räumen standen und diese bewachten oder sicherten, wie es in ihrer Sprache hieß. Der jungen blonden Kommissarin waren die Männer in Schwarz lästig. Sie war der Meinung, dass diese Kommandos von Testosteron geschwängerten Männer in letzter Zeit stark überbewertet wurden. Bei nahezu allen Zugriffen auf vermeintlich gefährliche Personen wurden sie angefordert, dominierten alles und verzögerten meistens den Einsatzablauf, da sie zuerst herangekarrt werden mussten. Heute hatte es besonders lange gedauert. Brigitte musste die ganze Zeit in ihrem kleinen Büro warten und konnte nichts tun. Außerdem war das Missverhältnis bei diesem Einsatz besonders groß. Sechs gut ausgebildete und schwer bewaffnete Männer sollten eine junge alleinstehende Frau überrumpeln, die augenscheinlich noch nicht einmal die Nacht in ihrer Wohnung verbracht hatte.

Die Kommissarin durchschritt mehrmals die Wohnung und schüttelte immer wieder den Kopf. Ihr Kollege Kriminalkommissar Horst Franzen, der normalerweise in Frankfurt ermittelte, die vergangene Nacht im Präsidium verbracht hatte und deswegen eher verknittert und verstrubbelt aussah, nahm die Küche in Augenschein und öffnete vorsichtig den einen oder anderen Schubkasten. Er ließ sich nicht stören, als Kommissarin Hofmann eintrat und brummelte: »Irgendetwas stimmt hier nicht. Meine Mutter wohnte vor einigen Jahren auch hier in diesem Haus. Auf dieser Seite des Flures lagen früher die Zweizimmerwohnungen. Ein Zimmer war ein Durchgangszimmer. Von dem aus gab es einen Zugang zum Balkon.«

»Deine Mutter wohnte in dieser Baracke?« Horst Franzen blickte erstaunt.

Hofmann zuckte nur kurz mit den Schultern und sah

sich gleich darauf suchend um: »Ich sehe hier keinen Zugang zu einem Balkon. Du etwa?«

Ihr Kollege schüttelte den Kopf.

»Meiner Meinung nach fehlt in dieser Wohnung ein Raum.«

Franzen schnaubte leise vor sich hin. »Ein Raum kann nicht so einfach verschwinden. Vielleicht gibt es auf dieser Seite auch Einzimmerappartements. Ist doch möglich, oder?«

Franzen beobachtete, wie die Kommissarin konzentriert die Küche durchschritt. »Irgendetwas ist hier nicht ganz koscher. Ich spüre es. Irgendetwas ist hier eigenartig, sehr eigenartig«, brummelte sie immer wieder vor sich hin. Sie war so in Gedanken versunken, dass sie beinahe Karls Worte überhörte.

»Ich habe etwas entdeckt«, erklang seine müde Stimme aus dem Zimmer jenseits des kleinen Flures. Mit wenigen Schritten hatten die beiden Kommissare das Schlafzimmer erreicht. Karl und Franz machten sich an der einen Wand des Zimmers zu schaffen. Erst auf den zweiten Blick erkannten auch die Kommissare die mit Tapete überzogene Tür. Sie war von einem Holzschrank verdeckt worden, der auf Rollen stand und von Karl zur Seite geschoben worden war. Leise glitt der Türflügel nach innen. Dahinter war Dunkelheit. Karl schaute die herbeigeeilten Kollegen fragend an. Brigitte Hofmann grinste und machte eine nickende Kopfbewegung, die den Mann der Spurensicherung veranlasste, tastend an der Innenwand des angrenzenden Raumes nach einem Lichtschalter zu suchen. Kurz darauf fand er ihn und flutete den Raum mit dem grellen Licht einer 100 Watt-Birne, die ohne Verzierung in einer einfachen Fassung von der Decke hing. Sofort war ein schwarz gekleideter Mann zur Stelle, richtete seine Waffe in den Raum und sprang hinein. Mehrmals drehte er sich um seine eigene Achse, dann erst kam der Entwarnungsruf

»gesichert«. Die beiden Kommissare betraten ebenfalls den Raum und blickten sich um. In dem Zimmer stand ein Stuhl und ihm gegenüber ein Stativ, in dem eine Kamera festgeklemmt war. Hinter dem Stuhl reichte eine weiße Leinwand von der Decke bis zum Fußboden. Dahinter musste sich ein Fenster befinden.

An der gegenüberliegenden Wand hingen verschiedene Fotografien. Die meisten zeigten Nahaufnahmen von Männern. Dazwischen ein paar Naturaufnahmen, anscheinend von der näheren Umgebung. Der eine oder andere Platz kam der Kommissarin bekannt vor. Sie verlor aber schnell das Interesse an den Bildern. In der hinteren Ecke des Raumes befand sich eine Glasvitrine.

»Sieht aus wie der Aufnahmeraum von Big Brother, in dem die Kandidaten regelmäßig ihre Votings abgeben müssen«, bemerkte Brigitte Hofmann.

»Was guckst du denn für einen Scheiß nach Dienstschluss?«, wollte Horst Franzen wissen, »hast du keinen Freund, der dich abends auf andere Ideen bringt?«

»Jetzt halt aber mal die Luft an«, erwiderte die junge Blonde barsch, »kümmere du dich um dein eigenes Leben«.

»Wo sie recht hat, hat sie recht«, mischte sich Karl ein. »Lasst uns lieber diesen Raum inspizieren. Hier hat unsere Freundin Julia Braune wohl die eine oder andere Videosequenz gedreht. Kann uns nur dienlich sein. Ich schau mal nach, ob in der Kamera noch ein Band eingelegt ist. Vielleicht ist es bespielt und kann uns die eine oder andere Frage beantworten. Franz, kümmere dich um die Vitrine, und danach schau dir die Bilder etwas genauer an. Ich bin gespannt, was wir so finden.«

Karl machte sich an dem Stativ zu schaffen, und Franz schlurfte raschelnd zu der Vitrine. Er öffnete die gläserne Tür und schob die darin herumstehenden Videokassetten zur Seite. Indessen hatte Karl die Kamera von dem Stativ geschraubt, drehte sie in seiner großen Hand hin und her und versuchte aus den vielen Knöpfen, die sich auf der Seite befanden, schlau zu werden.

»Achtung, sichern!«, schrie Franz plötzlich hektisch und wich zwei Schritte von der Glasvitrine zurück. Sogleich stürmten zwei der Männer in Schwarz heran und nahmen die Vitrine mit ihren Waffen ins Visier.

»Was ist los?«, wollte Horst wissen.

Franz hatte sich schnell wieder im Griff und sagte etwas ruhiger: »Mann, Mann, Mann. Jetzt wird es ganz und gar verrückt. Im Schrank befinden sich eine Menge mit Daten versehene Filmkassetten. Daneben habe ich einen Flakon entdeckt. Klein und unscheinbar. Allerdings steht auf einem Schildchen das nette Wörtchen »Sarin« geschrieben. Wenn sich dieses Nervengift tatsächlich darin befindet, dann müssen wir höllisch aufpassen. Es ist ein so genanntes Kontaktgift. Wenn man damit in Berührung kommt oder die Dämpfe einatmet, dann gute Nacht.«

Alle hörten Franz gebannt zu. Selbst die Sondereinsatzkräfte wichen ein paar Zentimeter zurück.

Karl war in der Zwischenzeit herbeigeeilt. Vorsichtig hob er den Flakon aus der Vitrine und prüfte mit seinen behandschuhten Händen, ob das Gefäß gut verschlossen war. Mit einer schwungvollen Bewegung übergab er das Gift an den Beamten, der ihm am nächsten stand, und sagte mit ruhiger Stimme, aber sehr bestimmt: »Bringen Sie es ins Labor. Und seien Sie vorsichtig. Es könnte tatsächlich gefährlich sein. Die Kollegen sollen die Flüssigkeit untersuchen. Ich will wissen, was sich genau darin befindet.«

Zögerlich nahm der Mann den Flakon entgegen. Er schaute zu seinem Einsatzleiter. Dieser nickte nur kurz, und der Polizist gehorchte. Er nahm das Glasfläschen an sich und verließ mit kraftvollen Schritten den Raum, darauf bedacht, das Gefäß mit gestrecktem Arm weit von sich zu halten.

»Es wird ja immer doller«, bemerkte Karl Leuthner kopfschüttelnd. Dann wandte sich wieder der Kamera zu. »Im Gehäuse steckt noch eine Kassette. Mittlerweile habe ich herausgefunden, wie das Teil funktioniert. Es scheint auch noch genug Saft im Akku zu sein, dass ich euch die Aufzeichnung vorspielen kann.«

Er klappte das Display auf und drückte einen Knopf. Die Aufnahme begann mit einem leisen Rauschen. Im nächsten Moment standen Brigitte und Horst neben ihm und schauten gebannt auf den Film.

Julia war zu erkennen. Sie saß auf dem einzigen Stuhl, der im Zimmer stand. Vor ihrem Bauch hielt sie ein großes Kissen umschlungen. Das Kissen war so groß, dass es ihr von den Knien bis zum Kinn reichte. Demütig neigte sie ihren Kopf.

Die Sekunden verstrichen. Es machte den Eindruck, als wolle die junge Frau so lange warten bis wirklich alle Aufmerksamkeit auf ihr ruhte. Endlich hob sie ihre Augenlider, dann sagte sie leise und langsam: »Ich habe mich entwickelt. Einst war ich ein kleines Häschen. Wenn ich draußen herum hoppelte, musste ich tun, was andere wollten. Ich wurde missbraucht und gedemütigt. Also habe ich mich jahrelang in meinen Bau zurückgezogen. Diese Phase meines Lebens ist nun endgültig vorbei. Ich bin kein Häschen mehr. Ich bin durch das Feuer gegangen, zu Asche geworden und wieder neu auferstanden. Ich habe mich transformiert. Ich bin eine andere geworden. Ich stehe nun vor euch, als Göttin wiedergeboren.«

Während des letzten Satzes schaute die junge Frau so direkt in die Kamera, dass Karl erschrak.

»Ich bin kein Häschen mehr«, nahm Julia den Faden wieder auf. »Ich bin zur Füchsin mutiert, schlau und mit allen Wassern gewaschen. Ich habe einen steinigen Weg hinter mich gebracht, bin gereift und habe die wahre Macht kennengelernt. Anfangs war ich dilettantisch, habe mich hinter einem Busch verstecken müssen, um dann nach dem Scheitern den weichen nassen Boden mit meinen Fäusten zu drangsalieren. Ich war alleine. Dann dachte ich nach und entschied zu handeln und die Macht, die ich auf Männer ausüben konnte, zu genießen. Ich nutzte meine Verführungskraft. Ja, ich nutzte meine weibliche Macht und ...«, Julia rieb das Kissen an ihrem Bauch, »... und überredete den einen oder anderen Mann, mir behilflich zu sein. Ich hatte die Ideen, und sie setzten sie um und demonstrierten mir, wie man ein Kältespray als Waffe einsetzen kann. Eine höllische, schnell wirkende Waffe und so schön perfide. Was passt besser zu dem Gefühl, das mir meine Schwester schon seit meiner frühen Kindheit entgegenbrachte? Was passt besser zu dieser tief einschneidenden Kälte? Dieser eiskalten Überheblichkeit, die mich so lange Zeit daran hinderte, mich selbst zu entwickeln?«

Julia lachte und erhob sich. Das Kissen hielt sie an sich gepresst. Langsam drehte sich sie um und lief einmal um den Stuhl herum. Ihr Rücken war nackt, und weder Karl noch Horst konnten den Blick von dem wenden, was sich ihnen offenbarte. Julia stolzierte langsam und lachte noch immer. Dann sah sie wieder in die Kamera und setzte sich. Mit einer schwungvollen Bewegung schwang sie das rechte Bein über ihr linkes Knie und presste erneut das Kissen schützend an ihren Bauch und Oberkörper.

»Meine hoch geschätzte Schwester durfte die ewige Kälte genießen. Ich durfte diesem Schauspiel beiwohnen, leider nicht so mittelbar, wie ich mir das gewünscht hatte. Damals war ich noch nicht so weit, wie ich es heute bin. Ja, ich musste viel lernen.«

Julia ließ plötzlich ihren Kopf vornüber fallen und schloss die Augen, so als wolle sie sich auf ihr Inneres konzentrieren.

»Wahnsinn«, entfuhr es Brigitte, »wir sehen hier gerade ein Geständnis dieser Julia Braune. Die scheint ja ganz und gar durchgeknallt zu sein.«

»Psst«, erwiderte Horst und stupste seine Kollegin leicht an. Julias Augen hatten sich wieder geöffnet, und ihr stechender Blick traf die Zuschauer. Ihre grüne Iris leuchtete, und die Pupillen waren klein wie Stecknadelköpfe.

»Das Ableben meiner Schwester, das ich so lange herbeigesehnt hatte, bereitete mir nur kurze Befriedigung. Das ärgerte mich. Tief in mir hatte ich gehofft, durch ihren Tod frei werden zu können, aber ich hatte mich getäuscht. Zum Glück, wie ich heute weiß. Zum ersten Mal regte sich in mir dieses Tier, das zu meinem Freund werden sollte. Ein starkes, mächtiges Tier. Obwohl es noch ganz klein war, akzeptierte es meine Schwäche und nahm mich an die Hand. Es befreite mich von moralischen Skrupeln, die mich immer klein gehalten hatten. Es zeigte mir die wahre Welt. Plötzlich erkannte ich, auch ich könnte töten. Ich konnte es lernen. Ich brauchte niemanden mehr, der etwas für mich tat. Ich nutzte mein Wissen und meine Weiblichkeit. Dieser alte Muffinski – wie hieß er gleich mit Vornamen?«

Julia Braune verdrehte ihre Augen, als würde sie nachdenken.

»Wilhelm, ja, Wilhelm ließ er sich von mir nennen. Dieser alte Sack. Seine Gegenwehr, als ich ihm das Kältespray in den Rachen sprühte, war sehr verhaltend, sein Todeskampf kurz, aber ich fütterte damit mein inneres Tier. Es wuchs weiter und verlieh mir Kräfte, die ich nie für möglich gehalten hatte. Plötzlich war ich wirklich frei!«

Die Rothaarige sprang auf und schleuderte das Kissen in hohem Bogen fort. Splitternackt tanzte sie vor der Kamera und schleuderte ihren Kopf hin und her.

Horst, Karl und Brigitte waren entsetzt zurückgeschreckt. Allen dreien lief ein Schauer über den Rücken.

Es dauerte einige Sekunden, bis ihnen klar wurde, was sie gerade gehört hatten. Muffinski, der alte Haudegen, der seinen Beruf geliebt und in ihm gelebt hatte. Dieser Muffinski starb durch die Hand einer Mörderin, auf deren Spur er vielleicht schon gewesen war.

Die beiden Kommissare und Karl Leuthner stierten auf das Display, auf dem noch immer diese Frau wild zuckend tanzte und vor Freude schrie. Für die drei stand die Zeit still. Erst langsam kam die Erkenntnis und mit ihr die Wut. Karl löste sich als erster aus der Erstarrung.

»Das gibt es doch nicht!«, sagte er mit matter Stimme. Dann schrie er los: »Du kleines Miststück! Ich werde dich kriegen und dich fertig machen, und wenn es das letzte ist, was ich tun werden. Das schwöre ich dir.«

Als wenn Julia es gehört hätte, veränderte sie abrupt ihr Verhalten. Sie blieb stehen und schaute in die Kamera. Dann sagte sie mit ruhiger Stimme: »Das innere Tier machte mir klar, dass es mehr Nahrung brauchte und versprach, mir zu dienen und mir noch mehr Macht zu verleihen.«

Wieder blitzten ihre Augen auf. Dann sah man, wie sie ihre Arme ausfuhr, als seien sie die Greifarme eines Roboters, und langsam auf die Kamera zuging. Immer näher kam sie dem Kameraauge. Die Zuschauer hatten den Eindruck, als würden sie von der jungen Frau umarmt werden. Sie kam so nah, bis nur noch ein Teil ihres Gesichtes zu erkennen waren. Ihr Mund erschien riesengroß. Sie öffnete ihn langsam. »Ich war auf dem Gipfel eines Berges angelangt. Als ich mich umsah, merkte ich allerdings, dass ich mich lediglich auf einem Etappenziel befand. Um mich herum gab es weitere, viel höhere Gipfel, die ich noch erklimmen konnte. Ich hatte plötzlich neue Ziele und neue Ideen. Ich habe mir eine neue Aufgabe gegeben. Ich werde mich einem Gegner stellen, der mir ebenbürtig ist. Ich werde ihm Aug' in Aug' gegenüberstehen, und ich werde ihn töten. Er wird einen langen Todeskampf haben, und ich werde jede Sekunde genießen. Ich werde unsterblich werden.«

Die Frau entfernte ihren Kopf etwas von der Kamera. Dann sagte sie feierlich: »Kriminaloberkommissar Benjamin Dobermann wird die Ehre haben, mich auf den Thron der menschlichen Entwicklung zu heben.«

Das nachfolgende spitze Lachen klang verzerrt. Das Aufnahmegerät war mit der Lautstärke und dem Frequenzbereich überfordert. Die drei Zuschauer verzogen angewidert ihre Gesichter, blickten aber weiter auf das Display.

Mittlerweile lachte Julia nicht mehr. Sie blickte starr. Ihren Kopf hatte sie zur Seite geneigt. Dann zog sie die Kamera erneut näher an ihr Gesicht heran, bis ihr Mund das Kameraauge berührte und küsste. Dann verschwand der Mund und das Display wurde schwarz.

Brigitte reagierte als erste: »Wir müssen Benjamin warnen.« Sie zückte ihr Handy und tippte die Nummer ihres Kollegen ein. Horst machte zwei Schritte auf sie zu und nahm ihr das Handy aus der Hand. Schnell unterbrach er die Verbindung.

»Weißt du eigentlich, wie spät es ist?«, regte er sich auf, »Benjamin schläft, und er hat seinen Schlaf verdient. Ich denke, er sollte erst einmal fit werden, bevor wir ihn damit konfrontieren. Also, lassen wir ihn in Ruhe und kümmern uns um Wichtigeres.«

»Okay, okay«, erwiderte Brigitte, hob beide Hände und fragte schnippisch: »Also, was schlägst du vor?«

»Jetzt hört auf mit dem Rumgezicke«, mischte sich Karl ein. »Ich werde mit meinem Kollegen die Wohnung noch ein wenig auf den Kopf stellen und die anderen Videoaufnahmen sichten. Wenn wir etwas Verwertbares herausfinden, informiere ich euch.«

»Prima«, lenkte Brigitte ein. »Ich werde Julia Braune zur Fahndung ausschreiben lassen und nachschauen, ob im Präsidium neue Informationen reingekommen sind.«

»Wenn das so ist, dann werde ich mit unserem Kollegen Hans-Jürgen Klöpzig Kontakt aufnehmen und in Erfahrung bringen, was der so in der Gerichtsmedizin heraus …«

Horst wurde durch den durchdringenden Klingelton seines Smartphones unterbrochen. Automatisch hielt er das Gerät an sein Ohr. Er tat das so reflexartig, dass er nicht erst nachschaute, wer ihn sprechen wollte.

»Hallo, hier Kriminalkommissar Franzen.«

Danach kehrte eine Stille ein, die alle Kriminalisten im Raum aufhorchen ließ. Sie konnten beobachten, wie Horst Franzen schluckte. Dann unterbrach er das Telefonat und sagte mit tonloser Stimme: »Es wurde wieder eine Leiche gefunden. Ein junger Mann ist vom Ludwigturm gestürzt. Der Betreiber der Ludwigsklause hat ihn gefunden.«

»Verstehen kann man das Leben rückwärts,
leben muss man es aber vorwärts.«
Sören Kierkegaard

when the night has been too lonely
and the road has been too long
and you think that love is only
fur the lucky and the strong

just remember in the winter
far beneath the bitter snows
lies the seed that with the suns's love
in the spring becomes the rose
»The Rose«, Bette Midler

2.

Daniel Hartmann verbrachte eine unruhige Nacht. Obwohl er vor dem Einschlafen eine Nachricht von Dobermann erhalten hatte und wusste, dass es ihm gut ging, kam er nicht zur Ruhe. Aufgekratzt warf er sich in dem großen Doppelbett hin und her. Irgendwann verließ er das Bett und schlurfte vor den Fernseher. Er schaute auf die Mattscheibe und versuchte, sich zu entspannen. Die Bilder machten ihn tatsächlich schläfrig, obwohl er sie noch stundenlang in sich eindringen ließ, bevor er tief in der Nacht auf der unbequemen Couch in einen unruhigen Schlaf, gespickt mit verrückten Träumen, fiel.

Schon früh am Morgen erwachte er. Sein Rücken tat ihm weh. Der Fernseher lief noch immer. Dennoch war er nicht in der Lage aufzustehen. Lange lag er auf der Couch und starrte in die Dunkelheit. Er war zu unruhig, um wieder einzuschlafen, aber auch zu müde, um einen vernünftigen Gedanken fassen zu können oder aufzustehen. Nach einer gefühlten Ewigkeit schaffte er es doch. Seine Morgentoilette war kurz, das Frühstück ließ er ganz ausfallen. Nachdem er noch zweimal Dobermanns Festnetznummer gewählt hatte und immer nur der Anrufbeantworter angesprungen war, entschloss er sich, ihn aufzusuchen, auch wenn er ihn aus dem Schlaf herausreißen würde. Er musste ihm erzählen, was er von Jens erfahren hatte. Dass diese Julia Braune es anscheinend auf ihn abgesehen hatte. Dass er sich in Gefahr befand und auf keinen Fall irgendetwas im Alleingang unternehmen sollte.

Hartmann verließ eilig seine geräumige Altbauwohnung im Johannisviertel. Ihm war es egal, dass sein Hemd an der einen Seite aus der Hose hing und dass seine Haare nicht gekämmt waren und wirr um seinen Kopf hingen. Auch hatte er keine Zeit gefunden, den Dreitagebart zu stutzen. Er nahm den kürzesten Weg durch den Herrngarten, wurde beinahe von einer Horde Fahrrad fahrender Jugendlicher angefahren, die auf ihrem Schulweg keine verwirrt aussehenden Kommissare gewohnt waren.

»Hey, passt doch auf«, schrie Hartmann. Sein Ruf wurde allerdings lediglich mit mehreren Lachern quittiert und im nächsten Moment stand der Kommissar kopfschüttelnd auf dem Betonstreifen, der durch die innerstädtische Parkanlage führte, und setzte seinen Weg fort. Bis zur Mauerstraße war es nicht sehr weit. Bald hatte er das Haus erreicht, in dem Dobermanns Wohnung lag. Mehrmaliges Klingeln nutzte nichts. Die Eingangstür wurde nicht geöffnet. So klingelte der Kommissar bei einem Nachbarn und nach einem selbstbewusst ausgesprochenen *Guten Morgen, Post* erklang der Türsummer. An der Wohnungstür begann das Spiel von neuem. Hartmann klingelte mehrmals. Er lauschte an der Wohnungstür, nichts war zu hören.

Ohne lange nachzudenken, kramte er ein Werkzeug aus seiner Jackentasche und machte sich an dem Schloss zu schaffen. Die letzten praktischen Übungen waren schon ein paar Monate her, und so dauerte es etwas länger, bis endlich ein leises Klicken zu hören war und sich die Tür öffnen ließ. Zum Glück war sie nicht abgeschlossen, sondern lediglich zugezogen. Jetzt war er sich sehr sicher, dass sein Kollege in der Wohnung war. Hätte er die Wohnung verlassen, hätte er bestimmt abgeschlossen.

»Hallo Benjamin, ich bin es, Daniel.«

Der Ruf verhallte in dem kleinen Flur, der direkt ins offene Wohnzimmer führte. Nichts geschah. Das einzige was zu hören war, war das monotone Ticken der großen Küchenuhr. Hartmann war unschlüssig was er tun sollte. Er fühlte so etwas wie Angst. Das Gefühl breitete sich von seinem Bauch in den Brustraum aus. Seine Atmung beschleunigte sich, das Herz klopfte merklich. Die Neugierde gewann die Oberhand, und Hartmann untersuchte die Wohnung Raum für Raum. Im Wohnzimmer fand er nichts Ungewöhnliches bis auf einen Blecheimer, der auf dem Boden lag und an dessen Henkel eine lange rote Schnur gebunden war. Davor lagen verstreut einige Gläser. Manche davon waren zersprungen, und Glasscherben lagen auf dem Parkettfußboden. Hartmann überlegte, was das zu bedeuten hatte. Er konnte es sich nicht erklären. Konzentriert durchforstete er weiter die kleine Wohnung. Die angrenzende Küche war unaufgeräumt wie immer, auch im Bad hielt sich niemand auf. Der einzige Raum, der noch fehlte, war das Schlafzimmer. Die Tür war geschlossen. Leise pirschte sich Hartmann an. Er drückte behutsam die Türklinke nach unten öffnete langsam die Tür. Vorsichtig lugte er in den Raum. Das Bett war durchwühlt aber leer. Die Tür des Schlafzimmerschrankes stand offen. Der Schreibtisch war belegt mit einigem Krimskrams. Ein Papier darauf erregte Hartmanns Aufmerksamkeit. Da klingelte sein Handy.

»Hartmann, was gibt es?«, fragte er, nachdem er die

angezeigte Nummer gesehen hatte und wusste, dass Horst ihn anrief.

»Ich bin in Benjamins Wohnung. Nein, er ist nicht zuhause. Habe mir eben Sorgen gemacht. Was?«

Hartmann lauschte erschrocken, dann erwiderte er: »Das passt zu Jens' Aussage. Julia Braune scheint tatsächlich etwas vor zu haben. Wenn ich im Präsidium bin, werde ich mir nochmals Jens zur Brust nehmen und ...«

Hartmann riss die Augen auf und rief:»Was?« Mit dem Hörer am Ohr verließ er das Schlafzimmer und lief in dem kleinen Flur auf und ab. »Verdammt, wer hat Jens laufen lassen? Das hätte nicht passieren dürfen!«

Plötzlich blieb er wie angewurzelt stehen. »Noch `ne Leiche? Weiß man schon, wer es ist? Halte mich bitte auf dem Laufenden. Ich werde mich noch ein wenig in Benjamins Wohnung umsehen und mich dann auf die Suche nach ihm machen. Wenn er sich bei euch meldet, sagt mir bitte gleich Bescheid, ja?«

Hartmann beendete das Telefonat und musste erst einmal seine Gedanken sortieren. Wo um Himmels Willen befand sich Benjamin? Hartmann dachte krampfhaft darüber nach, was er jetzt tun sollte.

Jetzt fiel es ihm wieder ein. Der Schreibtisch. Darauf lag ein Schriftstück. Das wollte er sich genauer anschauen. Der Kommissar ging zurück in das Schlafzimmer. Da lag es. Es war ein Karopapier, und drauf stand etwas in einer zittrigen Handschrift geschrieben. Geistesgegenwärtig kramte der Kommissar zwei Gummihandschuhe aus seiner Hosentasche und zog sie über. Dann nahm er das Papier an sich und las. Er musste den Text ein zweites Mal lesen bis er begriff, dass es sich um ein Geständnis handelte. Unterzeichnet war das Blatt mit dem Namen Benjamin Dobermann. Ob es sich dabei tatsächlich um die Handschrift seines Kollegen handelte, konnte Hartmann nicht mit Gewissheit sagen.

Jetzt wusste er allerdings, dass die Zeit knapp wurde und er handeln musste. Er musste Dobermann finden. Als erstes nahm er das Handy in die Hand und wählte die Nummer seines Kollegen von der Soko *weißkalt*, mit dem er gerade eben schon einmal gesprochen hatte. Ihm wurde klar, dass der Name der Sonderkommission gut gewählt war. Er spürte förmlich die innere Kälte, die sich in ihm ausbreitete.

*

Dobermann lag auf der alten Couch, die nun in seinem ehemaligen Kinderzimmer stand, und starrte an die Decke. Die Nacht war kurz gewesen und hatte nicht viel Schlaf gebracht. Er war verwirrt, genauso verwirrt wie gestern Abend. Zuerst wollte er unbedingt nach Hause, wollte alleine sein und sich zurückziehen. Dann plötzlich konnte er die Stille in seiner Wohnung nicht mehr ertragen. Schnell hatte er die Klamotten wieder übergezogen und stürmte aus seiner Wohnung. Die Einbruchssicherung, die er kurz zuvor angebracht hatte, hatte er vergessen. Scheppernd fiel der Blecheimer vom Wohnzimmerschrank. Aber das war ihm egal. Er ließ den Eimer einfach liegen, zog die Wohnungstür hinter sich zu und lief in die Nacht. Der Spaziergang durch die Innenstadt nach Bessungen tat ihm gut. Nach einer halben Stunde hatte er die Wohnung seiner Eltern erreicht. Er musste nur einmal klingeln, dann wurde ihm geöffnet. Lothar Ludwig Dobermann war noch wach, und Veronika, seine Mutter, umarmte ihren Sohn lange. Diesmal war es ihm nicht unangenehm. Er konnte die Nähe genießen und wartete so lange, bis seine Mutter locker ließ. Wie früher setzten sich alle drei an den Küchentisch.

Lothar Ludwig holte einen trockenen Rotwein aus dem Schrank, entkorkte ihn und füllte die großen bauchigen Gläser. Benjamin kämpfte anfangs noch gegen die Tränen, die in ihm aufstiegen, als er über den Tod des Pathologen Muffinski sprach, dann ließ er sie über die Wangen laufen und spürte, dass sie ihn ein wenig trösteten. Trost kam auch von seinen Eltern. Das Gespräch kreiste weniger um die Frage, wer den alten Muffinski getötet hatte, sondern vielmehr um Erinnerungen an dessen Leben und die Frage, wann die Beerdigung sein werde. Wilhelm Muffinski hatte keine Familie, und so würden sich die Kollegen aus der Frankfurter Gerichtsmedizin um die Beerdigung kümmern, sobald sein Leichnam freigegeben worden war. Lothar Ludwig hatte schon mit der Pathologie telefoniert und erfahren, dass die Todesursache tatsächlich ein Kältespray gewesen war.

Benjamin erzählte in dieser Nacht viel. Viel von seinen Ängsten und Befürchtungen und auch darüber, dass anscheinend jemand in seine Wohnung eingedrungen war und zwei Dosen Kältespray in seinem Kleiderschrank deponiert hatte. Allen am Tisch war klar, dass irgendjemand den jungen Kommissar mit den drei Morden in Verbindung bringen wollte. Alle Bemühungen zu ergründen, wer diese Person sein konnte, blockte Benjamin ab. Er erzählte nichts von dem handgeschriebenen Abschiedsbrief, den er auf seinem Schreibtisch gefunden hatte, und er verschwieg seinen Eltern auch das geplante Treffen mit Julia. Warum er dies tat, konnte er nicht sagen. Und nun lag er auf der alten Couch, hellwach, und sein schlechtes Gewissen plagte ihn. Er wusste, dass Julia mit all dem in Verbindung gebracht stand. Er wusste, das sich seine Eltern Sorgen um ihn machten. Er wusste, dass seine Kollegen mit dem Wissen, dass er ihnen vorenthielt, ihre Polizeiarbeit effektiver gestalten konnten. Er wusste so vieles aber irgendetwas in ihm verschloss seinen Mund. Er war mit Julia verabredet, und er wollte sie treffen. Er wollte mit ihr sprechen und er wollte diesen Weg alleine gehen. Er schaute auf seine Armbanduhr. Es war halb neun. Zeit, um aufzustehen, einen Kaffee zu kochen und die nächsten beiden Schmerztabletten einzunehmen. Wenn er leise genug war, würden seine Eltern nicht aufwachen, er konnte einen Zettel hinterlassen und um neun die Wohnung verlassen. Er hatte noch eine kleine Wanderung vor sich. Er musste hoch zur Akademie für Tonkunst, um dann durch den Wald, der sich hinter dem Polizeipräsidium ausbreitete, bis hin zum Parkplatz am Böllenfalltor zu gelangen. Ein weiter Weg, aber er wusste auch, dass ihm der Spaziergang gut tun würde.

Als er die Wohnung verließ, meldete sich der Festnetzanschluss seiner Eltern. Er ignorierte das Klingeln und ging nach draußen.

»Ich weiß nicht, ob es besser wird,
wenn es anders wird. Aber es muss anders
werden, wenn es besser werden soll.«
Georg Christoph Lichtenberg

3.

Er befand sich noch immer auf dem Prinzenberg. Er musste auf dem Rücken liegen, denn er sah nur die Bäume von unten und wenn er seinen Kopf drehte, auch deren Stämme. Es waren Kirschbäume. Daneben befand sich eine Feuerstelle. Er kannte das Bild von seinen Joggingtouren.

Er lag auf dem Rücken, und irgendetwas belastete ihn. Die Hände schienen auf seinem Oberbauch zwischen den Rippen verschränkt zu sein. Er konnte sie nicht bewegen, so als seien sie mit etwas verbunden, dass sich tief in sein Fleisch schnitt. Auf seinen Unterarmen und bis zu den Schultern spürte er diese Schwere. Dobermann bewegte sein Kinn in Richtung Brust und blickte in Julias Gesicht. Den Kopf leicht gesenkt, blickte die auf ihn herab. Ganz ruhig saß sie auf seiner Brust und drückte ihre Oberschenkel gegen seine Oberarme. Dobermann benötigte einige Momente, bis er alles scharf gestellt hatte. Er spürte Zorn in sich aufsteigen. »Dein Verhalten ist total krank!« Er spuckte ihr die Worte ins Gesicht. Jetzt erst wurde dem jungen Kommissar bewusst, welche Zeitbombe da auf ihm hockte. Sie wollte und würde töten, und er war ihr Opfer. Mit aller Kraft versuchte er sich zu bewegen. Aber eine kleine Bewegung von ihr reichte aus, dann kam dieser unerträgliche Schmerz zwischen seinen Rippen.

»Du meinst also, mein Verhalten sei krank?«, fragte sie gedehnt. Dabei spürte Dobermann, wie der Druck an den Seiten seiner Oberarme zunahm. Julia hatte eine gut ausgeprägte Beinmuskulatur. Das wusste er.

»Mein Verhalten?«, wiederholte sie. »Dir geht es um mein Verhalten?« Der Druck wurde stärker.

»Und, was ist mit deinem Verhalten? Dein Verhalten, mir gegenüber? Etwas mehr Engagement hatte ich mir schon von dir gewünscht, nachdem ich dich verlassen habe. Etwas mehr Einsatz, mich wieder zurück haben zu wollen. Du wolltest mich doch, oder etwa nicht?«

Julia verstärkte ihr Gewicht auf seinem Solarplexus. Der Schmerz wurde stärker. Sie sah auf ihn herab. Sekunden zogen sich in die Länge. Endlich verlagerte sie ihr Gewicht, und der Schmerz ließ langsam nach.

Der Kommissar keuchte. Verbissen überlegte er, wie er in diese missliche Lage gekommen war. Er erinnerte sich, wie er heute Vormittag pünktlich um 10 Uhr am Böllenfalltor angekommen war...

... Auf dem Parkplatz das kleine rote Auto. Rotes Haar, roter Rock, rotes Herz. Die Fahrertür öffnet sich. Julia. Ihre Umarmung, ihr Duft. Alle Bedenken sind weggewischt. Ein Kuss. Eine Unterhaltung über Belanglosigkeiten. Der Aufstieg zum Herrgottsberg, zum Goetheteich, zum Prinzenberg. Die Aussicht ist phänomenal. Das Panorama über die Rheinebene. Julia, die sagt, sie müsse für kleine Mädchen und er solle sich nicht umdrehen, wenn sie hinter den Obstbäumen verschwindet. Dann die Überrascung, als sie direkt vor ihm steht. Ihr Aussehen hat sich verändert. Ihr Blick ist kalt. Das große Stück Holz in ihren Händen passt dazu. Der Schlag ist gezielt und hart ...

»Aber so sind die Männer nun mal.«

Julias Worte drangen aus weiter Ferne in Dobermanns Ohren. Noch immer schmerzte sein Brustkorb. »Alle Männer sind gleich. Erst versprechen sie dir die Sterne vom Himmel, und dann folgen sie einer anderen Fährte wie Hunde, die ein neues läufiges Weibchen gewittert haben.«

Er wollte nicht weiter zuhören.

»Aber …«, Julia beugte sich nach vorne, sodass der Kommissar fast in ihre grünen Augen eintauchte, »… aber bei dir hatte ich tatsächlich das Gefühl, du meinst es ernst. Da habe ich mich wohl getäuscht. Du hast mich noch schneller fallen gelassen, als ich das von anderen Männern gewohnt bin. Das war nicht nett von dir. Deswegen muss ich dich bestrafen.«

»Deswegen hast du mich hierher gelockt«, presste er zwischen seinen Zähnen hervor.

»Ja, ich habe dich hierher gelockt. Du warst böse, und jetzt wirst du bestraft.« Dann lachte sie und verlagerte ihr Gewicht ein wenig. Der Kommissar spürte, dass er an seiner Grenze angelangte. Er konnte nicht noch mehr Schmerzen ertragen. Die Rothaarige hob ihre Hand und hielt dem Kommissar eine Dose vor die Augen. Dann fing sie langsam an, die Dose zu schütteln. Gleichzeitig verlagerte sie wieder ihre Position, und Dobermann konnte wieder ungehindert nach Luft schnappen. Er sah, wie sich Julias linke Hand auf den weißen Deckel legte. Wie in Zeitlupe flog der Deckel in das nahe Gebüsch. Langsam bewegte sie ihre linke freie Hand auf sein Kinn zu, berührte es und drückte es mit nach unten. Er kämpfte gegen den Druck an, merkte aber, dass er nicht lange die Kraft aufbringen konnte, um seinen Mund geschlossen zu halten.

»Auto´s machen Dreck,
Umwelt geht kaputt.
Doch ´ne fette neue Karre is'
Leider geil.«
»Leider geil«, Deichkind

»Es ist Zeit für mich aus dem Leben zu scheiden. Ich beginne die Dinge zu sehen, wie sie sind.«
Bernard le Boier de Fontenelle

4.

Vor dem Krankenzimmer stand kein Wachmann. Daniel Hartmann hatte schon am vergangenen Mittwoch beantragt, den Beamten abziehen zu lassen, da er überzeugt davon war, dass der Professor nichts mit dem Mord an seiner Frau zu tun hatte. Nun wusste er es mit Gewissheit. Vor einer halben Stunde hatte der Kommissar am Telefon erfahren, dass für den Mord an Saskia Weiß deren Zwillingsschwester verantwortlich war. Die Fahndung nach Julia, Jens und auch Dobermann lief, und das halbe Präsidium war in heller Aufregung. Nun befand sich Hartmann in einem langen Gang im Darmstädter Klinikum, die Türklinke in der Hand. Er klopfte nicht, sondern öffnete die Tür und betrat das Krankenzimmer. Alexander Weiß stierte noch immer stur gerade aus. Ob er den Kommissar bemerkt hatte, war nicht zu erkennen.

Der Kommissar schnappte sich den Stuhl, der an der Wand stand, und zog ihn über den Boden bis zum Bett des Kranken.

»Na, wie geht`s Ihnen? Es hat sich nicht viel verändert seit meinem letzten Besuch, oder?«

»Nein, es hat sich kaum etwas verändert. Meine Hüfte schmerzt, und ich bin allein mit meinem Verlust«, erwiderte der Professor.

»Wenn das alles ist«, bemerkte Hartmann.

»Alles nicht so schlimm«, sagte Weiß, drehte seinen Kopf und fragte dann völlig unerwartet spitzbübisch: »Was macht Ihr Kollege, dieser Kriminaloberkommissar Dobermann? Er scheint ganz schön in der Klemme zu stecken.«

Hartmann war überrascht. »Wie meinen Sie das?«

»Das *Darmstädter Echo* schreibt so einiges.«

»Ach, so«, lachte der Kommissar gequält, »die örtliche Presse. Tja, auf die können Sie sich verlassen. Was da geschrieben steht, ist immer wahr.«

»Na, dann hoffe ich, dass es besser um ihn steht, als über ihn berichtet wird.«

»Davon gehe ich aus. Aber nun zu Ihnen. Ich habe noch ein paar Fragen.«

Rasch drehte der Professor seinen Kopf in Richtung Fenster und stierte wieder vor sich hin. Er wirkte genervt, als er sagte: »Fragen, Fragen, Fragen, als wenn es wirklich um die Antworten ginge. Meine Frau wurde ermordet. Das ist mein persönliches Drama. Es ist für die Menschheit nicht von Interesse, ob der Mörder gefunden wird und was mit ihm geschieht. Viel mehr ist von Interesse, was kaum einen interessiert. Kennen Sie die Geschichte von Terry Long?«

Hartmann schnaufte. Er schüttelte den Kopf und wollte etwas sagen. Der Professor ignorierte ihn und redete weiter: »Terry Long genoss die Stille. Scheinbar schwerelos tauchte er durch die Riffe der Atlantikküste vor seiner kanadischen Heimat, der Halbinsel Nova Scotia. Er fühlte sich der Natur ganz nah und weit weg von seinem ehemaligen Job. Er war langjähriger kanadischer Militärexperte für Sprengstoffe und Munition.«

»Herr Weiß, ich möchte mit Ihnen über ...«

»Er liebte diese Tauchgänge, bis er plötzlich auf dem Meeresboden eine merkwürdige Felsformation entdeckte.«

Der Kommissar gab auf. Er wusste, er musste sich zuerst im Zuhören üben, bevor er die Chance bekam, Antworten auf seine Fragen zu bekommen. Also lehnte er sich zurück und verschränkte seine Arme.

»Erst, als er näher herantauchte wurde ihm klar, was wirklich dort unten gelagert worden war und bis zum heutigen Tag noch immer dort liegt. Es sind Dutzende Raketen und Bomben, aneinandergereiht und teilweise schwer beschädigt. Terry Long wurde bewusst, er war auf etwas gestoßen, von dem niemand etwas erfahren sollte. Die nordöstliche Atlantikküste vor Amerika ist eine der größten und gefährlichsten Mülldeponien der Welt. Hier sind bis zu einer Million Tonnen Kampfmittel versenkt worden. Und wissen Sie, warum?«

Hartmann schüttelte den Kopf, obwohl er diese Geste unterdrücken wollte. Der Professor registrierte die Bewegung aus den Augenwinkeln und sagte: »Für eine adäquate Entsorgung von Atommüll fehlten den Amerikanern nach dem Zweiten Weltkrieg die Technologie und das Geld. Drollig, was?« Er wartete nicht auf eine Antwort, sondern sprach sofort weiter: »Welche Auswirkungen das für das Naturparadies der amerikanischen Ostküste hat, wurde bis heute nicht erforscht. Wissenschaftler vermuten allerdings, dass das Gift längst den Weg in die Nahrungskette gefunden hat. Fakt ist: Die Krebsrate der Bevölkerung von Nova Scotia ist um sechs Prozent höher als die der restlichen Bevölkerung Kanadas.«

Daniel Hartmann schwieg. Der Professor ebenfalls. Die Zeit verging, doch dann runzelte Weiß die Stirn und fragte: »Ist es Ihnen egal, wenn die Menschheit ihre Lebensgrundlage zerstört?«

Der Kommissar schwieg beharrlich und blickte nach draußen. Minuten vergingen. Irgendwann, als der Professor gar nicht mehr damit rechnete, brach Hartmann die Stille und fragte: »Kann ich es verhindern?«

Weiß verschränkte die Hände und legte sie auf seinen Bauch. Ein Lächeln überzog seine Mundwinkel.

»Lassen Sie uns über Naheliegendes reden«, sagte er so plötzlich, dass Hartmann erschrak.

»Ja, lassen Sie uns über Naheliegendes reden«, wiederholte der Kommissar, dann räusperte er sich. »Was wissen Sie über Julia Braune, die Zwillingsschwester Ihrer Frau?«

Weiß dachte nur kurz nach. »Ich habe erst vor etwa einem halben Jahr erfahren, dass meine Ehefrau eine Zwillingsschwester hat. Julia tauchte plötzlich bei uns auf. Damals lebte meine Frau noch bei mir.«

Seine Kiefermuskeln zuckten leicht. »Schon bei dem ersten Treffen hatten beide sehr gestritten. Julia hat wutentbrannt unser Haus verlassen, und meine Frau war nicht dazu zu bewegen, etwas über den Streit oder ihre Schwester zu erzählen. So offen sie sonst war, so verschlossen war sie bei diesem Thema. Ich intervenierte nicht weiter. Was hätte ich auch tun sollen?«

»Sie sagten, die beiden hätten gestritten. Haben Sie hören können, um was es ging?«

Auch jetzt überlegte der Professor nicht lange: »Ich habe immer wieder die Worte Schwangerschaft und Kinder hören können. Damals schon lag mir meine Frau mit ihrem Kinderwunsch in den Ohren.«

Plötzlich sank Weiß in sich zusammen und Tränen rannen über seine Wangen. »Verdammt, wäre ich doch nur nicht so stur gewesen. Ich Trottel.«

Weiß vergrub sein Gesicht in den Händen und schluchzte. Hartmann beugte sich vor und berührte den Professor leicht am Arm. Diese Geste schien beruhigend zu sein. Der Professor atmete tief durch.

»Seit wann wussten Sie, dass Ihre Frau schwanger war?«

»Eigentlich seit dem Moment, als ich erfuhr, dass Jeanette eine Prostituierte war und Saskia sie beauftragt hatte.«

Hartmann stutzte. Er verstand nicht. Überrascht fragte er: »Was hat eine Prostituierte mit der Schwangerschaft Ihrer Frau zu tun?«

Der Professor antwortete: »Saskia wollte ein Kind. Ich verweigerte es ihr. Sie verweigerte die Verhütung, und ich verweigerte ihr den Sex. Wir lebten nebeneinander her und redeten kaum noch ein Wort miteinander. Plötzlich war da Jeanette. Ich dachte immer von mir selbst, ich sei treu. Aber so war es eben. Natürlich benutzte ich ein Kondom. Sie bestand darauf. Geschickt zog sie es mir über, und geschickt entfernte sie das Gummihäubchen später wieder. Ich bemerkte nicht, dass sie es verknotete und in ihrer Handtasche verschwinden ließ. Danach klingelte ihr Handy und sie musste mich verlassen. Ich hatte noch nicht einmal die Zeit, nach ihrer Telefonnummer zu fragen. Sie war plötzlich da und verschwand auch ebenso plötzlich wieder aus meinem Leben.«

Hartmann kombinierte: »Sie meinen, dass Ihre Frau an Ihr Sperma herankommen wollte, um sich damit künstlich befruchten zu lassen?«

»Wenn Sie es so ausdrücken wollen«, erwiderte der Professor.

»Moment mal«, unterbrach Hartmann. Es dauerte einen kurzen Moment, bis er seine Gedanken in Worte fassen konnte, »wie soll das gehen? Ihre Frau hat zwar Ihren Samen geklaut, aber wie konnte sie damit ein Kind zeugen?«

»Ach wissen Sie, Herr Kommissar, wir sind mit dem Leiter des Darmstädter Kinderwunschzentrums befreundet, und da ist so einiges möglich. Es scheint ja geklappt zu haben.«

Nach einer kurzen Pause sagte der Professor ernst: »Auf alle Fälle erfuhr ich dann im Sommer von Julia, dass Saskia schon im zweiten Monat schwanger sei. Sie erzählte es mir mit solch einer Wut, dass ich mich fragte, was das zu bedeuten hatte. Ich war zwar überrascht über die Schwangerschaft meiner Frau, aber ich war nicht wütend auf sie. Julia versuchte, mich mit ihrem Wissen zu erpressen. Ich verstand aber nicht, warum ich mich erpressen lassen sollte. Julia erwartete wohl eine andere Reaktion von mir. Ich wollte nichts mit ihr zu tun haben und sagte ihr das auch. Danach habe ich sie nicht mehr gesehen.«

»Sie wissen also nicht, wo sich Julia Braune zurzeit aufhält?«

Ein einfaches Kopfschütteln war die Antwort.

»Wissen Sie, wo sich Julia gerne aufhält? Hat sie Vorlieben?«, bohrte der Kommissar weiter.

Ein erneutes Kopfschütteln, eine kurze Pause, dann sagte der Professor: »Ich habe die Zwillingsschwester meiner Frau erst im vergangenen Sommer kennengelernt. Vorher wusste ich gar nicht, dass sie existiert.« Weiß rutschte in seinem Bett hin und her. »Warum wollen Sie so viel über Julia wissen? Hat sie etwas mit dem Mord an meiner Frau zu tun?«

Hartmann wollte sich nicht dazu äußern, zumindest jetzt noch nicht. »Dazu kann ich Ihnen nichts sagen, aber vielleicht können Sie mir sagen, welche Pläne Sie für die Zukunft haben?«

Weiß war überrascht, dann lächelte er und antwortete: »Ach, wissen Sie, Herr Kommissar. Ich habe am letzten Sonntag einen Weg beschritten, den ich zu Ende gehen werde. Ich werde konsequent sein.« Noch immer lächelte der Professor. »Lange schon ist mir klar, dass ich nicht mehr als Wissenschaftler arbeiten kann. Die ganze Welt hat sich verändert. Damals, als ich jung war, machte das Leben Sinn. Überall wurde für Veränderung gekämpft. Ein Mann hatte einen Traum, ein anderer sang *The times they are a chanceing*, eine Bewegung proklamierte lautstark und anhaltend, die Menschen sollten nett zueinander sein, Frauen kämpften um ihre

Rechte, und dann, ein Jahrzehnt später, gab es eine Gruppe von Aktivisten, die sich für den Schutz der Umwelt einsetzten. Alles war in Bewegung. Und ich war daran, im Rahmen meiner Möglichkeiten, beteiligt.«

Hartmann konnte den Stolz fühlen, den Alexander Weiß empfand. Er konnte aber auch das Loch erahnen, auf welches der Professor zusteuerte.

Nach einer Pause fragte Weiß mit resigniertem Tonfall: »Und, was ist daraus geworden?«

Er wartete nicht auf Hartmanns Antwort, sondern sagte: »Der Mann mit dem Traum wurde erschossen, Rassismus und Abgrenzung ist überall. Mit nett sein wird kein Geld verdient, und mit der Gleichstellung der Geschlechter ist es auch nicht recht vorangegangen. Nach wie vor verdienen Frauen für dieselbe Arbeit weit weniger als ihre männlichen Kollegen. Und was ist mit der Natur?«

Wieder nickte er dem Kommissar zu, vielleicht, um ihn diesmal zu einer Antwort zu nötigen, aber er wartete nicht solange, bis sich Hartmann regte sondern sprach auch diesmal weiter: »In den letzten Jahrzehnten wurde die Natur weiter ausgebeutet und zerstört. Gekämpft wurde keinesfalls für den Erhalt des Natürlichen, gekämpft wurde lediglich für die Schnelligkeit und die Komplexität von Computerprogrammen. Dies scheint Sinn zu machen. Es scheint Reichtum und Wohlstand zu garantieren. Lohn dieses Kampfes ist allerdings die Abhängigkeit vom Internet. Bräche heute das Internet zusammen, würde in ein paar Tagen unsere gesamte Versorgung zusammenbrechen, an den Tankstellen gäbe es keinen Treibstoff mehr, die Supermärkte wären leer, und die Energieversorgung der Haushalte würde verebben, um nur ein paar Auswirkungen zu benennen. Denken Sie mal darüber nach! Überlegen Sie, wohin wir uns bewegen. Sind wir noch zu retten?«

Den Kommissar begann zu verstehen, was der Professor meinen könnte.

»Glauben Sie mir, ich war so verbissen in meinen Wissensdrang. Ich wollte mich um die Welt kümmern, Großes bewegen, aber dadurch habe ich das einzige verloren, das mich persönlich hätte retten können. Es macht nur Sinn, im Kleinen zu wirken. Jeder sollte sich um sich selbst und sein eigenes Leben kümmern, verantwortungsbewusst und natürlich leben und herausfinden, was glücklich macht. Das weiß ich jetzt und ich werde meinen Weg zu Ende gehen.«

Weiß blickte nach draußen und schwieg. Er sah plötzlich aus, als sei er um Jahre gealtert. Der Kommissar nickte zaghaft und erhob sich langsam. Er schüttelte Weiß wortlos die Hand. Dann verließ er in Gedanken versunken das Krankenzimmer. Der Kommissar wusste, er würde den Professor nie wieder sehen.

*

Das rotweiße Absperrband konnte er schon von weiter Ferne erkennen. Es flatterte leicht. Hartmann hatte seinen Dienstwagen auf dem kleinen Parkplatz vor der Ludwigsklause abgestellt, einer länglichen Holzbaracke, die sich selbst in der Werbung als »Das urgemütliche Lokal auf Bessungens Hausberg« bezeichnete. Er musste noch ein paar Meter in Richtung der Volkssternwarte gehen, bevor er links auf den kleinen Betonplatz einschwenken konnte, der direkt zum Ludwigsturm führte. Knapp ein Duzend Polizeifahrzeuge standen auf dem Platz. Überall liefen uniformierte Beamte geschäftig umher. In einiger Entfernung an einen Tisch gelehnt stand in eine Decke gewickelt ein älterer Herr, der anscheinend die Leiche entdeckt hatte. Eine Psychologin, die Hartmann vom Sehen kannte, stand bei ihm. Ein paar Meter entfernt sah der Kommissar Isabel Witt, Hans-Jürgen Klöpzig und Horst Franzen. Nahezu alle Kommissare der Soko waren an Ort und Stelle. Nur Brigitte fehlte. Sie arbeitete im Polizeipräsidium, das ein paar hundert Meter Luftlinie entfernt war.

Um den Ludwigsturm herum war das Gedränge noch größer. Das Eisentor stand offen. Einige Männer und Frauen in weißen Schutzanzügen liefen die Treppe, die zur Plattform hinauf führte, rauf und runter. Hartmann erkannte auch Karl.

Das ist ja wie bei einem Familientreffen, dachte Hartmann bitter. Seitdem ihn vor zwei Wochen seine langjährige Lebensgefährtin in der großen Altbauwohnung allein gelassen hatte, bereitete ihm schon der Gedanke an das Wort Familie Schmerzen.

Er dachte, die richtige Frau fürs Leben gefunden zu haben. Nach fünfjähriger Beziehung fühlte er sich bereit für ein Kind und eine Familie. Seine Freundin reagierte überrascht. Sie war strikt dagegen. Zwei Tage später hatte sie ihre Koffer gepackt und die gemeinsame Wohnung verlassen. Seit dieser Zeit hatte Daniel nichts mehr von ihr gehört.

Mit schnellen Schritten ging er hinüber zu dem in Decken eingewickelten Mann. Auf der Autofahrt zum Ludwigsturm hatte er telefonisch abgeklärt, dass er den Zeugen als erster befragen wollte. Kurz nur grüßte er von weitem seine Kollegen. Dann stand er vor dem Zeugen. Die Psychologin blickte ihn kurz an, dann ging sie zur Seite.

»Guten Tag, Kriminalkommissar Hartmann«, begann er. »Sie haben den Toten gefunden?«

»Ich arbeite dreimal die Woche hier oben in der Ludwigsklause«, stotterte der dickliche Mann mit dem rundlichen Gesicht. Man konnte ihm ansehen, dass er ein leidenschaftlicher Gastwirt war und seine Gäste gut unterhalten konnte. Jetzt wirkte er allerdings etwas verstockt. »So etwa ist mir noch nie passiert«, sagte er leise und schaute den Kommissar nicht an.

»Das glaube ich Ihnen.«

»Ich gehe immer erst dann auf den Turm, nachdem ich die Klause vorbereitet habe. Dann gönne ich mir den Ausblick über Darmstadt. Es ist immer so schön hier oben. Mann, bin ich erschrocken, als ich den Kerl sah. Er lag einfach nur da. Mitten auf meinem Weg. Ich konnte nicht weiter gehen. Er lag mitten auf meinem Weg. Verstehen Sie?«

»Ja, natürlich«, besänftigte Hartmann. »Ist Ihnen etwas Besonderes an dem Mann aufgefallen?«

Der Zeuge blickte verwirrt auf. »Natürlich ist mir was aufgefallen. Der lag nicht nur einfach da rum, nein, der war tot.«

»Klar«, sagte der Kommissar schnell. »Ich meine, ob Ihnen sonst noch etwas aufgefallen ist?«

Sein Gegenüber schüttelte den Kopf. »Er konnte unmöglich an diesem Ort geschlafen haben. Wie hätte er auf die Plattform kommen sollen? Die Tür war doch verschlossen. Ich habe ihn mit dem Fuß angestoßen, mehrmals. Und dann sah ich die Blutlache und den Brief. Ich habe ihn natürlich nicht gelesen. Aber bestimmt war es ein Abschiedsbrief.«

Hartmann schwieg. Nach einem kurzen Moment des Nachdenkens fügte der Mann hinzu: »Wie kommt ein Mensch dazu, sich von diesem Turm zu stürzen. Da gibt es doch einfachere Methoden, wenn man nicht mehr leben will.«

»Sie haben also einen Brief gesehen. Wo genau befand er sich?«

»Welcher Brief? Ach ja, natürlich, der Brief. Er hing aus seiner Jacke heraus. Nur ein Stück.«

Dann sagte er plötzlich, dem Kommissar in die Augen schauend: »Es sah so aus, als wäre ihm der Brief zugesteckt worden. Er hat ihn gar nicht festgehalten. Wenn er mit dem Brief vom Turm gefallen wäre, hätte der doch wegfliegen müssen, oder?«

Hartmann fühlte seine Vorahnung bestätigt. Kurz

winkte er die Psychologin herbei. »Haben Sie ihre Personalien an die Beamten weitergegeben?«

Der Mann nickte.

»Ach, eine Frage habe ich noch.« Der Kommissar kratzte sich am Kinn. »Sie sagten, die eiserne Tür sei verschlossen gewesen. Was ist denn mit der Kette, die die Tür sicherte.«

»Was für eine Kette? Da gibt es keine Kette.«

»Danke, Sie haben uns weitergeholfen. In den nächsten Tagen werden Sie ins Präsidium geladen werden. Wir müssen Ihre Aussage protokollieren. Sie verstehen sicher, dass die Ludwigsklause heute nicht geöffnet werden kann. Meine Kollegen haben hier noch einiges zu tun.«

Der Kommissar ließ es sich nicht nehmen, dem dicklichen Mann kurz auf die Schulter zu klopfen. Dann ging er hinüber zu seinen Kollegen. Dort angekommen, ergriff er sogleich das Wort: »Na, ganz schön großer Bahnhof hier oben. Sagt mal, warum seit ihr gleich zu dritt angereist?«

»Hat sich so ergeben«, antwortete Kommissar Klöpzig. »Ich war eh schon hier und habe mitgeholfen, den Tatort zu sichern. Horst habe ich gerufen, da mir hier einiges eigenartig vorkommt, und Isabel kam eben gerade an, weil ... ach, das kann sie dir auch selbst sagen.«

Isabel streckte Hartmann die Hand entgegen. »Ich leite die Fahndung nach Jens Jansen«, begann sie. »Vor etwa einer Stunde erhielten wir einen Hinweis. Ein Lehrer vom Gymnasium auf der Marienhöhe hat angeblich Jansen gesehen, wie dieser auf einem Fahrrad die Auffahrt zur Ludwigshöhe hoch strampelte. Er sagte, er habe unsere Radiodurchsage gehört und die Personenbeschreibung würde passen. Da bin ich natürlich gleich hierher gefahren.«

»Und?«, wollte Hartmann wissen.

»Nichts, keine Spur von dem Verdächtigen«, erwiderte die Kommissarin resigniert.

»Na, dann lasst mich mal zu dem Toten gehen. Wisst ihr mittlerweile, wer er ist?«

»Nein«, antwortete Hans-Jürgen Klöpzig. »Er hatte keinerlei Papiere bei sich. Aber wie jeder Tote erzählt er eine Geschichte. Ich bin gespannt, ob er dir dieselbe erzählt wie mir.«

»Schau mer mal«, erwiderte Hartmann weltmännisch und schlurfte hinüber zum Flatterband, das er geschickt über seinen Kopf streifte. Er stieg die ersten Stufen hinauf und entschied sich dann für den rechten Treppenlauf. Oben auf der Plattform angekommen, trennten ihn nur noch ein paar Schritte von der Leiche. Der Kommissar hatte schon einige Tote in seinem Leben gesehen und dachte, ihn könne nichts mehr so leicht aus der Ruhe bringen. Doch beim ersten Blick auf diesen Toten schrie er auf. Was er sah, waren die langen strähnigen braunen Haare. Die Haut gelblich fahl und die Glieder unnatürlich verdreht. Hartmann hatte nicht gewusst, dass Ferdinand Heiner lange Haare hatte. Er hatte ihn immer mit der Schirmmütze auf dem Kopf gesehen. Der Straßenbahnfahrer hatte gestern so offen und lebensfroh gewirkt. Er war Dobermanns Schulkamerad gewesen. Und jetzt? Er hätte Heiner gestern intensiver auf den Zahn fühlen müssen. Er hätte ihn nicht einfach so gehen lassen dürfen. Vielleicht hätte er ihn sogar zu Julia befragen sollen. Er hatte es nicht getan. Und jetzt lag dieser junge Mann hier auf dem steinigen Podest.

»Was hältst du davon?«

Hartmann reagierte nicht. Noch immer starrte er den Toten an.

»Oh, Mann«, sagte Karl Leuthner, »jetzt erinnerst du mich an Benjamin, als wir letzten Montag den zweite Mordfall untersucht haben. In letzter Zeit reagiert ihr alle etwas eigenartig, wenn ihr einen Toten seht. Was ist los mit euch?«

»Das ist der Heiner«, sagte Hartmann mit matter

Stimme und erntete damit Spott von dem Kollegen der Spurensicherung: »Mag sein. Wir sind nun mal in Darmstadt. Da wimmelt es von *Heinern*.«

»Nein, es ist Ferdinand Heiner, ein Schulkamerad und Freund von Benjamin. Ich war gestern noch mit ihm unterwegs. Eine ganz schöne Scheiße ist das, sag ich dir.«

Karl verstand. Daniel schüttelte sich kurz. Langsam wurde ihm das alles zu viel. »Hast du was herausgefunden?«, wollte er wissen. »Ein Suizid wird es wohl nicht gewesen sein, oder?«

»Da kannst du recht haben«, antwortete Karl. »Das Opfer war nicht allein auf dem Turm. Wir haben Spuren gefunden.«

»Was für Spuren?«, fragte Hartmann kurz.

»Wir haben auf der Brüstung mehrere Abriebe eines roten Stoffes entdeckt. Der Tote trug nichts Rotes.«

»Okay«, brummte der Kommissar.

»Und noch etwas ist uns aufgefallen. An der Hose des Opfers war der Knopf geöffnet und der Reißverschluss nach unten gezogen. Ich glaube nicht, dass sich jemand diese Mühe macht, wenn er sich von einem Turm stürzen will.«

»Das kann ich mir auch nicht vorstellen«, erwiderte der Kommissar. »Zuerst dachte ich«, sagte er, »Jens Jansen hätte etwas mit dem Mord zu tun. Jetzt allerdings glaube ich eher, dass auch dieser Mord auf das Konto von Julia Braune geht. Sag mal Karl, gibt es noch Erkenntnisse zu dem Abschiedsbrief?«

»Nein, den müssen wir erst noch genauer untersuchen. Fakt ist, er trägt keine Unterschrift. Er ist mit einem PC geschrieben und auf einem handelsüblichen Laserdrucker ausgedruckt worden. Ich denke, wir werden in den nächsten Tagen wissen, ob er am PC dieses Ferdinand Heiner geschrieben und dort auch ausgedruckt wurde. Weißt du, wo er wohnt?«

»Nein«, antwortete Hartmann, »aber das herauszufinden dürfte nicht so schwer sein. Er arbeitete als Trambahnfahrer. Sein Arbeitgeber war die Stadt Darmstadt.«

»Eigenartig ist auch, wo wir den Brief gefunden haben. Es erscheint mir, als sei ihm der Brief nach dem Sturz zugesteckt worden.«

»Einen ähnlichen Verdacht habe ich ebenfalls«, murmelte Hartmann. Dann sagte er laut und an Karl gerichtet: »Danke erst mal. Ich muss jetzt dringend telefonieren. Halte mich bitte auf dem Laufenden, wenn du etwas herausgefunden hast.«

Karl nickte und ließ Hartmann allein. Der Kommissar dachte noch eine zeitlang nach, dann richtete er sich auf, kramte sein Smartphone hervor und tippte Brigittes Nummer ein. Nur zweimal ertönte das Freizeichen.

»Hallo, Kollegin. Gibt es etwas neues von Benjamin?«, platzte es aus ihm heraus, als Brigitte Hofmann das Telefonat angenommen hatte.

»Nein? Schade! Auch von Jens Jansen keine Spur? Okay ...« Der Kommissar hörte zu, als ihm seine Kollegin von der Sichtung des Videomaterials von Julia Braune erzählte.

»Sie kannte Jens Jansen«, wiederholte Hartmann. »Und, was sagst du da? Auf einem weiteren Videoband hat sie den Mord an Ferdinand Heiner angekündigt. Die ist total verrückt. Hat die Spurensicherung noch etwas, was mich weiterbringen könnte?«

»Nein«, hörte Hartmann seine Kollegin sagen. Ihre Stimme verschwand immer wieder in einem Rauschen. Der Empfang am Ludwigsturm war nicht sonderlich gut.

»Wir haben versucht, die Bilder, die an der Wand hingen, zu analysieren. Es handelt sich dabei um schlecht gemachte Aufnahmen von Benjamin, Jens und zwei weiteren Person, die wir nicht kennen. Eine davon könnte aber nach deiner Beschreibung Ferdinand Heiner sein. Er hat, ähnlich wie Jens Jansen, lange braune Haare. Daneben haben wir noch einige Landschaftsaufnahmen sichergestellt. Leider meistens Detailaufnahmen. Wir versuchen herauszufinden, wo die Bilder gemacht worden sind. Bei dem einen scheint es sich um die Uferböschung des kleinen Teiches in der Rudolf-Mueller-Anlage zu handeln, bei einem anderen könnte es ein Detail am Spielplatz in der Orangerie sein.«

Zwei Tatorte, durchzuckte es Hartmann, und er teilte seine Ahnung Brigitte Hofmann mit.

»Bitte kontaktiere mich gleich, wenn du weitere Bilder zuordnen kannst. Ich werde mich mit Isabel im Wald umschauen. Jens Jansen wurde vor einiger Zeit hier gesehen.«

Hartmann musste Jens finden und er benötigte ein Fortbewegungsmittel. In diesem Moment keuchten zwei ältere Mountainbikefahrer an der Sternwarte vorbei und bogen, neugierig geworden, auf den Platz vor der *Ludwigsklause* ein. Daniel Hartmann winkte Isabel Witt zu sich, zückte seinen Polizeiausweis und verlieh seiner Stimme Autorität, als er kurz darauf erreichte, dass die beiden Freizeitsportler ihm und seiner Kollegin die Räder liehen.

Jeder Traum, an den ich mich verschwendet,
Jeder Kampf, wo ich mich nicht geschont,
Jeder Sonnenstrahl, der mich geblendet,
Alles hat am Ende sich gelohnt.

Jedes Feuer, das mein Herz gefangen,
Jede Sorge die mein Herz beschlich,
War's oft schwer, so ist's ja doch gegangen,
Narben blieben, doch es lohnte sich.
»Jeder Traum«, Cochise

5.

Ich hätte es wissen müssen, dachte Dobermann. Immer wieder habe ich in der Zeit, in der ich mit ihr zusammen war, diese Wutausbrüche erlebt. Liebe macht blind.

Dobermann analysierte die Situation, in der er sich befand. Nicht nur, um eine Lösung zu finden, sondern auch, um gegen die Panik ankämpfen zu können, die sich in ihm breit machte. Das Ergebnis seiner Analyse war niederschmetternd. Er hatte keine Chance. Es sei denn, es würde etwas passieren, das Julia ablenken würde. Aber es gab keine Ablenkung. Julia war vollkommen fixiert auf ihn.

Das Geräusch wegspringender kleiner Steinchen auf dem Waldweg deute es an. Ein Fahrradfahrer bog um die Kurve und verließ den nahen Wald, wohl um den grandiosen Ausblick auskosten zu können. Dobermann schöpfte Hoffnung.

Als der Kommissar an einer leichten Bewegung erkannte, dass auch Julia den nahenden Fahrradfahrer bemerkt hatte, bereitete er sich auf einen lauten Hilfeschrei vor. Im nächsten Moment hing Julias Mund über seinem. Sie presste ihre Lippen so fest auf seine, dass nur ein leises Stöhnen nach außen drang. Der Fahrradfahrer bemerkte es, dachte aber, als er die Frau über einen anderen Körper gebeugt sah, an ein Liebespaar und fuhr eilig weiter. Die Erkenntnis, dass diese Gelegenheit vorbeigefahren war, versetzte dem Kommissar einen Schlag in die Magengrube. Er wollte das übermächtige Gefühl nicht zulassen und hoffte, dass vielleicht der Fahrradfahrer nur der erste einer größeren Gruppe gewesen war, aber bald schon gab es um ihn herum nur noch das übliche Vogelgezwitscher, das Rauschen in den Blättern und das Summen der letzten Insekten in diesem Jahr. Benjamin war wieder allein mit dieser Frau, die auf ihm saß und ihn mit einem Kältespray töten würde. Sie hatte anscheinend Übung darin und würde ihr grausames Spiel auch bei ihm zum Ende bringen. Das wusste er von einem auf den anderen Herzschlag. Alle Kraft und Zuversicht wurde aus ihm herausgesaugt. Er fühlte sich unendlich machtlos.

… Er liegt in der Badewanne der elterlichen Wohnung. Das Wasser ist heiß, und er geniest das kribbelnde Gefühl auf seiner Haut. Die Badezimmertür ist nicht verschlossen. Es ist nicht üblich bei Dobermanns, dass man sich zurückziehen kann. Plötzlich stürmt Veronika in das Badezimmer. Benjamin ist verliebt, und er hatte seiner Mutter davon erzählt. Heute erlebt er die Kehrseite seiner Offenheit und seines Vertrauens. Er liegt nackt und gefangen in der Badewanne und ist ohne Fluchtmöglichkeit den peinlichen Fragen seiner Mutter ausgeliefert. Am liebsten wäre er untergetaucht und ertrunken. Er fühlt sich unendlich machtlos …

… Eberstädter Schwimmbad. Sein Vater ist gemeinsam mit seinem fünfzehnjährigen Sohn auf den Zehnmeterturm gestiegen. Lothar Ludwig ist ein begnadeter Turmspringer. Sein Sohn ist stolz auf ihn. Benjamin will Tipps von seinem Vater, wie man unbeschadet unten ankommt. Andere Jugendliche in seinem Alter springen ebenfalls. Benjamin zeigt Angst. Sein Vater erklärt ihm, dass er die Angst und seine Grenzen akzeptieren müsse. Er rät ihm,

vom Turm zu steigen. Benjamin hört nicht auf seine Vater. Unvermittelt läuft er los und springt, kann die nötige Körperspannung nicht halten und knallt mit dem Rücken auf die Wasseroberfläche. Bis sein Vater unten angekommen ist, hat ihn schon der Bademeister aus dem Becken gefischt. Benjamin bekommt keine Luft, und Todesangst überfällt ihn. Als der Notarzt herangebraust kommt, geht es ihm schon besser. Er muss nur kurz im Krankenhaus bleiben ...

... Die elterliche Küche. Gern sitzt er als Kind jeden Abend gemeinsam mit seinen Eltern am Tisch. Gemeinsam isst die Familie und spricht über die Erlebnisse des Tages. Später dann muss er den Tisch abräumen. Das macht ihm nichts aus. Er genießt die gemeinsamen Essen. Sie strahlen Sicherheit und Geborgenheit aus ...

... Vorweihnachtliche Stimmung. Da ist Ruhe und die Vorfreude auf den Heiligen Abend und die Geschenke. Oft liegt er in der Adventszeit in Decken eingemummelt zwischen seinen Eltern und alle drei schauen gemeinsam fern ....

... Im Büro seines Vaters macht er manchmal die Hausaufgaben. Hier ist er sicher vor der Welt. Hier gibt es keine Bösewichte. Er ist stolz auf seinen Vater ...

... Er liebt seinen Vater, der ihm abends vor dem Einschlafen Geschichten vorliest ...

... Seine Mutter versorgt ihn gut ....

...Sein Vater setzt Vertrauen in ihn. Er darf schon früh auf Bäume klettern, sich ausprobieren, Autofahren lernen...

Immer schneller überfluteten die Bilder sein Hirn. Viel hatte er erleben dürfen. Viel Schönes hatte sein Leben gefüllt. Er hatte viel erreicht. Eine tiefe Dankbarkeit erfüllte ihn. Er musste nichts mehr tun. Nun konnte er loslassen. Er konnte sich fallen lassen in das Mysterium, das ihn erwartete. Er war soweit.

Bereitwillig gab Benjamin Dobermann dem Druck,

der auf seinem Kinn lastete nach und öffnete den Mund. Er suchte Julias Augen, und sein Blick verfing sich darin. Das angedeutete Lächeln auf seinen Lippen verunsicherte die Rothaarige. Sie hielt inne. Wieder neigte sie ihren Kopf leicht zur Seite. Sie spürte Ärger in sich aufsteigen. Ihr Opfer wollte ihr den Spaß verderben. Nein, so einfach wollte sie sich nicht betrügen lassen. Sie entfernte ihre Hand von dem Kinn des Kommissars, nahm das Kältespray in die linke Hand und schlug dann mit ihrer freien Rechten so heftig auf Dobermanns Wange, dass sein Kopf zur Seite schwang. Immer wieder schlug sie zu, um diesem Mann zu zeigen, dass sie sich nicht so leicht die Butter vom Brot nehmen ließ, wie sie es gerne ausdrückte.

»Halt! Lass Benjamin los.«

Die Stimme klang unsicher. »Lass ihn los. Ich bin bewaffnet. Sonst schlage ich dich.«

Julia horchte auf. Natürlich erkannte sie sofort, wem die Stimme gehörte, und musste laut auflachen. Langsam richtete sich Julia auf.

Dobermann konnte es nicht glauben. Er hob leicht den Kopf, schloss seinen Mund, der sich unendlich trocken anfühlte und presste sein Kinn auf die Brust. Mittlerweile hatte sich Julia erhoben. Er sah den Tennisball, der auf seinem Solarplexus lag und ihm unter Julias Gewicht soviel Schmerzen bereitet und den Atem geraubt hatte. Der Kommissar schüttelte sich und der Ball kullerte auf den Waldboden.

Dobermanns Hände waren mit Kabelbindern verschnürt. An dem einen Handgelenk hatte sich das Plastik tief in die Haut geschnitten. Die Hände waren kalkweiß, und Blut tropfte aus der Wunde. Dobermann spürte erneut den Schmerz, als er die Hände bewegen wollte. Aufrichten ging nur über das Anspannen der Bauchmuskulatur. Es gelang ihm, und dann sah er, dass seine Füße ebenso mit Kabelbindern verschnürt waren.

Er war zwar unfähig Arme und Beine zu bewegen, aber er konnte reden, rufen und schreien. »Jens, du hier!?«

Jens reagierte nicht. Er stand erstarrt da mit dem Knüppel in der Hand. Julia näherte sich ihm, und als sie ihn erreicht hatte, drehte sie ihm einfach das Stück Holz aus der Hand, packte ihn an der Schulter und schubste ihn auf das Gras. Mit zwei gezielten Schlägen traf sie seinen Kopf. Dobermann stockte der Atem. Und als er sah, dass Jens ohne einen Hauch von Gegenwehr am Boden liegen blieb, schrie er voll Entsetzen: »Jens!«

Julia warf das Stück Holz achtlos zur Seite und drehte sich um. Der Kommissar bewegte hektisch seine Beine. Er wollte fliehen. Er versuchte sich zu befreien und drehte die Hände gegeneinander. Der Schmerz war nicht zu ertragen. Er verlor das Gleichgewicht. Sein Körper kippte zur Seite. Als Dobermann das nächste Mal aufblickte, sah er Julia, die über ihm stand. Gemächlich bückte sie sich und hob den Tennisball auf. Sie lächelte. Dann hob sie die Dose mit dem Kältespray auf, die ein paar Meter bergab gerollt war. Dobermann schloss die Augen und spürte, wie eine Hand seine linke Schulter berührte und ihn kraftvoll auf den Rücken drehte. Der Tennisball wurde erneut auf seinen Solarplexus gelegt und Julias Beine umschlangen seinen Oberkörper.

»Stehen Sie langsam auf, und drehen Sie sich um!«

Eine kräftige Stimme durchbrach die Stille. Dobermann glaubte nicht daran. Er ließ sich auf den Rücken gleiten und öffnete bereitwillig seinen Mund.

»Na, wird's bald!«

Schon wieder diese Stimme. Julia schien sie ebenfalls gehört zu haben. Sie reagierte und drehte sich tatsächlich um. Dobermann traute sich nicht, die Augen zu öffnen. Er lauschte.

Julia sprang auf.

»Halt, oder ich schieße!«

Der Kommissar spürte einen heftigen Tritt in die Seite,

und danach hörte er ein Rascheln. Die Rothaarige war verschwunden.

»Isabel, kümmere dich um Benjamin. Ich verfolge sie.«

»Wie geht es dir?«

Der Kommissar brauchte eine Weile, bis er seine Kollegin Isabel Witt erkannte. Sie kramte ein Taschenmesser aus ihrer Hosentasche und klappte die Schere heraus. Dobermann konnte endlich wieder seine Hände voneinander lösen. Wenige Sekunden später waren auch seine Beine befreit. Die Erleichterung darüber war so groß, dass der Kommissar aufsprang und sich zweimal um die eigene Achse drehte. Beinahe hätte er das Gleichgewicht verloren und wäre wieder auf das trockene Gras geplumpst. Dann sagte er: »Gib mir deine Waffe und kümmere dich um Jens. Er liegt dort hinten.«

Isabel Witt, das Küken der Soko, gehorchte entgegen aller Vorschriften. Ohne zu zögern zog sie ihre Dienstwaffe, entsicherte sie routiniert und übergab sie Dobermann. Hektisch stürmte dieser durch das Gebüsch und lief auf das nahe Waldstück hinter dem Holzpavillon zu. Aus dieser Richtung hatte er den Schlag und das Stöhnen gehört. Äste zerbrachen unter seinen Füßen. Mehrmals blieb er an Wurzeln hängen und musste mühevoll um sein Gleichgewicht kämpfen. Einmal misslang es ihm, er fiel, rollte sich ab und kam wieder auf die Beine. Plötzlich sah er seinen Kollegen. Hartmann lag niedergestreckt wenige Meter rechts von ihm direkt vor einer großen Buche. Dobermann blieb stehen. Er duckte sich. Hartmanns Augen waren geschlossen. Blut lief über sein Gesicht. Ein schmales Rinnsal. Die Wunde schien nicht sehr tief zu sein. Das beruhigte Dobermann ein wenig. Immer wieder wendete er seinen Blick von Hartmann ab und ließ ihn durch den Wald gleiten. Julia musste sich irgendwo in der Nähe aufhalten. Er sah sie nicht, das beunruhigte ihn. Er hörte angestrengt in den Wald hinein und vernahm lediglich das eigene Atmen. Sein Blick glitt erneut zu seinem Kollegen hinüber. Hartmanns Jacke war hoch gerutscht. Das Pistolenhalfter war leer. Hartmann hielt seine Dienstwaffe nicht in den Händen. Julia musste sie ihm abgenommen haben. Dobermann hielt den Atem an. Um ihn herum herrschte plötzlich eine unheimliche Stille. Noch nicht einmal die Vögel zwitscherten.

Rückzug und Sicherung. Der Kommissar kroch so leise wie möglich rückwärts, bis er mit dem Rücken an einen dicken Baumstamm stieß. Angekommen verharrte er, hielt Isabels Dienstwaffe in seiner ausgestreckten rechten Hand und schaute angestrengt zwischen den Buchen, Kastanien und Eichen hindurch. Erst konnte er nichts entdecken. Nur das nervige Geräusch herumsurrender Mücken drang in sein Bewusstsein. Dann endlich sah er Julia, die ebenso wie er an einen Baum lehnte. Sie musste sich zuerst hinter dem dicken Stamm versteckt und ihn beobachtet haben. Mit Hartmanns Waffe zielte sie auf ihn.

»Na, Cowboy, wie soll's jetzt weitergehen?«

Zitternd hielt Dobermann die Waffe auf Julia gerichtet. Irgendetwas hinderte ihn daran, abzudrücken.

»Na, Kommissarchen, traust du dich etwa nicht?«

Ein Schuss krachte. Die Kugel schlug nur knapp oberhalb Dobermanns Kopf in den Baumstamm ein.

»Bist du eine Memme, die nicht in der Lage ist, einen Menschen zu töten?«

Dobermann war unfähig, irgendetwas zu tun.

»Antworte! Wird`s bald!«

»Benjamin, alles okay? Ich habe Verstärkung angefordert.« Isabels war ihm gefolgt.

Julia senkte die Waffe. Ein Schlag am Oberschenkel, dann hörte Dobermann den nächsten Schuss.

»Benjamin!« Isabel klang panisch.

Dobermanns Körper wurde herumgerissen. Krampfhaft hielt er die Waffe in seiner Hand. Schmerz spürte er keinen. Benjamin realisierte nicht, was geschehen war. Er drehte seinen Kopf zurück in die Richtung, in der er Julia vermutete. Langsam und bedrohlich bewegte sie sich auf ihn zu.

»Na, wird`s bald, antworte!«, schrie sie ihm entgegen. Ihr Gesicht war zu einer Fratze verzerrt. Hartmanns Dienstwaffe hielt sie auf seinen Kopf gerichtet. Es knackste im Unterholz. Stimmen wurden laut. Dobermann schwieg. Julia kam näher. Sie schien zu wanken. Der Kommissar beobachtete alles wie in Trance. Es gelang ihm, seinen Arm zu heben und die Waffe auf Julia zu richte. Da stand sie auch schon vor ihm und trat ihm hart gegen die Hand. Die Waffe flog davon. Dann blickte er auf und sah, dass Julia vor ihm auf die Knie gegangen war. Das kalte Metall der Waffe spürte er auf seiner Wange. Einen Gegensatz bildete der heiße Atem der Rothaarigen an seinem Ohr.

»Heute werde ich dich nicht töten. Es würde mich nicht befriedigen. Die Zeit ist zu kurz. Der Genuss würde fehlen.« Dann biss sie ihn leicht ins Ohr.

»Aber, glaube mir, was ich mir vorgenommen habe, werde ich auch ausführen. Ich werde dich besuchen und dann werden wir mächtig Spaß haben.«

Dann spürte er nicht mehr die Kühle der Waffe und sah, wie sich die junge Frau entfernte. Isabels Dienstwaffe lag nicht sehr weit entfernt. Er konnte sie erreichen, wenn er sich anstrengte. Dobermann biss die Zähne aufeinander und ließ seinen Körper zur Seite fallen. Die rechte Hand streckte er weit aus. Es reichte noch nicht. Angestrengt zog er seinen Körper über den Waldboden. Der Schmerz produzierte ein Gefühl der Übelkeit, das von seinem Magen ausgehend die Speiseröhre hinauf kroch. Er musste den Würgereiz unterdrücken und gegen die aufkommende Ohnmacht ankämpfen. Noch zwanzig Zentimeter, dann hatte er es geschafft. Er gab sich einen Ruck und tatsächlich, seine Hand berührte den Griff der Pistole. Er hob sie an, drehte sich auf den Rücken, hörte seinen eigenen Schrei, als er sich aufrichtete, zielte auf die Flüchtende und schoss zweimal nacheinander. Er sah einen Körper fallen, oder träumte er es nur? Die Schwärze holte ihn ein.

»Unsere Träume können wir uns erst dann verwirklichen, wenn wir uns entschließen, daraus zu erwachen.«
Josephine Baker

6.

»Was hältst du von einem Rätsel?«, fragte Hartmann mit vollem Mund und kaute genussvoll. Er saß nach vorne gebeugt an einem geschmackvoll gedeckten Tisch und hatte sich für diesen Abend schick gemacht. Schwarze, blank geputzte Schuhe, schwarze Hose, weißes Hemd und darüber ein elegantes Sakko. Die braunen gelockten Haare kamen frisch vom Friseur, und im Gesicht konnte man auch bei genauem Hinsehen keine Bartstoppeln erkennen.

»Schon wieder eine Aufgabe, die ich lösen soll?«

»Klar, doch. Übung macht den Meister.«

»Na, dann leg schon los.«

»Es ist aber ein metaphorisches Rätsel.«

»Mann, Daniel, was du für Worte kennst. Ich denke, du solltest allein wegen diesem gekonnten Umgang mit Fremdwörtern zum Kriminaloberkommissar befördert werden.«

»Jetzt lenk nicht ab«, grinste Hartmann. »Also, pass auf, hier kommt die Denkaufgabe: Ein jugendlich wirkender Kommissar wird von einem Drachen gefangen genommen. Der Drache will mit ihm spielen und sagt: Dein Schicksal hältst du selbst in Händen. Ich habe zwei zusammengefaltete Zettel vorbereitet. Einer ist beschriftet mit dem Wort Freiheit. Ziehst du diesen, lasse ich dich frei. Auf dem anderen Zettel steht Fressen. Wenn du diesen wählst, fresse ich dich. Der Kommissar wusste allerdings, dass der Drache sehr bösartig war und deswegen auf beide Zettel Fressen geschrieben hatte. Wie kann sich der Kriminalist aus der Zwickmühle befreien?«

Zuerst musste Dobermann grinsen, dann packte ihn der Ehrgeiz, und er dachte nach. Egal, in welche Richtung er überlegte, ihm fiel keine Lösung ein. Da kam ihm das Klingeln seines Smartphones gerade recht.

»Kriminaloberkommissar Dobermann«, sagte er, da er nicht erkennen konnte, wer ihn erreichen wollte. Die Nummer war unterdrückt. Gespannt lauschte Dobermann, aber nach einem kurzen Rauschen erklang nur ein monotones Piepen.

»Eigenartig«, sinnierte der Kommissar und blickte noch einen Augenblick auf das Display, bevor er das Gerät in seiner Jackentasche verschwinden ließ.

»Wo waren wir stehengeblieben?«

»Ich habe dir ein Rätsel gestellt«, half ihm sein Kollege auf die Sprünge, »musst du aber nicht gleich lösen. Lass dir Zeit.«

Schon wieder lief der Kellner am Tisch der beiden Kriminalisten vorbei. Hartmann grinste, als er kurz die Augenbrauen und den Zeigefinger der rechten Hand anhob. Der Kellner kannte das Signal und kam kurze Zeit später an den Tisch geeilt.

»Sie wünschen?«

»Sagen Sie mal«, begann Hartmann umständlich, »können Sie mir sagen, warum die Portionen hier in der *L' Orangerie*, wie soll ich sagen, so überschaubar sind, und dennoch die Gerichte im hochpreisigen Segment liegen?«

Der Kellner wirkte verdutzt. Dann fing er sich.

»Wenn die Herrschaften in der Lage wären, die unterschiedlichen Geschmacksnuancen zu ermitteln, die unsere Köche in die Gerichte hineinzaubern, dann könnten sie auch erkennen, dass die Preise angemessen sind.«

»Aha«, erwiderte Hartmann trocken. Er musste sich beherrschen, um nicht laut los zu lachen. »Im Ermitteln sind wir ganz groß.«

Der Kellner hob leicht sein Kinn und drehte den Kopf zur Seite, als er sich schnaubend auf den Weg machte, um weitere Bestellungen zu bearbeiten.

Dobermann wusste nicht, wie er sich verhalten sollte. Auf der einen Seite empfand er die Situation als peinlich, auf der anderen Seite aber auch als sehr amüsant.

»Magst du noch einen Schluck von dem süffigen Weißwein«, wollte Hartmann wissen und hob die Flasche an, die in einem Kühler auf dem Tisch stand.

»Warte noch einen Augenblick. Ich muss erst mal die Toilette besuchen und das schon Getrunkene wegbringen.«

»Soll ich dir helfen?«, fragte Hartmann besorgt.

»Ach, lass mal«, antwortete Dobermann, »ich habe beim Reinkommen gesehen, es gibt eine Toilette, die man mit dem Rollstuhl befahren kann.«

»Na dann«, sagte Hartmann kurz und füllte sein Glas mit dem Rest des trockenen Weißweines. Anschließend hob er das Glas und schaute Dobermann nach, wie er davon rollte. Er genoss zwei Schlucke und ließ seinen Blick zum Eingang des Lokals gleiten, als hätte er gewusst, was als nächstes geschehen würde. In diesem Augenblick öffnete sich die Tür. Hartmann stellte das Glas zurück auf den Tisch, sprang auf und gestikulierte wild. »Lothar, hierher. Hier sitzen wir.«

Der alte Dobermann winkte zurück und machte sich auf den Weg vorbei an vier Tischen.

»Schön, dass du kommst. Dein Sohn wird sich ebenfalls freuen. Er ist nur kurz zum Pinkeln gerollt, wird aber gleich wieder da sein. Setz dich. Was willst du trinken? Bist natürlich eingeladen.«

Lothar Ludwig Dobermann reichte seinen Mantel dem herbeieilenden Kellner und setzte sich. Wenig später rollte Benjamin durch den breiten Gang zurück zum Tisch und begrüßte seinen Vater.

»Na, wie geht es dir?«, wollte der alte Dobermann wissen.

»Im Klinikum sind die Ärzte schon ein wenig nervig. Schon wieder wollten sie mich nicht rauslassen. Ich musste erst so einen Wisch unterschreiben. Die Schusswunde am Oberschenkel sei sehr tief und der Schusskanal würde einigen Nerven auf die Nerven gehen. Ich hätte Glück gehabt, sagten die Ärzte, und ich solle mich schonen. Und deswegen bin ich hier und genieße den Abend. Schön, dass du gekommen bist. Was ist mit Veronika?«

»Sie ist beim Yoga, ihr derzeitiges Hobby. Es macht ihr Spaß und vielleicht hilft es ihr auf dem Weg, wieder gesund zu werden.«

»Ich will nicht eure Familienidylle unterbrechen«, unterbrach Hartmann, »aber ich bin auch noch da.«

»Klar doch«, sagten beide Dobermanns wie aus einem Mund und Lothar fügte hinzu: »Der Schlag auf den Kopf, den dir Julia Braune verpasst hat, scheint deinem Mundwerk nichts ausgemacht zu haben.«

»Wie ihr wisst, habe ich einen Dickkopf. Das einzige blöde an Julias Schlägen war, dass mich einer davon so heftig am Unterkiefer getroffen hat und ich einen weiteren Zahn verloren habe. Diesmal dummerweise einen gesunden, aber mein Zahnarzt ist dankbar dafür, da er jetzt keine Brücke bauen kann, sondern Implantate setzen muss. Bringt ihm immerhin ein paar Tausender mehr ein. «

»Na, Hauptsache, die Wirtschaft wird angekurbelt«, juxte Benjamin. Er hielt sein Weinglas in die Höhe. Daniel reagierte prompt und füllte es mit dem Rest aus der Flasche. Anschließend überlegte Hartmann kurz und entschied sich, eine weitere Flasche zu bestellen.

»Herr Ober«, rief Hartmann. Keine Reaktion. »Herr Kellner«, versuchte es Dobermann, ebenfalls ohne Erfolg. Lothar Ludwig wartete einen Moment, dann schnippte er mit dem Fingern und sagte: »Herr Oberkellner!« Der Angesprochene kam herbei geflitzt, bereit die Bestellung aufzunehmen. Als er kurz später verschwunden war, sagte Dobermann Senior: »Na, seht ihr. Man muss nur die richtigen Worte finden«.

»Und den richtigen Ton«, ergänzte Hartmann.

»Apropos Ton treffen. Daniel weißt du, wen ich getroffen habe?«

»Nein«, antwortete Hartmann.

»Ich war gestern mit Klaus Georg, eurem Polizeipräsidenten, verabredet. Er ist angetan von deiner Arbeit. Er hat mir erzählt, du sollst befördert werden, sobald eine Kriminaloberkommissar-Stelle frei geworden ist.«

»Weiß ich schon«, triumphierte Hartmann und Benjamin fügte lachend hinzu: »Das ist der Grund, warum wir hier heute Abend so nett dinieren.«

Der Kellner kam mit dem bestellten Weizenbier und platzierte es vor Lothar Dobermann. Da klingelte Benjamins Handy.

»Kriminaloberkommissar Dobermann. Hallo? Verdammt.« Er schaute auf das Display und verstaute das Gerät wieder in seine Jackentasche. »Komisch.«

»Na, wenn es wichtig war, wird sich der Anrufer wieder melden«, sagte Hartmann. Dann rief er: »Hallo Jens, hier sind wir.« Er sprang auf und holte an einem benachbarten Tisch einen Stuhl, ohne um Erlaubnis zu fragen.

»Wer hat dich denn eingeladen«, fragte Benjamin, als Jens sich setzen wollte.

Hartmann legte beschwichtigend seinen Arm auf Benjamins Schulter. »Ich war es. Immerhin hat Jens versucht, dich zu retten, und indirekt hat er Isabel und mich zum Prinzenberg geführt.«

»Na und«, blaffte der Kriminaloberkommissar los, »er hat mein Vertrauen missbraucht, hat versucht mich auszuhorchen und dieser Verrückten den Schlüssel zu meiner Wohnung gegeben. Wer weiß, ob er noch immer mit ihr unter einer Decke steckt?«

»Okay, okay, jetzt komm mal wieder runter. Ich kann verstehen, dass du sauer bist, aber wir haben Jens ausführlich befragt. Er hat sich nichts zu Schulden kommen lassen.«

Dobermanns Ärger verflog langsam. »Irgendwo haste ja recht«, lenkte er ein.

Hartmann gab Jens zu erkennen, dass er Platz nehmen sollte. »Mann, hast du dich heute Abend schick gemacht.«

»Natürlich dir zu Ehren«, erwiderte Jens kleinlaut und versuchte die Stimmung mit einem lockeren Spruch aufzuheitern. »Na alles fit im Schritt?«

»Geht so«, antwortete Dobermann. »Ich fühle mich ein wenig wie beim Essen auf Rädern, obwohl, das, was ich eben zwischen den Zähnen hatte, außerordentlich köstlich war.« Er rollte ein wenig auf seinen Jens zu und fragte: »Du warst es, der bei der Dienststelle angerufen und den bewusstlosen Dobermann auf einem toten Muffinski gemeldet hat, oder?«

Jens schluckte. »Wird das jetzt ein Verhör?«

»Komm schon, spann uns nicht auf die Folter. Alles ist vorbei. Also?«

Hartmann wie auch Lothar rückten näher an den Tisch heran, um besser zuhören zu können. Jens zögerte. Er blickte in die Runde. Er fühlte sich in die Enge getrieben. »Ja, ich war's. Das wisst ihr doch schon. Ihr habt mein Handy und das von Benjamin gecheckt. Ich habe ganz schöne Scheiße gebaut und alles nur wegen Julia. Die habe ich vor ein paar Wochen zufällig kennengelernt oder besser gesagt, sie mich. Sie sprach mich bei der Bessunger Kerb an, und ich war gleich hin und weg. Bald erzählte sie mir, dass sie auch dich kennen würde, Benjamin. Du wärst ein Scheusal, erzählte sie mir. Sie war so aufreizend, und ich ließ mich gefangen nehmen. Ich glaube, an diesem Abend habe ich mich schon ein wenig in sie verliebt. In den nächsten Tagen reagierte sie nicht auf meine Anrufe, aber gerade, als ich aufgehört hatte mir Hoffnungen zu machen, meldete sie sich bei mir. Sie hat mich um den kleinen Finger gewickelt.«

Jens senkte den Blick. »Ich war wie verzaubert und wollte ihr geben, was sie forderte. Parallel joggte ich regelmäßig mit dir, Benjamin, und merkte, wie du unter der Trennung von Julia gelitten hast. Du glaubst nicht, wie unangenehm mir das war, aber ich konnte mich nicht wehren. Dann geschah der Mord an Saskia, und ich wollte mehr darüber erfahren, da anscheinend auch Julia etwas darüber wusste. Sie machte Andeutungen und forderte mich auf, dich zum Stand der Ermittlung zu befragen. Wenn ich ihr erzählen könnte, wie eure Ermittlungen laufen, versprach sie mir einen erotischen Abend. Du hast nichts preisgegeben, und ich war zu feige, mit offenen Karten zu spielen. Ich traf mich noch einmal mit Julia. Sie schimpfte. Ich fing an zu begreifen, dass da ein ganz übles Spiel gespielt wurde und ich ein Teil davon war. Ich stellte Julia zur Rede, aber ich hatte keine Chance. Ich war sprachlos, als ich von ihr auf die Straße gesetzt wurde. Ich konnte mit niemanden reden. Ich habe mich so geschämt. Ich wollte alles wieder gut machen und habe sie beschattet.«

Jens schwieg einen kurzen Moment und schluckte, um die Tränen zu unterdrücken, die er auf gar keinen Fall zeigen wollte.

»Und dann habe ich wieder versagt. Mittwochnacht kam ich zu spät. Das einzige, was ich tun konnte, war die Leitstelle zu informieren, aber ich wollte auf keinen Fall mit der Sache in Verbindung gebracht werden.« Jens sank noch ein wenig mehr in sich zusammen.

»Jetzt hast du dir erst einmal ein Getränk verdient«, unterbrach Hartmann die unangenehme Stille. Dobermann nickte ihm ebenfalls etwas freundlicher zu. Jens lächelte beseelt. Man sah ihm an, dass er unendlich froh war, Benjamin nicht endgültig als Freund verloren zu haben.

Hartmann drehte sich um und schnippte den Kellner herbei. »Hallo, schauen Sie mal herüber, wir sind gute Kunden. Ein weiterer Gast hat sich zu uns gesellt und erbittet ein Getränk.«

Der Kellner kam umgehend herbeigeeilt.

»Ein Kristallweizen«, sagte Jens schnell.

»Wünschen die Herrschaften etwas zu essen?«, fragte der Ober kühl.

»Na, bringen Sie zuerst einmal die Gerstenkaltschale und vergessen Sie nicht, meinem Vater ebenfalls eine mitzubringen«, befahl Benjamin.

Lothar nickte. Er hatte tatsächlich schon das erste Glas geleert.

»Danach schauen wir weiter.«

»Danke, dass ihr mich eingeladen habt«, begann Jens und fügte hinzu: »Was besprecht ihr so?«

Hartmann fiel das Rätsel wieder ein. »Ich habe Benjamin ein Rätsel gestellt. Wenn du es nicht lösen kannst, Benjamin, kann ich es in die große Runde geben?«

Der Kommissar im Rollstuhl hatte nichts dagegen. Jens war begeistert.

»Also passt auf«, begann Hartmann und erklärte das Rätsel erneut. »Wie zieht er seinen Kopf aus der Schlinge?«

»Das geht doch gar nicht«, protestierte Jens nach kurzem Nachdenken.

»So weit war ich auch«, sagte Benjamin, »ich hab keine Idee, wie der Kommissar dem Drachen entkommen kann.«

»Also Jungs, hört mal«, gab sich Lothar väterlich, »ist doch ganz einfach. Der Kommissar schnappt sich einen der beiden Zettel, egal welchen, und verschluckt ihn. Anschließend sagt er zu dem Drachen: Entfalte deinen Zettel. Wenn darauf Fressen steht, dann muss ich wohl den Zettel mit Freiheit genommen und verschluckt haben.«

Benjamin und Jens schlugen sich gleichzeitig mit der flachen Hand vor die Stirn. »Mann, das ist logisch. Das wir nicht selbst darauf gekommen sind.«

Hartmann musste grinsen. »Respekt, Lothar, du kennst dich wahrlich mit Drachen aus.«

»Wo du recht hast, hast du recht«, konterte der alte Dobermann, »ich habe öfters mit Drachen zu tun gehabt. Was ich aber spannend finde, ist, sowohl mein Sohn als auch sein Freund ließen sich von Julia umzüngeln und erkannten nicht die Gefahr, die von ihr ausging. Ihr habt euch gehörig die Finger verbrannt.

»Ja«, gestand Jens, »sie hat mich aber nicht so nahe heran gelassen, dass ich explodiert wäre. Da hatte Ferdinand weniger Glück.«

Hartmann horchte auf. »Woher weißt du, dass Ferdinand ebenfalls mit Julia verbandelt war?«

»Benjamin, er und ich bauten gemeinsam unser Abitur. Das verbindet. Dann war er verschwunden und tauchte plötzlich wieder in Darmstadt auf. Mitte letzter Woche traf ich ihn, und er schwärmte mir von seiner neuen großen Liebe vor. Ich wusste bald, dass er Julia gemeint haben musste, also hielt ich mich zurück. Ich wollte nicht noch einem alten Schulfreund die Freundin ausspannen. Das war vielleicht mein Glück. Ich versuchte, Julia nicht anzurufen, was mir sehr schwer fiel.«

»Warum soll es dir anders gehen, als uns allen?«, sagte Benjamin, als sich in seiner Jackentasche das Handy meldete. Er blickte auf das Display und erkannte, dass die Nummer wieder unterdrückt war. Er entschloss sich, das Gespräch wegzudrücken, schaltete sein Handy auf lautlos und steckte es zurück in die Jackentasche.

»Also, ich«, knüpfte Hartmann an Dobermanns Worte an, »ich kann mir nicht vorstellen, einer Frau zu verfallen.«

»Vorsicht«, intervenierte Ludwig Lothar und verblüffte damit seinen Sohn, der von der Treue seines Vaters überzeugt war. »Liebe ist ein chemischer Prozess, der im Körper abläuft. Wenn dich deine Hormone übermannen, dann hast du keine Chance.«

»Nein, Lothar, ich glaube an meine Selbstbestimmung. Ich kann mich immer entscheiden, ob ich mit dem Kopf oder mit dem Schwanz denke.«

Der alte Dobermann lächelte nachsichtig. »An deiner Stelle würde ich nicht auf die Eigenbestimmung, wie du es nennst, wetten. Aber jetzt habe ich erst einmal Hunger. Jens, weißt du, was du essen willst?«

»Ruft den Kellner. Bis der sich bemüht hat herzukommen, weiß ich, was ich will.«

Als der Kellner vor dem Tisch stand, konnte sich Hartmann nicht zurückhalten: »Herr Ober, wie lässt man Untertassen fliegen?«

»Wie meinen?«

»Man stellt dem Kellner beim Abräumen ein Bein.«

Keiner am Tisch lachte. Der Ober nahm die Bestellung auf und verschwand. Hartmann war der Witz nicht peinlich. Er dachte schon über ein anderes Thema nach. »Was denkt ihr, kann jeder Mensch zum Mörder werden?«, fragte er.

»Du, bei einem Kellner ganz bestimmt«, erwiderte Dobermann und musste kichern. »Aber ganz im Ernst, ich denke nicht, dass jeder zum Mörder werden kann. Es gibt in den allermeisten Menschen eine Schranke, die das verhindert.«

»Aber selbst du hast auf Julia geschossen«, bemerkte Jens.

»Benjamin hat ihr lediglich einen Streifschuss verpasst. Und selbst wenn er sie getötet hätte, wäre es in meinen Augen Notwehr gewesen. Immerhin hat sie ihn mit meiner Dienstwaffe bedroht und in den Oberschenkel geschossen. Ferdinand dagegen war ein eiskalter Mörder. Ich glaube, er war Julia total hörig.«

»Da hast du recht, Daniel«, übernahm Lothar das

Wort. »Und dann gibt es noch Julia. Die fand anscheinend Gefallen am Morden.«

Hartmann stutzte. »Wie meinst du das: Gefallen am Morden finden?«

Der alte Dobermann überlegte kurz. »Es existiert tatsächlich ein solches Phänomen. Die meisten Menschen haben eine innere Grenze. Wenn aber diese Grenze überschritten ist, werden sie zu Monstern. Morden ist ein tiefes menschliches Bedürfnis.«

»Ihr Rumpfsteak medium«, platzte der Kellner in die Worte des alten Dobermann. »Und hier Pasta olio e alio für den Herrn gegenüber. Ich wünsche einen guten Appetit. Haben sie noch weitere Wünsche?«

Die vier Gäste schüttelten gleichzeitig mit ihren Köpfen, der Kellner drehte sich wortlos um und verschwand.

In Benjamin rumorte es. »Nein«, brach es endlich aus ihm heraus, »nicht jeder Mensch kann zum Mörder werden, wenigstens nicht zu einem, dem das Töten Spaß macht.« Er schaute zu seinem Vater. »Weißt du noch, als ich ein Kind war? Damals sagtest du, ich könnte keiner Fliege etwas zuleide tun. Und das war auch so!«

Lothar Ludwig hielt dem Blick seines Sohnes stand. Er dachte kurz nach, bevor er antwortete: »Ja, da hast du recht. Du warst sehr sensibel und mitfühlend. Vielleicht liegt die Hürde zu töten etwas höher, als bei anderen Menschen, aber wenn du in die Enge getrieben wirst, dann ...«

»Das ist doch vollkommener Quatsch, Vater. Willst du damit etwa sagen, dein eigener Sohn könnte einen Menschen töten und womöglich noch Genugtuung oder gar Spaß dabei empfinden?«

Lothar Ludwig legte die Gabel auf den Teller. »Ein altes Thema, Benjamin. Darüber haben sich schon viele Philosophen den Kopf zerbrochen. Ich kann mich nur auf meine vielen Dienstjahre berufen. Tja, wie schon

Rousseau sagte: Der Mensch ist dem Menschen ein Wolf.« Er führte den Happen, der auf der Gabel steckte, endgültig zum Mund und genoss sichtlich den Geschmack des Fleisches. Dann lächelte er verschmitzt, hob sein Messer, zeigte damit auf Hartmann und fragte: »Wie hast du unsere geschätzte Staatsanwältin davon überzeugt, dass sie aufhörte, Benjamin zu beschuldigen? Das war eine beachtenswerte Leistung. Wie ich von eurem Polizeipräsidenten erfahren habe, war sie besessen von dem Gedanken, meinen Sohn hinter Gitter zu bringen.«

»Och«, antwortere Hartmann lang gezogen, »das ist eine ganz eigene Geschichte. Bei Gelegenheit erzähle ich sie. Lasst uns jetzt lieber noch mal auf meine Beförderung anstoßen.«

Die Gläser klirrten. Lothar und Jens genossen das Essen, und in gemütlicher Runde wurden einige Anekdoten erzählt.

»Darf ich abräumen?« Unverhofft war der Kellner hinter Lothar Ludwig aufgetaucht und begann im nächsten Augenblick, die Teller vom Tisch zu nehmen. Benjamin sah erstaunt auf, und ihm wurde erst jetzt bewusst, dass alle anderen Gäste das Lokal verlassen hatten. Er schaute auf seine Armbanduhr und war überrascht. Sie zeigte kurz nach Mitternacht, als plötzlich die Eingangstür aufgerissen wurde und Horst Franzen herein stürmte. Er schien im Dienst zu sein, denn er hatte seine Waffe umhängen und machte einen sehr geschäftigen Eindruck. Er stürmte heran, schnappte sich einen Stuhl und setzte sich neben Benjamin.

»Warum bist du nicht an dein Smartphone gegangen? Ich habe mehrmals versucht, dich zu erreichen.«

»Mist«, fiel es jungen Kommissar ein, »ich habe das Gerät auf lautlos gestellt, nachdem vorhin andauernd jemand mit unterdrückter Nummer anrief und anscheinend doch nicht mit mir reden wollte.«

»Das war bestimmt Julia Braune«, platzte es aus Horst heraus.

»Julia befindet sich doch in der JVA Weiterstadt«, sagte Hartmann erstaunt.

»Befindet sie sich eben nicht.«

»Was?«

»Julia Braune hat es auf der Überführung zur U-Haft geschafft, die beiden Fahrer nach hinten in den Transporter zu locken. Die geilen Böcke hatten sich wohl nicht unter Kontrolle. Julia hat ihnen anscheinend die Hosen ausgezogen und sie anschließend mit Handschellen an den Sitzhalterungen festgekettet. Nun ist sie flüchtig, und es kann durchaus sein, dass sie deine Nummer angewählt hat, um mit einer App dein Smartphone zu orten. Ich gehe davon aus, dass sie weiß, wo du dich aufhältst und dir auf dem Nachhauseweg auflauern will.«

»Quatsch, jetzt übertreibst du aber«, bemerkte Benjamin.

Horst Franzen beugte sich nach vorne. »Ich habe mit unserer Psychologin gesprochen. Die hat einiges über Julias Leben herausgefunden, was ihr Verhalten erklären könnte. Wollt ihr wissen, was?«

Die vier am Tisch nickten.

»Also, passt auf«, sagte Horst und schaute aufgeregt in die Runde. »Julias Eltern fühlten sich kurz nach der Geburt der Zwillinge überfordert damit, beide Kinder aufzuziehen. Die Mutter entwickelte eine Depression. Der Vater fällte die Entscheidung, die Erstgeborene zu behalten und Julia in einem Kinderheim unterbringen zu lassen. In der Einrichtung wurde Julia sehr schlecht behandelt. Sie war von Kälte umgeben, und so wurde sie selbst kalt und gefühllos. Julia ließ die Aufdringlichkeit und die Drohungen ihrer Erzieher über sich ergehen. Als sie alt genug war, büxte sie mehrmals aus dem Heim aus, wurde aber immer wieder zurückgebracht. Erst an ihrem achtzehnten Geburtstag war sie frei. Julia verschwand und baute sich ihr eigenes Leben auf.«

Alle waren sichtlich ergriffen. Keiner sagte ein Wort. »Sie zog in die Nähe von Darmstadt. Julia beschrieb, sie habe sich gefühlt, als sei sie von einem imaginären Band gezogen worden. Man mag es Zufall nennen. Obwohl sie selbst nie eine Familie hatte, wünschte sie sich eine eigene Familie. Doch dann erfuhr sie, dass sie nicht schwanger werden konnte. Anscheinend war sie durch den Missbrauch durch einen Erzieher organisch geschädigt worden. Ein paar Monate später erfuhr sie dann zufällig auf dem Einwohnermeldeamt von der Existenz ihrer Zwillingsschwester. Julia nahm mit Saskia Kontakt auf und musste erfahren, wie harmonisch die Kindheit ihrer Schwester verlaufen war. Kurze Zeit später war Saskia schwanger und Julia tickte total aus.«

Benjamin wollte gerade etwas sagen, als die Eingangstür aufgerissen wurde und eine rothaarige Frau in das Lokal sprang. Ihr Gesichtsausdruck spiegelte ihre Anspannung. Die Polizeiwaffe hielt sie mit der rechten Hand fest umklammert und richtete sie mit gestrecktem Arm nach oben. Zweimal betätigte sie den Abzug. »Na, habt ihr mich erwartet?«, schrie sie und schoss ein weiteres Mal, diesmal in Richtung des Tresens. Der Oberkellner brach zusammen.

»Runter«, brüllte Horst Jansen, warf den Tisch um, zog Benjamin aus seinem Rollstuhl und drückte ihn zu Boden. Daniel griff sich einen Stuhl und warf ihn Julia entgegen. Die junge Frau wich aus und schoss erneut. Daniel schnappte sich den Nachbartisch und kippte ihn auf die Seite. »Hier rüber«, brüllte er. Ludwig Lothar folgte seinem Befehl und kauerte sich hinter dem Tisch auf den Boden. Jens dagegen sprang auf und schrie: »Ich mach dich fertig!« Er nahm den Stuhl, auf dem er eben noch gesessen hatte, hielt ihn als Schutz vor seinen Körper und rannte auf Julia zu.

Benjamin wusste, was nun geschehen würde. »Nein, tu es nicht!«, schrie er. Die Rothaarige hob langsam die Waffe und schoss. Jens lief noch zwei Schritte, dann fiel er nach vorne, als wäre er über irgendetwas gestolpert. Der Kommissar musste mit ansehen, wie Jens mit dem Gesicht auf den Boden knallte und sich im nächsten Moment eine große Blutlache um seinen Kopf herum bildete. Julia wartete nicht. Ein weiterer Schuss fiel. Horst Jansen hatte nicht rechtzeitig seinen Fuß hinter den Tisch verstecken können. Ein markerschütternder Schrei war die Folge. Benjamin zog an dem Oberkörper seines Kollegen und schaffte es, ihn in Sicherheit zu bringen. Er tastete nach dessen Dienstwaffe und nahm sie an sich.

»Nein, lass es sein!«, schrie Horst. Benjamin hörte nicht auf ihn. Mit großer Kraftanstrengung bewegte er sich auf allen Vieren zum Tresen hin. Hysterisches Gelächter begleitete ihn, und zwei weitere Kugeln schlugen hinter ihm in der Wand ein. Benjamin ahnte, dass Julia ihn nicht treffen wollte, um das Spiel noch ein wenig auskosten zu können. Stöhnend kam er hinter dem Tresen zum Liegen, richtete seinen Körper auf und zog sich nach oben. Als er den Kopf über den Tresen schieben wollte, krachte erneut ein Schuss.

»Na, was ist«, keifte Julia. »Komm schon raus, damit ich dich erlegen kann.«

Erneut schwirrte eine Kugel durch den Raum und durchdrang die Tischplatte. Der alte Dobermann hatte Glück. Benjamin lugte seitlich hinter dem Tresen hervor und sah, wie sich Julia auf die umgeworfenen Tische zu bewegte. Der zehnte Schuss. Benjamin hatte mitgezählt.

»Julia, hier bin ich«, schrie er, zog sich am Tresen hoch, legte seine Waffe kurz ab, schnappte eine Weinflasche, die herumstand und warf sie in die Luft. Ein Schuss krachte. Das Geschoss verfehlte die Flasche.

»Daneben«, triumphierte der Kommissar und warf die nächste Flasche in die Luft. Julia schien Gefallen daran zu finden und drückte ab. »Schon wieder daneben. Komm schon, einmal geht noch.«

Die nächste Flasche flog, ein Knall durchzuckte die Luft, die Patrone traf und die Flasche zersplitterte in tausend Teile. »Endlich«, schrie Dobermann und richtete sich hinter dem Tresen auf. Die neue P30 von Heckler & Koch hatte ein Magazin für 13 Patronen. Julia zielte auf den Kommissar und drückte ab. Lediglich ein Klicken war zu hören. Laut fluchend warf sie die nutzlose Waffe weg.

»Heute ist nicht aller Tage Abend«, schrie sie, »ich komme wieder, keine Frage.« Sie drehte sich um und stürmte in Richtung Ausgang.

Benjamin erkannte seine Chance. Er hob das Stück Eisen, zielte kurz und schoss. Die Kugel zischte durch die Luft und drang zwischen Julias Schulterblättern ein. Dennoch verharrte Julia, als sei sie in Stein gemeißelt. Dann drehte sie langsam ihren ihren Kopf und blickte Benjamin direkt in die Augen. Sie lächelte.

Der junge Dobermann konnte es nicht ertragen. Er schoss ein weiteres Mal. Die Kugel löste sich aus dem Lauf und kaum später explodierte die Stelle zwischen Julias grünen Augen. Benjamin sah, wie Julia noch immer lächelnd erst nach hinten gerissen wurde, sich aber wider fing und einen Schritt in seine Richtung machte. Dann kippte sie nach vorne. Krachend fiel sie zu Boden. Der Kommissar spürte eine Faszination in sich aufsteigen, die er so noch nicht kannte. Er blickte stolz auf die Waffe, die sich in seiner Hand heiß anfühlte. Dieses Stück Eisen hatte es, gepaart mit seinem Willen, geschafft. Er war Sieger. Nun musste er keine Angst mehr vor dieser Frau haben. Mehr noch, er hatte den Tod seines Kollegen aus der Pathologie und den Tod seines Freundes gerächt.

Benjamin atmete tief durch. Er fühlte den Stolz und ließ ihn zu. Es war ein gutes Gefühl. Der Kriminaloberkommissar war berauscht, und irgendetwas regte sich in ihm, von dem er plötzlich wusste, er wollte mehr davon haben.

»In diesem Leben ist jeder mutig,
der nicht aufgibt.«
Sir Paul James Mc Cartney

Und der Mensch heißt Mensch,
weil er irrt und weil er kämpft,
und weil er hofft und liebt,
weil er mitfühlt und vergibt.
»Mensch«, Herbert Grönemeyer

Epilog

Die Phase kurz vor dem Aufwachen ist zeitlos. Immer neue Bilder entstehen, verbinden sich zu Geschichten, verblassen und andere Bilder gewinnen an Farbe und reißen mit. Benjamin lag in einem Krankenbett. Er wusste, er hatte geträumt, konnte sich aber nicht erinnern, was.

Irgendetwas störte. Aus der Ferne erklang das nervende Geräusch eines Martinshorns. Es konnte auch das Klingeln eines Telefons sein. Langsam öffnete er die Augen und sah ein altes weißes Telefon. Er bewegte seinen Arm. Umständlich griff er nach dem Hörer, hob ihn an und führte ihn zum Ohr. »Hallo.«

Mühsam richtete er sich in seinem Krankenbett auf. »Ah, Daniel du bist es. Ja gern, komm vorbei.«

Der Kommissar legte auf und ließ sich zurückfallen. Noch immer hatte er nicht voll und ganz in die Realität seines Krankenzimmers zurückgefunden. Er stierte auf die weiße Decke und sinnierte.

Alles drehte sich um Mord.

Er wusste, dass er ein Kriminalist war und er war stolz darauf.

Es hatte Tote gegeben.

Er war beauftragt worden, die Täter zu finden.

Er hatte versagt.

Es gab Menschen, die sagten, er sei ein Mörder.

Alles drehte sich um diese rothaarige Frau.

Sie war eine Mörderin.

Hatte er sie erschossen?

War er selbst ein kaltblütiger Mörder?

Hatte er aus Notwehr gehandelt?

Lebte Julia?

Musste er Angst vor Julias Rache haben?

Was war passiert?

Viel zu viele Fragen. Er dachte angestrengt nach.

Kann es nicht sein, dass, was als Wirklichkeit erscheint, geträumt ist und das, wovon man träumt, Wirklichkeit ist?

Dieser Gedanke verunsicherte Dobermann.

Aber es gab einen Strohhalm, an den er sich klammern konnte. Er hatte Freunde.

Sein Kollege Daniel Hartmann hatte veranlasst, dass ein Telefon in seinem Krankenzimmer aufgestellt wurde. Und eben gerade hatte er angerufen, ihn aus einem tiefen Schlaf gerissen und mitgeteilt, er würde ihn besuchen. Er würde einen leckeren Fruchtsaft in seiner Tasche haben, und er würde Licht ins Dunkel bringen.

Benjamin Dobermann war sich sicher, er musste nur noch etwas Geduld haben, dann durfte oder musste er an diesem Punkt der Realität weiterleben, den sein Kollege ihm offenbaren würde. Jetzt allerdings war es an der Zeit, richtig wach zu werden und sich von den Strapazen zu erholen.

Der Kommissar lag auf dem Rücken und starrte auf die weiß getünchte Decke, solange bis es klopfte. Die Tür wurde geöffnet und Daniel trat ein. Er sah übernächtigt aus. Die Augenringe erzählten eine Geschichte, und die zerzausten und ungewaschenen Haare passten dazu.

»Was ist denn mit dir los? Bist du in einen Gully gefallen, Kriminaloberkommissar?«

»Kriminaloberkommissar? Wie kommst du auf diese Schnapsidee?«

»Du wurdest doch befördert.«

Hartmann blickte seinen Kollegen mit großen Augen an. »Von was träumst du denn nachts?«, fragte er überrascht. »Weder bin ich befördert worden, noch wurde mir eine Beförderung jemals in Aussicht gestellt. Ich kann froh sein, wenn ich weiter bei euch im K10 Dienst schieben darf. Elvira Klein-Krämer hat mir eine Dienstaufsichtsbeschwerde verpasst, die sich gewaschen hat. Jetzt muss sich herausstellen, wem Polizeipräsident Löwental mehr Glauben schenkt, ihr oder mir.«

Danke

Wussten Sie, dass die Parkfläche an der Mühlstraße in Richtung Liebig-Haus der »Kleine Woog« genannt wird?

Der Darmbach floss vor mehr als hundert Jahren als offenes Gewässer mitten durch die Darmstädter Altstadt, vom Kleinen Woog (heutiger Woogsplatz) kommend, durch die Große und die Kleine Bachgasse über den Marktplatz zum Schloss. In diesem Bereich prägte er bis Ende des 18. Jahrhunderts wesentlich das Stadtbild.

Der Kleine Woog diente als Waschplatz. Im Zusammenhang mit dem Bau der Kanalisation wurde er 1888 wieder zugeschüttet.

Die Anlage mit dem kleinen Teich westlich des Großen Woogs dagegen, an dem in meiner Geschichte der Obdachlose in seinem Schlafsack ermordet wird, ist die Rudolf-Mueller-Anlage, benannt nach dem Darmstädter Oberbürgermeister, der am 31.3.1933 von den Nationalsozialisten abgesetzt wurde.

Diesen Ort hatte ich fälschlicherweise als »Kleinen Woog« bezeichnet und bin dem Darmstadtkenner und Pharmazeuten Dr. Manfred Schmall sehr dankbar dafür, dass er den Roman vor der Veröffentlichung gelesen und nicht nur diesen Fehler entdeckt hat.

Natürlich half er mir auch bei der Auswahl der Mordwaffe. Es scheint tatsächlich möglich zu sein, mit Kältespray zu töten. Die Sicherheitsdatenblätter der einschlägigen Produkte weisen darauf hin.

Auch danken möchte ich Claudia Muth und meiner Frau, Ruth Montag, die die orthographischen Fehler beseitigt, den Lesefluss optimiert und mich auf die eine oder andere Wortkreation hingewiesen haben, die sich im Eifer des Schreibens in meinem Hirn gebildet hat, aber gar nicht existiert, wie beispielsweise die Wortdopplung Ausdauerkondition.

Auch danke ich meiner Lektorin, die mir aufzeigte, dass ich mich ab und zu wiederholt habe und schon klar gewordene Zusammenhänge nochmals erklärte. So konnten einige Seiten gestrichen und der Roman von der einen oder anderen Länge befreit werden.

Danke auch an die beiden Darmstädter Krimiautoren Christian Gude und Rainer Witt. Mit beiden durfte ich mehrmals gemeinsame Lesungen bestreiten. Sie haben mich immer wieder inspiriert und zum Weiterschreiben angeregt.

Leider hat Christian Gude entschieden, keine weiteren Geschichten um Kommissar Rünz zu erfinden, und Rainer Witt verstarb nach schwerer Krankheit im Oktober 2014 kurz vor seinem einundsiebzigsten Geburtstag. Sie hinterlassen in der Darmstädter Krimilandschaft eine große Lücke.

In *weißkalt* habe ich beiden jeweils einen kleinen Platz eingeräumt. Die *Kommissar Rünz Hütte,* die wirklich existiert, spielt eine Rolle, und die Beschreibung der Interna aus dem Kommissariat K 08 15 am Anfang des zweiten Kapitels sind stark durch Rainer Witt beeinflusst.

Außerdem wartet die eine oder andere Andeutung, nicht nur auf diese Darmstädter Krimiautoren, darauf, entdeckt zu werden.

Auch gilt mein Dank dem Walldorfer Liedermacher Harald Pons, der mich nunmehr schon seit mehr als zwei Jahren bei Lesungen begleitet und mit seinen wunderbar melodiösen und tiefsinnigen Liedern unser gemeinsames Publikum begeistert.

Nicht zuletzt danke ich den Leserinnen und Lesern meiner Bücher *Begegnung mit dem Berserker* und *abgedrückt,* in denen Dobermann ebenfalls eine Rolle spielt.

Viele bekundeten, dass sie Spaß an dieser Figur gefunden haben, und auch sie haben mich motiviert weiterzumachen, denn Darmstadt ist nach wie vor ein heißes Pflaster, und ab und zu bedarf es einem Dobermann, egal, ob es der Junior oder der Senior ist, um einen spannenden Fall zu lösen.

Andreas Roß im November 2014